只缘身在哀牢山

徜徉哀牢山玉峰秀水，饮着山中甘泉
泡着天然氧吧，体验山里精彩……

中国出版集团
现代出版社

图书在版编目（CIP）数据

只缘身在哀牢山/尹绍敏著. --北京：现代出版社，2016.4

ISBN 978-7-5143-4813-2

Ⅰ. ①只… Ⅱ. ①尹… Ⅲ. ①散文集－中国－当代
Ⅳ. ①I267

中国版本图书馆CIP数据核字（2016）第070298号

只缘身在哀牢山

作　　者	尹绍敏
责任编辑	李　鹏　陈世忠
出版发行	现代出版社
地　　址	北京市安定门外安华里504号
邮政编码	100011
电　　话	010-64267325　010-64245264（兼传真）
网　　址	www.1980xd.com
电子邮箱	xiandai@vip.sina.com
印　　刷	北京一鑫印务有限责任公司
开　　本	787×1092　1/16
印　　张	16
版　　次	2016年4月第1版　2022年7月第2次印刷
书　　号	ISBN 978-7-5143-4813-2
定　　价	49.80元

自　序

——个人生活速写

　　随意斜视哀牢山中高高的照壁山的肩膀，则会自然想起山后青山的绿意和生机；仔细揣摸家乡周围青山的心理，则忘不了山道崎岖和曾经留下的幸福美好与艰难跋涉的足迹；用心聆听窗外校园内课外活动的轻松愉快，又仿佛看到自己小时活蹦乱跳和调皮捣蛋的身影。

　　面对眼前这红绿成趣、长势正旺的"红掌"，虽然有意青春不老或童心未泯，不断敲击一个个寄托相思的情键，却深感难以活力四射而不再年轻。

　　在此可毫不夸张地说，我那理当如花、如果的童年，几乎全在迷迷糊糊中乱云飞度，荒废整个小学学业不说，还惹出许多祸端，并让几位食古不化的家长，找上门问罪、告状，使自己不得不进行及时逃避或躲闪。

　　虽然正值"文化大革命"，应在"学制要缩短，教育要革命"的教育方针指引下，认真读毛主席的书、听毛主席的话，好好学习，天天向上，却因生性顽劣、自己管不住自己，而心猿意马或难以静下心来，也没能从书本上真正学到一些实用的东西。以致在大人让自己给他们念（读）生产队张榜公布的分红、分粮等情况时，还以摇头方式，表现出对我所读数据的疑虑。

尽管如此，我的童年，却同样有着许多快乐与艰辛，也让自己在担水劈柴和做农活挣工分等，看似枯燥无味的艰苦岁月中，切身体验到一些生活的细枝末节，并应运找到了童年的快乐与情趣。那时可以在上山砍柴时，学会磨刀、捆柴、往扁担上结皮条扣、挑柴"换肩头"，以及为用手推车拉柴，给手推车制作临时简易的刹车等技能，也可以于砍柴之余，顺手扯上一把青橄榄、"刺黄泡"、牛筋果等塞进嘴里，或干脆爬到一棵棵大树之上，上蹿下跳扯上一些山多依、山杨梅等野果充饥或享受。有时真让自己感到，身处树上的自己，就像猴子一般轻灵飘逸。并同时感到，即使再遇到更难爬的树，却同样难不倒自己。反正为摆脱生活困境，无所不用其极，纵然"偷瓜盗菜"，也很随意。

并且，还因自己的一位表哥醉酒，当着小伙伴的面，醉眼乜斜地手指着我的鼻梁说我，像阿尔巴尼亚电影《地下游击队》中的那位不敢向美女开枪的"中尉"，而让小伙伴给取了一个"中尉"或"中尉先生"的绰号，并满街满巷乱叫乱喊。以致事隔四十多年，还有人对我"中尉""中尉"地叫唤。可正是这个原因，却又让我自小萌生，要像电影中的"中尉先生"那样，成为一名仪表堂堂、心思缜密和机敏过人的人民警察的念头。

即使到少年时期，或上初中后，自己还是不知瞻前顾后或深谋远虑，经常于上学读书或下地、下田干农活之余，"二混、二混"、跑去玩上一些捞鱼摸虾、练"老约马liēr"（一种个体较大的雄性蜻蜓）等游戏。或直截了当、并会说不会说地练上一些，如"太阳落山，月亮过河，背时老师怎么还不放学？我打了三两饭，吃又吃不饱，睡又睡不着，蚊子叮'的'（着）后脑壳"一般，反映童年心境的顺口溜，以对生活知识进行不断积累和整理。从中悟出"再大的石头，也压不死红尾巴鱼"等人与自然和谐相处的哲理。可又因写不出老师布置的深入揭批的文章，从各类报刊上乱抄、乱搬一大堆。

若说真正知道读书，是在即将上完初中二年级之时。也就是在自己能独自一人推着手推车上山，且能于一天之内，从十多公里外的山上，砍两三挑木柴拉着回家的时候。并因多次时逢暴雨或梅雨，还必须克服山高坡陡、泥滑路烂等困难，不顾全身湿透、汗流浃背、肩头红肿、两手跳泡以及腰酸背痛等艰辛，而"挣坡"（肩扛绳索、手拉推车用尽全力爬坡）、下坡、滑倒、挣起，用手推车拉着木柴回家。毋庸置疑，自己之所以发誓要将书读好，却同时受到身边的一位同学，因留级重读初中一年级，学习成绩大为改观，并得到老师器重和同学尊敬的影响。

思来想去，就主动向班主任提出和说明自己想留级复读初中二年级的想法与理由。起初他坚决不同意，后经姐姐出面，才勉强答应。并且，他还当着我和姐姐的面说："人虽有点调皮，作文还可以，留不留级没有多大关系。"

自此，我不但让自家的"土掌房"的房顶上，有了一个或坐或站，经常看书学习的身影，而且还让姐姐引路，找到她那已当了高中教师多年的同学，给自己补课。也曾在姐姐又去找她的同学时，因突然发现我自觉去向她的同学请教难题，而让她惊奇投以异样眼光，并现时留下"拉你要你走，背你要你接"等令她深感欣慰的话语。

留级之后，不到半年，我的成绩扶摇直上，并在以后的日子，多次代表班级参加作文、数学、物理、化学等知识竞赛。且还在学校组织考试之时和老师布置作业之后，发现有女同学相互指责，说对方偷看了我的试卷和照抄了我的作业。

曾记得，在上高一时，语文老师让自由命题写一篇作文，自己则以家乡缺水为背景，写出一篇反映艰苦条件下人性特点，并有七八千字的小说交上去。其不但被语文老师作为范文，拿到班里进行朗读、讲解，也同时激励了我，不断提高作文写作水平。

至于后来遇到的语文老师，则一个更比一个教历资深和才华横溢。自己呢！

也不断从他们身上吸取并补充到许多养分。

没几年工夫，小时的奇思怪想，变成美丽现实。头顶了国徽，并在衣领上斜挂上两片红领章。可那时，还真有农村人搞不懂当兵人与警察的关系，也让自己在出行时，偶尔听到来自身后的议论："瞧，这小伙子，年纪轻轻就当官了。能穿上四开袋，真不简单！"

与刚参加公安工作时，不会接打那需要靠人工不断转来转去的电话，不知那靠光电效应的传真机如何使用，弄不清那关于"严打"的传真会议，靠什么措施保密，以及在工作中走起路来，高一脚、低一步，不知如何发声、出气不同的是，在二十岁出头，并已工作几年后，自己不但利用工作之余，去县城周边农村，参加了一些农村同学的婚礼，并与农村人学着说上一些对子，也还与那些进行课外活动的小学生、中学生以及社会青年一起，在当时的展览馆里共同练习了书法，且还多次附庸风雅，参加了当地文人发起的文学沙龙，从中更是收获不少东西。

继而又大脑发烧，将自己的生活点滴，以小时练顺口溜，或长大说对子的方式，写成几行歪诗，给一位编辑看了。意想不到，其不但不给予激励，却反唇相讥："哼，这也叫诗！"

自此，自己不但深感文学创作之路，远比小时上山砍柴之路还要艰难崎岖，且还赌气与文学界断绝一切来往和关系，并很快将"文学之梦"束之高阁，而一搁就是二十多年。

但后来想想也对，自己所熟悉的对对子和练顺口溜，至多只是文学创作的一个基础环节。对于如何写现代诗，自己在读书时，老师从没有教过，自己也从没有学过。

直到六七年前，一位文学界的朋友多次催促，让自己写了一篇散文拿去，并很快刊登在当地文学刊物《哀牢山》上。于是，自己又突然有了幻想并来了灵感，重新回到"文学之梦"的起点之上，而一发不可收。不但将文章登到各种文学刊物上，也获得一些奖项，且还可集结成书。此时，才真正悔悟，干吗要自己与自己过不去，与人家赌气。

如今，虽说是亡羊补牢未为晚矣，也可大胆放言：诗歌是天上的星星，小说是命运的大地，散文是连接天上星星与命运大地的一条长河。但却说归说、做归做，写作并非自己想象的那样简单和容易。

可又自我感觉，只要尚有激情，只要精力还将允许，便可将生活观察和生活经历，随意捡起和任意堆积。可这又像理发师自己不会给自己剃头以及一些医生自己不会给自己治病一般，不知这是在粗制滥造、还是集腋成裘？

但无论如何，在此确要真诚感谢，在家乡哀牢山中很有名气，用心为自己插图点缀美化书籍，并挥毫泼墨书写书名的刘也奇先生与罗云生后生，这两位令我尊敬的哥们儿朋友与好兄、好弟。

只缘身在
哀牢山

目 录
CONTENTS

只缘身在哀牢山

成熟与幼稚

我在小时，是天真和幼稚的。

有时不知对错，错嚷着要看"沙家'滨'"电影；有时似是而非，模仿电影《平原游击队》里的话，满街乱叫"弯的骡驼"；有时似懂非懂，不但将电影《决裂》中戴眼镜的老师所讲的课题，误以为"《马尾巴的工人》"。并还无聊跑到高年级的教室外，对着同样戴着眼镜而正在讲课的老师大吼："马尾巴的工人！"直至愤怒的老师，追出门外："有娘养、无娘教育的东西。书不好好读，跑来这里捣蛋？"更可笑的是，当听了同伴说的"一个缠'小裹脚'的孤老奶，又脏、又可恶。八九十岁的人了，还经常一个人猱在门后，手指路人摇头晃脑、叽里咕噜'贝'（诅咒）人。并把路人抓去给她倒尿、倒屎。一天，稍不留意，便被她逮个正着。在见了那些红了稀的脏东西后，我便恶心地逃跑了！"的故事后，还深信不疑。

当然，也常能听到大人教育同伴和我的"恨铁不成钢，独子不孝、独狗爬灶，饭甑子里养仇人，穷汉养'娇子'，穷人的孩子早当家"等习惯用语，但却一时搞不懂是何意思。

之后，却渐渐发现，"滨"和"浜"是不同的；"弯的骡驼"，其实是"王道乐土"；"马尾巴"和"工人"，根本扯不上任何关系。只有"马尾巴的功能"，才合乎教学本意。至于同伴所说的老奶奶，更不可能干出什么"好事"。……

只缘身在哀牢山

渔　趣

很小的时候，就喜欢拿鱼。感觉拿鱼比吃鱼好玩。拿鱼的地方很多，拿鱼的方式不少，最多的时候，是相互邀约、隔三岔五去田沟里捞鱼或"攉鱼"（将水弄干涸捉鱼）。

水大的时候，在沟中深塘或积水多的水域拿鱼；水小的日子，将上节的沟水"败"开，而把下节深塘里的水"攉"干拿鱼。

即使竭泽而渔、把水搅浑，却经常有鱼儿从拿鱼的工具里、从抓鱼的手心中跳回深塘、跳进水田，或阴差阳错蹦跳到泥巴、石缝、草丛里去；也有鱼儿又从泥巴、石缝、草丛里再跳回水里；还有鱼儿沿上节没能堵住的细流往上奔，更有鱼儿随"攉"出的水逃到下节的流水里……鱼儿那种拼命逃脱的劲儿，也常常让我们束手无策。

想来，无论何种生物，一旦面临生存危机，都会用尽浑身气力去化解……何况是人类呢？

只缘身在哀牢山

与月共舞

　　春姑娘吹拂着温馨的春风、拨动着春光的琴弦、吟诵着青春的诗篇、歌唱着春心的歌谣，轻轻向我们走来。树上的枝芽，山上的野花，林中的鸟儿，水里的游鱼，地上的人们，在春风诱惑下，述说起春天的故事。

　　生活在哀牢山下、红河岸边的"花腰傣"人，舞动着花腰彩带，送走了春天的节日，赶过了多情浪漫的"花街"，吃下定情的"秧箩饭"，养好身体、储足精神，纷纷扛起古往今来的锄头和犁头，拿起三尺三的扁担，担起装满秧苗的箩筐，闹起春天的耕作和秋天的向往，去耕耘一片片朝思暮想的白云和土地，去播种一颗颗希望的种子和情怀，去开启通向幸福与吉祥的天窗与"秧门"，去洒下一个个浓浓情意和一片片碧绿的春天。

　　火红的攀枝花开得正艳，希望的田野里穿梭和刺绣起美丽的图案与花边，呈现出一派欢乐繁忙的农家乐的景象。这边唱起："茫茫水田似镜＼摇响串串银铃＼插秧姑娘来了＼撒下片片碧青。"那边应和："天开图画花腰美＼银铃摇响空气清＼男耕女织穿经纬＼春去秋来兑黄金。"

　　今天是个好日子，当我和"弟兄"在田野里度过一天的农家乐而返回弟兄家时，皎洁的月儿就从山后摇摇晃晃攀爬出来。出来相会鲜花的儿女，美丽善良、多情浪漫、柔情似水的"花腰傣"。

　　记忆的诗中这样写道："时逢三五便团圆＼满把清光护玉栏＼天上一轮才

捧出\人间万姓仰头看。"

饭没吃饱，酒没喝够，傣族弟兄便催促起来："快当一点，看跳舞去！"

"跳什么舞？没有舞厅！"

"没有舞厅，就不能跳舞？"

"跳什么舞？"

"跳舞就是跳舞。"

"今晚的月亮美满团圆、心存爱恋，一定是跳'月亮舞'！"

"这么啰唆？跟你说不清。"

月光如水，静静地泻在傣家的一片片"土掌房"上。花枝摇曳、树影婆娑，让我想起"但愿人长久，千里共婵娟"的美好心愿。

当我和傣族弟兄追随人流赶到村里的晒场时，晒场的周围已挤满热闹的人群。扒开人群观之，一群衣着华丽、楚楚动人的傣家少女，被人们团团圈围在晒场的中央。她们有的站立，像正在翘首以待；有的并列坐在一条条长凳上，像正在静静聆听和感悟来自远古的天籁。并且那些站立的少女，手里都擎着撑开的雨伞，既像是正在给坐着的少女遮风挡雨，又像是正在为坐着的少女抵御灼热的阳光，还像是正在庇护坐着的少女，不让鬼神依附她们的身体，而将她们的魂魄勾走。

一时之间，场中出现一位风韵犹存的傣家大嫂，她耸动双肩、扭动腰肢和臂膀、张开大大的嘴巴，像鹅鸭那样"嘎、嘎、嘎"地绕着场子唱跳起来。

有时如蜻蜓点水，在一个个姑娘的身边驻足停留；有时像蜜蜂采花，在一朵朵鲜花之间飞来荡去；有时像胡蝶恋花，在一朵朵鲜花之间穿梭；有时像在安慰和吩咐少女们去不断追求或找寻；有时像要为少女们了却什么未了的心愿；有时像盲人摸象，试图分清大象的大小、粗细和长短；有时像是在与神灵沟通，述说心中的追求向往；有时像在和"月亮之神"玩捉迷藏……于唱跳之间，还不时深情遥望高挂在蓝天里的月亮。

每当唱上几句，就把一位围观的姑娘拉进场子中央，并将她们安置坐在长凳上。似乎有意让姑娘们静静地聆听神灵传递的信息。每当再唱上几句，又去把一位端坐的姑娘搀扶而起，并面向月亮边唱、边跳或嘀咕。感觉她就像在询问神灵，她那阴森恐怖的舞蹈和追夺魂魄的唱词，是否迎合神灵的心意。每当唱到精妙处，那些坐着的姑娘，一个个像关在圈内而将头、颈伸出圈外的鹅鸭，追随歌声的旋律，将头颈和身体扭动得像可以在手中随意拨弄的弹簧。她们的脖颈，一时伸长，一时缩短；她们的头颅，一时偏左，一时偏右，并一时抬举和一时垂下；她们的表情，一时惊喜，一时迷惘，一时高兴，一时悲伤；她们的身体，一时立起，一时坐下……

她的歌声凄美婉转，她的舞姿飘逸洒脱，其不断地唱跳或歌舞，既像在与站立的姑娘对唱傣家小调、交流花之物语；又像在与月亮之神进行人神共舞和互动联欢。时不时，她还将身体抖动得如同筛糠，就像神灵依附到她的身体之上。而那些站立的姑娘，不时在她的歌声催动下，追随她的歌声与她同唱起了小合唱。让她们的歌声，如同风吹铃铛一般叮当、叮当脆响；让她们手中的雨伞，抖动得一尘不染、滴水不沾。直至后来，那位大嫂却是越跳越脚软、越唱越心伤，就像刚从泪水里沐浴出来一般。

不明白，她们这是在迎接神灵，还是在驱逐妖魔。但此情此景，让人荡气回肠、心花怒放；让人心惊胆战、毛骨悚然。我的灵魂好似被她们勾住一般，念念不忘这些傣家少女的俊俏模样。

问身边的弟兄："她们唱些什么呀？怎么一个男人都没有。"

"哪里知道？从记事那天起，这就是女人的专利。"

"难道她们唱的不是傣语？"

"是傣语，但却是翻话。"

"什么是翻话？无非像说普通话那样，变一下音调罢了。"

"'翻话'，就像写意诗，模棱两可、难以琢磨。"

"打个'比仿'？"

"'咚哈拉'和'达哈咙'，都是'摸大腿'和'敲大腿'的意思。还有没有其他隐意，却要看当时的处境。"

"不知大概意思？"

"好像是说：'雅摩'（巫婆）将月亮女神邀请到人间，让月亮女神与花腰女子一起相互联欢、相互沟通和相互倾诉。并祈求月亮女神，保佑傣乡风调雨顺、五谷丰收；保佑傣家如意平安、人畜兴旺。"

"何时兴起跳'月亮舞'的？"

"不知这是什么舞蹈，也不知从何年何月兴跳，但这里的各个寨子，在农历二月十三、十四、十五这三天，都要跳这样的舞蹈。并连续跳上三年后，相隔一两年，又继续连续跳上三年。而且，每年跳满三天后，人们还要恋恋不舍将下到人间的月亮女神送走。"

"一两句都听不懂？"

"什么攀枝花开了,泡桐花开,我们的秧苗还没有栽(栽早稻)。月亮女神呀！请你下到人间，会会我们'花腰傣'……"

"山对山来，崖对崖，蜜蜂采花下坝来。你的秧苗没有栽，我的心花没有开。有心栽花花不发，无心插柳柳遮阴。家花不死用火烧，野花不开用水浇……"

想来，自己没有家花，路边的野花不采白不采。于是，我就隐蔽快速地伸手拧了一下站在弟兄身旁的一位漂亮女孩的屁股。惹得那位漂亮女孩用惊诧的目光看着弟兄，并让我的心"怦、怦、怦"狂跳起来。

据说，上帝做了一个梦，仿照自己的模样，造就了天下的男人。此后，赞美不必出自自己的口，却能称自己的心。然而，他却对自己粗鲁的模样不甚满意。后来他听说"一切创造基于模仿",于是就模仿水里的印象开始创造女人。选取细软的泥土,仔细拣去沙砾;和上山谷阴处未干的朝露,对比先造的人型,精心观察它的长处和短处;用自己有经验的手指,捏塑新调泥;减削肢体的盈余,弥补美观上的缺陷;从流水的波纹里,采取曲线来做新模型的体;从朝霞的嫩光里,挑选出粉红来做它的脸色;向晴空里提炼出蔚蓝,缩入她的眼睛;收住一阵轻飘浮动的风,灌进这个泥型,以代替自己吹气。风的性子是膨胀而流动的,所以这模型活了起来。第一桩事就是伸了一个软软的懒腰,打了一个长长的哈欠,为天下伤春的女子定下榜样。

家乡的人们,常常把唱戏的人叫作疯子,把看戏的人说成呆子。疯子也好,呆子也罢,如果在场的人们都成疯子和呆子,至少说明他们之间还能产生相互吸引。我不知科学家牛顿,如何发现万有引力;也不知"卡文笛许",如何用实验证明万有引力的存在,但我却深信男人和女人,肯定能够相互吸引、产生静电感应。就像正电荷与负电荷,能够相互吸引一样;就像现在的人们,能够怀揣一颗虔诚好奇的心,在这里驻足观看场中少女的精彩表演一般。不难理解,如果没有万有引力所提供的向心力,少女们就不会聚集到晒场的中央;人们也不会闻风而动,将她们团团圈围起来。

有人把男人比作太阳,把女人比作月亮,说太阳是太阳系中的一颗恒星,地球是太阳的卫星,月亮是地球的卫星,是地球绕着太阳转,月亮绕着地球转,太阳照亮地球,月亮又反射太阳的光。

我好生奇怪,少女怎么成了花蕊,我们怎么成了花瓣了呢?这不是阴阳不分、乾坤颠倒了吗?可是,只要认真思量就会明白,她们都应该是太阳,我们都应当是月亮。

有时,人们也常常把男人比作山,把女人比作水,那是就其灵性而言的。说山围着水转,虽不符合逻辑,但却与相对论的原理相统一。就像运动是绝对的，静止是相对的一样。所以，无论是藤缠树也好，"树缠藤"也罢，还是水围着山转，山围着水转，太阳跟着月亮走，月亮跟着太阳走，我都不会在意。只要能跟着感觉走就行。只是我感觉到，她们提供的向心力还不够大，不能将我吸引到她们中间；离心力也不够大，不能将我抛到九霄云外。只能让我像矮人观场一样，在人缝中围着她们的美丽穿梭。我想，假若能用一根红线系在我的腰间，那么，我就可以像画画一样，在她们的周围画出一道道的优美的弧线和花边，让她们永远都出不了远门。可是，于我的心底，既不想做一名采花大盗，也不愿成为一位摧花狂魔，只希望充当一名护花使者，顺手采摘一朵美丽的鲜花插在胸间。

对面的女孩看过来，丑陋的外表掩盖着执着的爱。但却不知，晒场里开着什么花？牡丹花，杜鹃花，山茶花，攀枝花，还是凤凰花？哪一朵能采，哪一朵不能采？哪一朵才是真爱？好在"月亮舞"每年要跳三天，每届要跳三年，且三年以后还要再跳。这正像本地山歌所唱："杨梅好吃难爬树，黄泡好吃刺戳手，要想采花莫怕刺，小妹不答应也不怕；××有条橄榄坡，扯把橄榄换×摸，一颗橄榄摸一次，一把橄榄按倒摸。……"在这里，我虽学不会鲁迅《阿Q正传》中那"阿Q"向"吴妈"求爱的方式，但我可以等，可以冷水泡茶慢慢来。

记得小时，每逢乡里人家讨亲嫁戚，玩伴们就会相互邀约、并于口里不停喊着"新姑爷拿泥鳅，新媳妇挺大肚。婆娘小汉子，栽秧割谷子，割得一窝小耗子！"等顺口溜去闹新房。或者在闹新房时，会说不会说地学大人说上几句"头发乱哄哄，再饶一小盅！""矮胖、矮胖，麻雀生在肚子上。"等对子，以讨几杯糖水喝。在祝那些"小夫小妻"白头偕老、生活甜蜜的同时，自己也解一次馋或寻一份开心。我想，栽秧割谷子便栽秧割谷子，与傣家少女做"一对小夫妻"，有什么不好？

爬　树

爬树是苦中作乐之事。我曾经是为解决燃眉之急、零花用钱和嘴馋问题，才学会爬树的。要么游手好闲，进园子里扯上或偷上几个果子塞牙齿；要么爬到银环树上"扯蜜"吃；要么于又春粑粑又过年时，爬树"撕松毛"；要么在放学和放假的日子，上山"剔"松枝；要么在上山砍柴时，随意扯上一些橄榄、扬梅、"多依"等野果填肚子……

身材细小、枝丫较多之树好爬，又搂又抱、又蹬又攀就能上去；身材粗大、皮肤粗糙和疙瘩较多之树也好爬，紧贴树身脚蹬手攀也能上去；身材粗壮但皮肤光滑而没疙瘩之树难爬，有时需要借助于辅助工具；身材中等但皮肤光滑之树，虽不需辅助工具，却是要锻炼到位。

印象深刻的爬树，有过几次。

一次在如今的小花园里。当我坐到高高树枝上，快乐采摘和吮吸外形如叶子而上面全是金色小花的小花里的花蜜时，却意外听到了"小鬼！下来！"的大喊声。但在我下到树下后，则被来人带去干了一下午的义务植树。

另一次在现今的政府大院里。在我吃饱了花蜜下树时，却发现脚下的树身上糊满泥巴。明知是大男孩作祟，但我还是大胆下滑。尽管全身是泥，却不会死人。

还有一次是听了母亲的话，说姐姐这个"杨光舞"，在"大跃进"饿饭时，常像小儿子一样，飞天神王爬到大冬青树上，扯冬青叶回家当饭吃。因当时家里很穷，我便突发奇想，并爬到一棵名叫"小团树"的大冬青树上。在尽情采摘并准备下树时，面对粗大平斜的树枝，我却左右为难起来：站着或蹲着向下挪呢？自己却缺乏是非平衡的观念；双手吊着往下移吧？又怕力不从心，不能安全着陆。真是上树难、下树更难啊！

现实中，类似的危险情况不少。如何应对，只能各自把握。

树　魂

七彩云南，驰骋着一匹巍峨神奇的骏马，她的名字叫哀牢山；哀牢山下，奔腾着一条情感丰富的长河，她的名字叫红河；红河水哺育着一个古老姓花的民族，她的名字叫"花腰傣"。

偶然机会，我到傣乡驻村帮社。未及问候，热情好客的傣家大嫂奉上热茶、满面春风地侃给我听：她们没有传承文明、记载历史的文字，也不信仰佛教，却崇拜自然，深信万物有灵。即：谷有谷魂，米有米魂，饭有饭魂，石有石魂，花有花魂，树有树魂……

未来的日子，我对傣乡的花草树木有了些许了解。如花瓣可入食，花籽可入药，花蕾可作枕、作垫、作褥的攀枝花树；树体可遮风挡雨，作龙树祭拜，昭示风调雨顺的大青树；果实挂满枝头的野芒果树（林生芒果树）；果似玉坠，可清热解暑、调制美味佳肴的"酸角树"等。不到傣乡，怎会有如此见识呢？又怎能目睹那黄阳木树的芳容呢？

那天，傣家小妹一手拿着斗笠扇动着脸上晶莹的汗珠，一手高指着一棵冠盖如云、粗壮笔直的大树向我介绍道："大哥，那是我家的黄阳木树，已有几百年了。走，到下面躲凉去！"我寻着令人烦躁的蝉鸣声向上仰望，只见白云下那缕缕阳光在簇拥的叶子中穿梭，很难相信脚下的土地，竟能孕育如此稀有的参天大树。小妹见我发愣，说道："这不稀奇，村下靠近江边的那个土包上

只缘身在哀牢山

还有好多呢！黄阳木树，细叶红椿，大叶红椿、白椿树都有。每当夜幕降临，那些'串寨子'、'照电洞'的'罗卜冒'（小伙子），还经常邀约一些刚洗净白天尘埃的'罗卜少'（小姑娘）到大树下'发短信'呢！"

童年时光，我曾经常目睹家乡行宫中唯一的一棵高大青松，也品尝过全生产队一百多户人家都得以品尝的行宫中的那棵荔枝树结出的果实，并在行宫外的那棵大青树下，玩过"斗鸡"等游戏！只是那些美好的光景，就如一江春水，从我的记忆里流逝了。

记得那时，我还经常在做木活的哥哥身旁，靠堆积积木构筑自己的幸福乐园，而我那用来装放衣服或玩具的百宝箱，也是哥哥用樟木板亲手给我打制的。在开箱取物时，总有一股芳香扑鼻而来，一直令我难以忘怀。且每当我看着家里那如同用黄金熔铸成的黄阳木板，所做成的饭桌的精美纹饰，就仿佛让我看到了晨光下大海翻滚的金色波涛和天边飘浮的金色流云,也足以让人情思缠绵、浮想联翩。还有就是缝过年衣服时，那裁缝也是用红椿木做的尺子，给我量体裁衣的。

那时的木匠，也多以红椿木做成的直尺、弯尺、三角尺、水平尺为度量工具。其好处在于，用红椿木做成的工具，不但纹饰奇妙、色泽深沉、庄重，且在冷热、干燥或潮湿的环境下不易变形。所产生的误差很小，操作起来也方便顺手。

长大后在昆明读书期间，去逛花鸟市场，也见过许多用黄阳木做成的家具和茶具，但价格却相当惊人，一套标价就是好几万元……

现在想来，家乡公园的草坪上，不知何时，供奉起了来自江河的光滑滚圆的大石头，且在草坪的周围，还种上了从森林中移植而来的奇花异木和名贵树种。但我却能感觉到，它们有的已适应了家乡的环境而根深叶茂，有的则是老气横秋，在风雨中战栗飘摇。

君不见那提着鸟笼在公园里悠哉乐哉放鸟、观鸟、斗鸟，闻鸟语、嗅花香的人们；君不闻公园里的布谷鸟和鹧鸪鸟在歌唱自由、赞美爱情。运气好或许还能在机关的生活大院里，听到鹦鹉、"八哥"和"鹩哥"模仿四川人说出的"酒瓶、纸板，废书、废报，烂铜、烂铁拿来卖"等，乡音很重的话语……

我想难得到傣乡一次，寻觅一点回归大自然的感觉带回家，有何不可呢？

一个日朗风清的早晨，我和小妹到江边兜风，见江边土包上长着的所谓的名贵树种，也仅是几棵而已。但我却如挑对象一般选准目标，请求小妹去与村组协调，以便把其中的一棵很大的黄扬木树出售给我。小妹说："我说你怎么魂不守舍、心不在焉呢？怪不得是在想着这等美事！"

没几天，小妹回话："这回你好在了，拿车拉回去得了！"于是，我预付一半定金，并利用赶集的日子，专程到镇林管部门询问了砍运程序。工作人员对我说："红椿树是国家二级保护植物，黄扬木树是国家三级保护植物，私自砍运是违法的。若存心想要，需从村委会打一个《证明》，说明此树已经枯死，并适当交上一点手续费，我们才好放行。"

回村委会后，我便悄悄让小妹开了一个《证明》揣于怀中，以等待"下手"时机。可是，正当我美滋滋地准备"下手"时，小妹却说："七竹八木。时逢春天，沉睡的树木刚刚苏醒，树质较泡，改出的板子容易炸裂。"于是，我只好暂且作罢。

其实，面对那一棵两个人合围不拢、一辆东风车也装不下的黄扬木树，我是想物尽其用的。幻想着有一天：用其根部做成一套茶具，在附庸风雅时，品味一下"铁观音"或"青山绿水"等茶叶的茗香；用树木本身改出的板子，做上一套雕花家具，以增添居室的气派和雅趣；用剩余的枝干，再雕刻出"送子观音"、"灵芝如意"等工艺品……

可是，到了桂花飘香的时节，在我又一次准备"下手"之时，小妹却把我

只缘身在哀牢山

预付的定金退了回来。并对我说道："事情整不成了。寨子里的老波涛、老弥涛（男、女长辈）在下面嘀咕，说这几年人'走'（死）得多了，如果再砍树就更崴风水了，会遭天打雷劈！"

听了她的话后，我像丢了魂似的。怎么也意料不到，到嘴的鸭子就这样飞了。我恨小妹说"春天树质泡"，更恨那些傣家老者说"砍树崴风水"而崴了我的好事。人家村组干部都同意的事，怎么就被几个老糊涂弄"黄"了。但转而又想，这也许是一方水土养一方人，绿色意识已根深蒂固植根于傣家老人的心灵深处，才有了傣乡这片淳朴的民风厚土。

事物总在不断变化，自己想办的事不一定能够办到。但自己认为不该做的事情，却同样有人做了。

之后，我才恍然大悟，在一次村组会议上，开初时全讲汉话，但到了会议的尾声时，却全变成了傣语？自己被蒙在鼓里，还不知其所以然。是次日与小妹出村办事，发现距村委会不到一公里的一片梨树林"完蛋"我才明白，那次会议的内容和砍梨树林相关。

目睹横七竖八一片狼藉倒在地上，粗如手腕、大腿、腰杆的梨树枝干，再也不能继续发生光合作用的梨树叶子，以及树叶之下那一片焦渴的土地，哀牢山中茶马古道上的风景，不断浮现在我的眼前：茂密的原始森林，像一个一个被遮得严严实实的天然的大伞盖，让阳光很难插足进来。即使偶尔有几丝可怜的光线从树冠上泄漏下来，也常常被半空中的其他植物给截住了。阵雨时，刚开始的一二十分钟内，雨水是不会落到地面的，它们往往都被厚密的枝叶拦住了。只有到了雨停后的一二个小时，水珠才会滴滴答答掉个不停。且地下堆积起来的厚厚的枯枝败叶，让人脚踏上去，宛如踩在了海绵上。人们走在森林中，就像潜行漫游在一个海底世界，深深吸一口气，那植物的芳香，却浸透了人们的五脏六腑……

小妹的咳嗽声，打断我无尽的遐思。我既报怨身旁的小妹，没有履行好自己的职责；又责怪起她没有向我说明当时的情况，以致未能让我们尽到自己的微薄之力，共同挽救那些脆弱的生命。于是，我顺手摘了一片树叶，插到小妹的花腰带上："'老海牛'（水牛）在上面行走都会翻'跟斗'（筋斗），树林离寨子又那么近。既能保水、又可休闲。让人们在林中歇歇气、喂喂'秧箩饭'，也非常惬意。怎么能轻易用它们的身躯去换甘蔗林？"小妹听了，含情脉脉说道："水打泼了，能收回吗？"

时至今日，我的那片曾经拥有的古树情结，仍挥之不去。心想，若能给为数不多、散居在花腰之乡村村寨寨的古树和珍贵稀有树种建立备忘录，以实行合理保护，使之在供人们赏玩的同时，如同桫椤树一般，成为人们增长知识的活化石，就再好不过了。只是我还不知我那棵心仪的黄扬木树和她的同伴的灵魂，是否仍萦绕在戛洒江的江岸上，她们那娇美的胴体是否还沐浴着红河谷的风雨阳光，并挺立腰杆、闪烁着绰约风姿。

徜徉玉峰秀水间

东坡先生在描绘江西庐山时有诗云："横看成岭侧成峰，远近高低各不同；不识庐山真面目，只缘身在此山中。"若把江西庐山与横亘七彩云南的哀牢山相提并论，我却不知谁是西施、谁是貂蝉？

云遮雾绕的哀牢山上，一座座俊俏的山峰，一个个迷人的山垭，一片片舒缓的坡地，一朵一朵秀丽的小花，亦幻亦真，常常惹人梦幻到摩登女郎的美丽肌体。

山中的白云，被栅栏般的群山圈围起来，覆盖了一个个山坳，如水乳交融一般形成了一个个美丽的"湖泊"，与昆明滇池、澄江抚仙湖、江川星云湖一道，犹如一颗颗点缀在群山之间的高原明珠，不断折射出历史的积淀和时代的动感。湖中云雾，常常被明媚的阳光交织得白云滚滚，恰似即将冲破群山的汹涌巨浪。也许李白诗中那"飞流直下三千尺"的意境，也不致如此。

一棵棵苍老的古树，仿佛一个个身披层层叠叠蓑衣的仙翁，伫立在绿色的海洋中，不断搜索着浪中的渔汛。一片片绿油油的老林，似一个个天然的大伞盖，很难让人看到阵雨之后的雨水，滴落到铺满枝叶的土壤里。只有当树上的枝叶不堪重负时，它们才会慢慢沿着"树衣"往下流。人们在林中行走，宛如踏着七彩的珊瑚，漫游绿色的海底世界。那些走出野林的人，分明从海底探密归来。

太阳爬上山岗，云雾萦绕山梁，似那玉乳被涂抹上一层甜蜜的果酱，不用说外乡人，即使是山中人看了，也觉秀色可餐、好不眼馋。……

哀牢山孕育了很多梦想，培植了许多希望，是一个招蜂引蝶的天堂。有人把她作为洗涤心灵、陶冶情操、消除城市喧嚣的港湾，有人把她视作生命的起点和归途。她的每一个石头、每一片叶子、每一把泥土都是一首歌、一首诗，都包含着一个新生儿成长的故事。

这些年，哀牢山的山上、山下，常有春风吹拂、草木嬉戏、鸟语花香，并有鸟儿与人类进行情歌对唱：傣家的甘蔗，越来越甜；彝家的火塘；越烧越旺。每一粒水珠、每一束火光都斗志昂扬、挺起胸膛，为之陶醉、为之歌唱：求来年风调雨顺，盼明天大道金光。

可是，在人们饮着山中甘泉，泡着天赐氧吧，采集了山顶的阳光和白云，并品尝着鸭鹅欢歌的美味时，却竟然有人因为哀牢山的调色不当，扫了兴致或失去胃口。

看那镶嵌在青山之中的一片片烟地和甘蔗林，被阳光折射出与周围风景不相和谐的色彩，被山风激荡出与周边风光不相协调的声音。一眼看去，就像一位年过中年的妇女，身着一条打满补丁的连衣裙，很难让人找回她往日的光彩与神韵。且因为"甘蔗上山"，有的山体变得聪明绝顶，有的山体则削发为尼，有的则像一位初为人母的少妇，为方便哺乳将胸前的衣服剪出两个大窟窿。面对饮鸩止渴造就的这些斑驳痕迹，在偶尔上山观日出时，总是让人心疼不已。

艰苦年代出生的人，忘不了凭票供应的日子。在精美的火柴票、煤油票、肥皂票、肉票、粮票、布票的图案背后，渗透了许多的汗水和艰辛。

那时的人们，做活"磨洋功"，吃饭打冲锋，有的一年到头不但分不到红，却还出现超支、填不饱肚皮等窘境。即使到了过年，连缝一套衣服，也成了许多人的奢望。只有到了目不忍睹、并难以遮风避寒时，人们才会想法凑钱，并拼上几个人的布票进行购买和缝制。且平时所穿的衣服，则总是新三年、旧三年，缝缝补补又三年。记得当时的一些"山苏人"（彝族的一个支系），不要说是能穿到补丁衣服，即使是到了十三四岁的少男、少女，赤裸身体跟着卖炭的大人满街转，也曾屡见不鲜。人们常说"三分人才，七分打扮"，这样的日子，却很难让人寻到漂亮的姑娘。

那时讨亲嫁戚，时兴送彩礼，彩礼的多少和好丑，则很能彰显主人的身份和地位。那彩礼不是后来的手表、自行车、缝纫机和录音机，这美其名曰的"三转一响"，也不是现在的车子、房子和票子，而只是少量的礼金、酒肉和必备的衣服。若是谁家能用东拼西凑的布票和"大团结"，购买或缝制七八套时髦的"卡叽""的卡"和"的确良"等衣服作为聘礼，送给过门的新娘，人们便会议论开来："喏咯，某某姑娘寻到一个如意郎君，找到一个温馨的家。"

不久前的一个街天，一位彝家大嫂挑着一担木柴经过居家门口，问我的妻子："小妹，给要柴？"

"不要。"

"'相应'（便宜）卖给你，给要？"

"不要。"

"送给你，给要？"

"不要。"

"你们拿哪样煮吃？"

"我们用电和液化气。"

"现在的人怪了，连柴也不兴烧了说……"

看着卖柴人渐渐远去的背影，心里总是酸溜溜的。可时逢街天，居家巷道里，却经常能听到人们买卖柴火，所发出的讨价还价的声音，弄得人睡个午觉都不得安宁。

或许因为卖柴影响了哀牢山的颜色，那些卖柴人只要一听到一点风吹草动，就会拼命挑着或抱着柴火四处藏躲，并让我联想到杜甫《茅庐为秋风所破歌》中所描绘的，"南村群童欺我老无力，公然抱茅入竹去，唇焦口燥呼不得，归来依旧自叹息。"的场景。想来，山里人的日子还不太富裕。不然，他们没必要冒着自己的劳动成果被充公的危险，偷偷摸摸跑到这背街背巷卖柴。

　　有人测算过，彝家兄弟每栽种和产出一棵烤烟，需经过二十多道工序。且每出售一公斤烤烟，平均售价为10元左右。但每市斤烤烟，却足以产出一二条红塔山香烟，并可兑得一二百元的人民币。仅烟草一项，玉溪就能为国家和地方创造几百亿元的财政收入。傣族弟兄收获一吨甘蔗的销售收入在200元左右，生产一吨白糖则需要7吨左右甘蔗，但每吨白糖的市场价却高达四五千元。玉溪也因为种烟和种甘蔗赢得"云烟之乡"的美誉，并成为甜蜜事业的第一车间。但把多数彝族兄弟和傣族弟兄栽种烤烟和收获甘蔗的收入折算成工钱，每人每天却不到10元。一年到头吃吃喝喝则所剩无几，起房盖屋、添置大件家当，却成了许多人的奢望。

　　令人困惑，为何居住在哀牢山中的农民朋友，给"哀牢山"打了那么多补丁，付出了那么艰巨的劳动和生存代价，创造了如此多的社会财富，至今却仍有许多人未能摆脱贫困？

　　十余年前为了生活，我曾经站到了哀牢山中的鲁奎山山顶；十余年后，还是为了生活，我又重上了鲁奎山。过去人们为采掘矿石热火朝天地给鲁奎山褪下金镂玉衣，现在人们却同样为采掘矿石钻到鲁奎山的肚子里去寻找金童玉女。形势变了，可那些依山而建的低矮昏暗的"土掌房"还没有变。

　　座座金山，给人类创造了大量的财富，也让山外的世界变得越来越精彩。可山里人怎么办？"烟盒舞"的旋律，需要富裕的生活来伴奏，人们总不能衣不遮体、食不果腹地在山里躲上一辈子。他们今后的路在何方？是继续守望山野，还是不断流向城市？……

传说哀牢山中的大红山铜、铁矿建设与开采，正如火如荼进行，人们预期，可产下许多"金娃娃"。但我想来，做一个女人，一辈子生不了几个娃娃，生多了，既违背自然规律，也容易衰老，更何况还会有绝经的时候。饮水思源，人们怎能忘记那些祖祖辈辈坐在金山上，守望着金山的人？他们的生命之源、光明之路、智慧之光，都迫切需要那些有良知的人们，将它们延伸到山外的世界。

据气象部门观测，哀牢山中的日照量和降雨量，都将更加充沛起来，对山中物种的光合作用，也会更加有利。而我也在用心期待和静静聆听，那些开花结果声音的不断到来……

美哉　面瓜鱼

　　驻傣乡时，天赐一个缘分，让我结识一位傣家汉子，他感觉我这人好玩，非要和我"打弟兄"。问其何谓"打弟兄"？他说就像三国时代的刘、关、张三人那样结为兄弟。不求同年同月生，但求同年同月死。我不想和他同年同月死，却愿与他有福同享、有难同当。他说"打弟兄"，我就和他打了弟兄。

　　"打弟兄"后的一段时期里，我却很少清闲过。我和弟兄经常形影不离，好得几乎可以换唾液吃。他常常邀约我和他一起，走亲串戚、游山玩水。要么"照电筒"（用电筒照射与姑娘约会），要么"串寨子"（夜晚到各个寨子走动，以寻求心仪的姑娘），要么捉蛤蚧，要么去摸鱼……反正我对傣乡的一切都感新鲜，也随时让他带着我去。

　　一天，太阳刚刚爬上山梁，照亮傣乡。弟兄吆喝起来："太阳照屁股了，还不起床？说好今天去拿鱼的。"

　　听到拿鱼，我一屁股翻身坐起。并从小认为，吃鱼没有拿鱼好玩。稍许工夫，三朋友、四弟兄都聚集起来。一切准备妥当，大伙便提着渔具出发了。

　　一路上，弟兄总是不停唠叨："这是攀枝花树，这是'酸角树'，这是红椿树，这是黄扬木树……"就像一位指挥员正在清点着有无掉队的士兵。"行了、行了，我们是去拿鱼，不是听你摆谱。再数也就那么几棵。"我有点心烦起来。不知不觉，我们一起走到了江边。

江面流淌着清澈明亮，滔滔翻滚的江水，江中横卧了许多被流水冲蚀得光滑滚圆的大石头，它们似一块块阻挡利剑的盾牌，被江水的柔情不断消磨着沧桑的岁月。

"你不要下水了，在岸边提鱼，顺便让我的小妹陪陪。"弟兄对我说道。其实，他们不知，我是一个旱鸭子，就像叶公好龙，对水是又爱又怕、敬而远之。面对如此汹涌澎湃的江水，不要说让我下水，即使在岸边走走，也觉目眩头晕。但有弟兄的小妹相伴，心中的畏惧却得以减轻。

"又不是小娃娃，还用得着她陪？"我口是心非地回答后，就细心看了一眼，在生人面前显得更加羞涩的弟兄小妹。虽然过去在弟兄家里喝酒时似乎见到过，但却因都在晚上而没有很好留意。此时我方才发现，弟兄的小妹原来是一个天生的美人坯子。

"把你那'天铜'做的'雷楔'戒指取了，那是克鱼的，戴着它鱼不敢出来，我们今天就没有伙食了。"我正欲向弟兄解释，可弟兄却很快褪去身上的衣服，一个"猛子"扎进奔腾的江水里。此时，我只好悻悻地将戒指怀揣起来，并等待着他从江水里露出头来。

江水吞没弟兄身体，远古的声影却追随着流水，让自己的思绪飞扬起来。

一群身系树叶、手持鱼叉和网具的古人，有的站在江中的大石头上用鱼叉叉鱼、用网撒鱼，有的纵身滚滚的江水之中往石洞里摸鱼，然后收拾好手中的渔具，谈笑着一天的收获，行走到江边的沙滩上，并拾来树枝、干柴燃起篝火，将一条条刚刚捕获而来的鲜美的"面瓜鱼""滑鱼"等，用树枝串了起来，并放到烈火中烘烤，尽情地吃着、喝着、唱着、跳着……

现代游泳比赛中，有一个"蹼泳"比赛，其最基本的要求就是，口里含着呼吸专用的气管，身上穿着特制的潜水服装，以最快的速度，从水里潜游最远的距离，以决定比赛胜负。"蹼泳"也作潜泳或器泳，它和傣家进行闷水摸鱼

只缘身在哀牢山

非常相似。所不同的是，"花腰傣"人闷水，既没特制的服装，也没有专门的呼吸工具，但却可以说闷水是"花腰傣"人的天性。从古至今，闷水捕鱼都是他们特有的一种生产劳动方式。

据《水经注》记载，商周时期，红河上游，有"濮人"居住。难道身边的这些捕鱼人，就是"濮人"后代？那他们与"古滇国"又有何联系呢？

相传古滇国国王的女儿，爱上了宫中的一位御林军将士，却无奈他家境贫寒，两人只能私下来往。但纸包不住火，其行踪很快被人们发现，也惹得龙颜大怒。仓促间，国王草率地将自己的女儿，许配给了丞相的跛脚儿子。眼看婚期日益临近，情急之下，国王的女儿在贴身丫环和看门老头协助下，于一个月黑风高之夜，与那位御林军将士一起悄悄溜出宫门，隐没于夜幕之中。国王闻讯后，指令御林军沿途搜寻追杀。那位御林军将士和国王的女儿一路潜逃，风餐露宿，栉风沐雨，从滇池湖畔长途跋涉来到红河之滨，却巧遇天降暴雨，红河水暴涨，官兵尾随而至。眼看上天无路，入地无门，两人双双纵身江中。

上苍为情所动，扒开红河水，并用双手将两人送入了天堂。

顷刻间，风停了，雨歇了，日出了，水缓了，红河上游出现了三江并流奇观和一个巨型天坑，红河两岸也突兀起了两座两山对峙的神山。斗转星移，集天地之灵气，采日月之精华，两座神山之上渐渐长出花草树木，形成流泉飞瀑，引来百鸟投林。

人们说，那两座神山就是现今的哀牢山和磨盘山，而山上山下那漫山遍野的鲜花，就是现今的"花腰傣"人。据说，那些年长的花腰傣老人，在夜深人静时，至今还能听到两山对望的"磨盘山"和"哀牢山"隔江对唱情歌，也能看到"磨盘山"和"哀牢山"这对恋人化作的真身，在河口大桥上相会。

"弟兄，抓到一条鲤鱼！"从水里冒出江面的弟兄，边说边把鱼向我扔了过来，也把我那匹思绪的野马，从时空隧道中拉了回来。我转而严肃地对他说道："弟兄，你不知道，刚才我看到一条一百多斤的面瓜鱼！"他反问道："在哪里？我怎么没看见。"

一行十余人的队伍"追波逐浪"，从磨刀滩的滩头搜捕到了滩尾，却只抓到一二斤杂鱼。既吃不饱饭，更下不了酒，还得让弟兄贴上一只大鹅。但我却收获不小，悄悄地与弟兄的小妹套上近乎。

回到弟兄家中，弟兄的大哥以为我不开心，便开导我说："兄弟，你是有福气的。昨晚我做了一个梦，梦见一头老水牛，被我掰着角牢牢拴住了。今晚你在这里歇着，明天肯定会有好运。"其实，弟兄的大哥不知道，我是在江边跑累了，才变得那么寡言少语。

几两酒下肚，便一觉睡去。睡到半夜，弟兄小妹的"鸡棕帽"还如蜻蜓点水一般，在我的眼前归去来兮。水灵灵的小模样，似那雨后长出的小白菜一样鲜嫩；柔软的身段，可以编成一个美丽的花环。感觉她就像傣家那绣着彩色花边的攀枝花做成的"爬垫"，软得让人躺在上面，再也不想起来。

"兄弟，快起来！钓到一条'面瓜鱼'了。"弟兄的大哥把我从梦中唤醒。

迷糊中，我跟着弟兄的大哥走到厨房："哇，真是'面瓜鱼'啊！像海底的幽灵——潜水艇一般，有四五斤吧？前几天，一个农民在三江口那里，抓到一条二十斤左右的'面瓜鱼'，还上了电视新闻呢！"

"我说兄弟你有福气吧？"看我兴奋的样子，弟兄大哥卷起袖子，乐滋滋地边杀鱼边给我念起了鱼经："这一带，过去鱼很多，大鱼也不少，四五十斤一条的鱼多的是。那时我们经常跟着大人，在月明江清的夜晚，打着手电、拿着砍刀到江边的浅水区照鱼、砍鱼，或是在农闲之时，用网捕鱼、用钩钓鱼，几乎天天都是满载而归。现在生活好了，人们的口味提高了，却一阵滥捕，鱼的数量一年比一年减少。前些年，红河下游的人，还经常来到我们这里，从上游往下游，用'鱼滕精'闹鱼，用炸药炸鱼，用电触鱼，还有就是近些年江上

只缘身在哀牢山

游的工厂排放污水，使江面飘起'雪花'（白色泡沫），有时把鱼闹得、炸得、触得满江漂流，就连长期生活在水底的'面瓜鱼'和水中石洞里的'滑鱼'也不能幸免，如今再想捕到四五十斤的大鱼，已经很不可能了！"

说着、聊着，"面瓜鱼"很快就被弟兄的大哥"剔"好了。弟兄的大哥转而对我说道："这个鱼胆你拿去。牙痛时，用火烤一下敷上，特别管用。"

鱼被"剔"好后，弟兄的大哥不加任何作料，直接把鱼用清水煮了。此时我才发现，所谓的"面瓜鱼"，其实就是它被煮熟后，肉质变成金黄色，并与切开后的南瓜颜色相似而得名，且味道特别鲜美。

后来，弟兄的小妹告诉我，在傣乡，地道的美味佳肴就数"面瓜鱼"和"滑鱼"。如用清水煮吃，数"面瓜鱼"和"滑鱼"味道鲜美。如用罐腌制，又数"面瓜鱼"最为甘酸香。一片腌制好的"面瓜鱼"片，就能让男子汉喝进二两小酒，也能让妇女填上一顿饱饭。若不是遇上贵客，主人家是根本舍不得将腌制的"面瓜鱼"拿出来吃的，更不要说用新鲜的"面瓜鱼"煮吃。有朋自远方来，最要紧的是将"面瓜鱼"的尾巴夹给客人吃。因为这"面瓜鱼"尾巴，最有味道，也最有嚼头。来客只要轻轻咬上一口，就会产生不想离开傣家的念头。"面瓜鱼"对水质的要求特别高，将之放到自来水中放养，即使是向水中输送氧气，不到一天工夫，它就会自行死去。这种土著鱼，和长在江边的那几株名贵树种一样，如不控制捕捞和改善其生存环境，用不了多少年，就会自动灭绝。

是的，红河水时而清澈，时而浑浊。善水的花腰傣人，就像那江水中的"面瓜鱼"一般，永将在这红河水里嬉戏，他们又怎么能离开哺育他们的红河水呢？我不希望，吃过"面瓜鱼"的人，也许也不希望，那种咀嚼"面瓜鱼"思念心中小妹的感觉，只是一种美好的回忆。

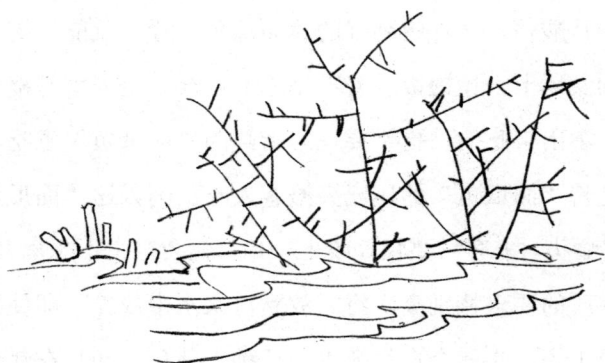

只缘身在
哀牢山

石　　魂

如果说万物有灵，就该石有石魂，树有树魂，花有花魂，人有灵魂。正因为石头有魂，才孕育了孙悟空出世的石破天惊。正因为石头有灵，贾宝玉身佩的美玉，才与他自身的命运紧密地联系在一起。人们常说精美的石头会说话，精诚所至，金石为开，说的就是石头灵魂的存在。人人都会做梦，大人有大人的梦，小孩有小孩的梦，年轻人有年轻人的梦，中年人有中年人的梦，老年人有老年人的梦，我也有我的梦。谁都希望噩梦早日结束，美梦成真。我相信石头有魂，相信石头开花、石头说话，相信任何神话了的不可能的事情都将变为可能，也笃信人的灵魂能脱离躯体追随梦想飞到天上、游走他乡。

我希望石头开花、石头说话，所以对一位生物学家说过的"谁能将哀牢山上的大树杜鹃（俗称马樱子花），移栽到哀牢山下，并使之生根、发芽、开花，人间将增添一道靓丽风景"的话语耿耿于怀，就做了一个稀里糊涂的梦。

一个艳阳高照的日子，我和小伙伴到一个名叫"大黑箐"的地方砍柴，于砍柴擦汗间隙，突然看到一股粗如脸盆般的浓烟，发着呼呼的声响，从晴空中直插下来，并落到距我们一里有许的"深箐"里。大伙见后议论纷纷，进行了种种猜测。好奇心使然，在和玩伴将柴担回家后，我于次日清晨，独自一人悄悄前往浓烟坠落之地的丛林深处四处寻找，并发现一个被烟火熏黑的有小水缸一般大小的土坑，然后就用随身携带的锄头，沿坑底挖入约一两米深，而从坑中挖出了一个乌黑发亮、又圆又滑，并有足球般大小的沉重石头，然后神不知鬼不觉地背回家中藏匿起来。

记不清读过了多少个日夜星辰，也记不清写下了多少个春夏秋冬，身上的短棉袄穿了多少载，打上了多少补丁；冬天里在野外拉屎时，屁股露在外面让寒风吹了多少次；每天中午放学后到家附近的山上砍了多少柴，挑了多少担，堆了多少码；雨天用手推车到山上拉柴时，拿过几个"红屁股雀"；考试时在试卷上填过多少A、B、C、D，我就慢慢长大成人了。

后来结识了杨利伟，与他歃血为盟，结拜了弟兄。于是他对我说道："弟兄，我带你奔月去吧！"

当时我因担心高处不胜寒，对他说道："你先上去吧！我择日再去。"

之后，他就独自一人上天去了。待他从九天揽月返回，他就在我面前炫耀，并把月球描绘得天花乱坠，进而还对我说道："弟兄，人生一世，当及时行乐。趁年轻，何不潇洒走一回？"

经他这么一说，我动心了，现时决定沾着他的仙气而去。顿时，只感全身剧烈颤抖了一阵后，自己便被神州号飞船送到了月球之上。

到了月球，四周黑漆漆的，没有灯光，找不到行进的方向。孤身一人，四顾茫然。仰天长望，虽有星光灿烂，却不知何处才是天堂？有"危楼高百丈，手可摘星辰"之意，无"不敢高声语，恐惊天上人"之感。后悔当初听了老人胡言，说月亮上有一棵娑罗树，树下有一个老奶奶在纺线，才来到这里。

徘徊犹豫之中，四周忽然明亮起来，嫦娥仙女轻歌曼舞反弹琵琶飘然而至："小兄弟，来自何方，将去何处？"

我慌忙作答："小生来自东土大唐，到这里过神仙日子。"

"回去吧！这里没有你的生存空间。建设好家乡，自然胜过天堂。"

"那我也要取着真经回去。"

"这里无什么经可取，只有一些烂石头。如果需要，你可以随便捡一个回去！"

"石头有何用处？"自度之间，话未出口，嫦娥仙女飘然舍我而去。我紧步追赶，虽一步就跨出十几米远，但还是未能追上。

穷追一阵，却巧遇身穿短褂、手轮玉斧而正在挥臂砍树的吴刚："看到嫦娥妹妹了吗？"见他没有反应，继而又说道："真是吃多了。砍了猴年马月都砍不倒一棵树！"

吴刚放下手中玉斧："何方顽童，不好好在家待着，竟敢来此胡言乱语！"之后，他想了想："说了你也不懂，砍树是职责所在。真是站着说话不腰痛，你来试试？"

"天街在哪里？想采购一些神仙用品，顺便向商人们讨教一些经商秘诀。"

"天街？天机不可外泄。这里没有适合你的东西，只有一些烂石头，如果想要，可以拿一个回去。再说，不是人人都能经商的，要不，我就不用在此砍树了。"

"那我回不了家了，如何是好？"

"回不了家与我何干，求观音菩萨吧！"

"菩萨在哪里？麻烦大哥帮帮忙吧！"

于是，吴刚大哥有气无力、爱理不理地随手拍了两下巴掌，那观音菩萨就身坐莲花宝座现出金身。

见到观音菩萨，如见到救命的稻草。但对于远道而来的我来说，却不忘跌倒也抓一把灰，而忙着去搬那些烂石头。观音菩萨见我如此荒唐，便发话道："不用了，你先回去吧！"然后就像摘花一般，用手指轻轻一捻，就有一朵山鹰状的白云飘到我的脚下，载着我返航了。

飘呀飘，"云鹰"载着我飞向地球，让我享受了腾云驾雾的快感。当我快进入大气层时，我看到了一条山脉，如同一个身着绿色睡衣的美人沉睡在大地上。并且，那身体之上轮廓分明，非常清晰可辨。于是自我感叹，是何等鬼斧神工造就了自然和人类，而使得大自然的许多事物与人的身体紧密联系在一起。比如，森林像秀衣，流水像乳汁，山脉像美人，山峰像玉乳，山腰似腹部，山坳如阴户，让人们也同时发明创造了许多生动形象的词汇，对它们进行临摹和描述，什么美人照镜、"美女晒阴"等。临近地面时，群山在脚下起舞，像绿色的大海中翻腾起了骇浪惊涛。然后，只听"唰"的一声，那"云鹰"就徐徐降落在了山顶之上的一片原始森林上。并且，很快变成一块很大、很大的如塑料薄膜一般的东西，让我从上面徐徐滑落，直落到山坳里的一片开阔草地上。

落到地面后，不知身在何处。放眼望去，却看到对面的山壁上，悬挂着两条条幅。仔细观之，只见上面写着"福如东海长流水，财源广进达三江"的字样。回顾身后，那一块载我到此的"云鹰"，却又不知哪里去了。再往前瞻，对面山梁上的那两条条幅又消失得无影无踪。四顾无人，自己只好顺着山路往下走，并走到了一条柏油公路上。

路人见我，都以为我是神仙下凡，争相与我套近乎。不知何故，我却看不清他们的模样，也不知如何与他们交流，只好一笑了之。当他们与我分开后，我就看到那些人在从一个大石头旁经过时，有的往石头里插进一根木棍，有的又把前面的人插进的木棍从石头里拔出来，也不知是何用意。待我走近，才发现这个大石头上，天生地就了一个"V"字形图案，且在"V"字形图案的下方，还有一个石洞，那形象简直妙不可言。不知是出于好奇，还是长途漂泊之故，我却突然感到尿急起来。于是，情不自禁对着那石洞冲了一泡尿。"尿花"冲进洞里，又向外四溅开来，让我感到轻松愉快！

撒完尿后，全身得到放松，于是就便有了欣赏周围景致的雅兴。

公路两旁的行道树，向前上方弯弯曲曲地延伸着，如一条苍龙盘踞在高高的山腰上。

公路下是一片如用碧玉铺就的坝子，层层的梯田勾勒成了一片片青色的鱼鳞。偶尔从梯田中走出一两个模糊不清的人影，猜不透正在做些什么。

一个个小土包镶嵌在绿色的田野中，如一颗颗"石钉"稳稳当当地钉在了碧绿的翡翠里。土包之上的木棉花开得红红艳艳，告诉我现在正值明媚的春天。

坝子的下方，还有两条相互交汇的河流。如两条红色和绿色的丝带，在此交叉后扭成一体，整体形象就像一个很大的"Y"字。

交汇后的河流，不断向前笔直地延伸了一段距离，就绕着一个个山体迂回旋转起来，形成一个横躺着的"S"形图案。

在横躺着的"S"形河流下段，即在那一条如同半圆形的河流之中，包裹着一个翠绿色的山体，其山包之上还有一个由一间间"土掌房"如积木般堆积而成的村落，那村落的房顶上正升腾着袅袅的炊烟。

并且，在这山包之下的河流上方，还有一条环形的乡村土路，连接到了河流侧对岸的山包下后，又向上爬升到我脚下的公路上。

在这"S"形河流的上段，即上段那一条半圆形河流之中，也同样包裹着一个绿色的山包。

上下两个山包相互映衬，给人的感觉就像一对风流的"乳房"，只是这两只"乳房"，却被一件绿色的胸衣笼罩着。

令人称奇的是，一只"乳房"被绿玉完整地包了金，另一只"乳房"则是被绿玉包了金后，又不知被谁用刀斧拦腰斩去一半。

并且，在这"乳房"的顶端的中央，还形成了一个很大、很大的大窝塘，且这个大窝塘还被一个很大、很大的大圆环套上。

初看起来，两只"乳房"很不对称，让人甚感遗憾；仔细观之，却是非常壮观，令人惊叹。大窝塘被一片银白的晨雾覆盖着，阳光照射下，云蒸霞蔚，如一锅用圣水煮沸的汤锅，让我不断长上了食欲的翅膀；一道凌空欲飞的栈桥，将两个山包从腰间连接起来，则像在那胸衣的中间，搭上一条精美的饰链；而那从桥下穿过的河流，不是乳沟，又是什么？……

正当我心驰神往，大窝塘内的云雾，不知不觉散了。并露出一片片绿油油的解放草。当时心想，这么好的一个大窝塘，只是让其自然生长解放草，未免有些可惜了。若能稍加修饰，并给她洗洗澡、化化妆，或者是再往塘内灌点浆，一定会变成一个非常漂亮的景象。

经多方打听，这里正是"云鹰"载我从月球返回，并进入大气层后，所看到的那一条"睡美人"般的山脉，即哀牢山主峰之下、红河谷中，闻名遐迩的花腰傣之乡。眼下的河流叫红河，两条河流交汇处叫三江口，那个横躺的"S"，称为红河第一湾。那个被当地人所称的"大窝塘"，我却把它叫成"红河天坑"。好在这里离自己家乡不远，乘车用不了半天。于是，我就搭上便车，回到自己家中。

长期闲在家里，终究不是事。把枕头睡扁，天上却不会掉下馅饼，精神将更加不振，心里也更加空虚。翻来覆去，傣乡的美景却在脑中挥之不去。突发奇想，去开发"红河天坑"吧！但掐指一算，却需要不少的资金。资金从何而来？抓破了头皮，也不能解决。

一天，随手翻阅一份报纸，偶然之间从报纸上看到一则"国家为实施外星开发计划，出巨资向民间征集陨石，用于重大科学研究……"的信息，让我忽然想起少年时代，自己从"大黑箐"里抱回的那一块石头。

慌忙之中，我便悄悄从家中花池内，刨出那个乌黑发亮的石头，并用塑料编织袋装上后，搭上飞快的火车，直奔国家博物馆而去。到了国家博物馆，经专家评审团共同鉴定和评估证明，此石头来自月球，并且还是月球上的矿石结晶体，其光线折射率和硬度相当高，胜过地球上的任何一种天然钻石，在世间绝无仅有。虽其外表呈乌黑状，但内里则七彩斑斓，只要稍加打磨，就能熠熠生辉。并且，还是实施高尖端科学研究和运用的上好材料。后经他们多次与我进行协商和打折，就象征性地兑现给了我几亿美金，并直接将资金打入了我的个人账户。

有这么多钱，我却犹豫起来：吃喝玩乐一辈子，也消受不完，何必去傣乡开发什么"红河天坑"；腰包里满满的，脑袋里空空的，不见得就是好事。最终我还是做出决定，并赶赴清水乡，也就是那一个令我魂牵梦绕而哺育着花腰儿女的地方。

谈了想法，当地政府极为支持，现时拍板，将这方圆几百亩的"红河天坑"，转让给我进行开发利用。可是到了后来，清水村的"花腰傣"却不同意，这又是为什么呢？难道到嘴的鸭子就这样飞了？原来其中还有故事。

相传，几千年前，"花腰傣"先民，长途跋涉，从滇池湖畔来到红河之滨，测了八卦、观了风水，就在"红河天坑"这里安营扎寨、建起家园。当时的村庄，筑有寨墙，架着寨门，设有神坛，保佑着他们的子孙如意平安；植有龙树，庇护着他们的家乡连年风调雨顺、五谷丰收。夜晚有更夫巡更，白天有老人、小孩看家护院，人们日出而作，日落而息，生活在道路用青石板铺就，沟渠绿水长流，四周林木葱葱，屋顶有白鹭觅食，房屋冬暖夏凉的美景里，过着神仙般的日子。

一天，空中突然出现"天狗食月"奇观，那"扫把星"，也在天上扫来扫去。正当人们看得出神并议论开来时，一个喷着烈焰的巨型火球，飞速向他们的村寨袭来，并将人们填埋在了地下，而形成了现在的"红河天坑"。幸好当时他们村有一对夫妇出门远行，躲过了这一劫难，才养育出现今的几万花腰儿女。因此，他们对"红河天坑"，有所忌讳是理所当然的。并且，他们也是这么说的："那里埋藏着我们的祖宗，谁敢动土，'雀'都会被害掉！"

是人就有七情六欲，就有其自身的优势和弱点，傣家人也是如此。只要顺着他们的毛抹，迎合他们的心意，或是让他们经常整上两口，事情就容易多了。略施小计，下丁点功夫，他们就消除忌讳，同意开发天坑了。并且，还于酒足饭饱之际，唱着那醉人的傣家小调，为我搭起了一个临时居住的窝棚，让鼾声陪伴我美美睡去。

一早醒来，我伸了一下懒腰，走出窝棚，面对火红的日出、鲜红的四野，以及足下的"天坑"狂躁地吼叫起来："太阳上山坡，月亮进被窝，阿哥看着阿妹的锅，口水流得特别多！阿妹问阿哥：'你想干什么？'你的小阿哥：'只想给小鸟搭个窝。'"

当日清晨，我便着手实施我的"天坑"开发计划了。

请来测绘人员，勘测天坑地形，绘制地形图；到建设部门，请人绘制水电图、施工图、效果图；请来电站工作人员，架设通往天坑的高压线路；找来当地老乡，修筑通往天坑的道路，并修建起三面光沟，引来哀牢山中的山泉作为生活用水；找来建筑工程队，建筑天坑中的房舍；拉来水泥管，将水泥管连接天坑内外；采用虹吸原理，既可从江内引来源头活水，又可将坑内之水排到江里；请来园艺工程师、园艺工人，绿化、美化、亮化"红河天坑"……

初到清水乡时，整天为开发"红河天坑"忙得焦头烂额，经常睡不安寝、食不甘味，却又免不了要与当地的"花腰傣"人打交道。

一天，我到清水村找村长商量开发天坑的相关事宜，一路走着便不知不觉到了清水村脚下。

清水村被云雾缭绕着，远远就能听到来自其中的鸡鸣犬吠之声。石群包围了清水村整个村庄，并一个个活灵活现。既像人们祭祀神仙的供品，又似一个个顽皮的孙悟空的徒子徒孙。没有人不认为，这里不是一个老人休闲纳凉、男女多情浪漫、小孩玩捉迷藏的好地方。

只缘身在哀牢山

跨进寨门，又别有洞天。

村子中央耸立着一棵高大古朴、古根蜿蜒的木棉树，其树冠上正绽放火红的攀枝花。树下的古根编织成一个天然的洞穴，可同时容纳两三个人居住。两情若是久长时，还可和着蝉鸣的婚礼进行曲，步入这天然形成的婚姻圣殿。粗壮的树身，四五个成年人手拉手，还不能将之合围起来，花和树身相比，整棵树就像一个返老还童的人。

在这棵高大的木棉树旁，共生了几棵高大的青树。其中的一棵大青树上，还挂着一些动物的骨头，或许是在诠释某种自然的崇拜。并且，在这些高大的大青树的树上和树下，还结着和散落着一些手拇指头般大小的黄色果子，感觉它们比其他地方的青树果子大了许多，想来这大概是这里气候炎热的关系。

另外，在这棵高大的木棉树的树根旁，还斜躺着几个大石头，每个石头至少也有几吨重。石头的斜面，被小孩的脚板和屁股搓揉得光滑和圆润，且在石下那坚硬的土地板上，根本找不到半点灰尘。

地面上，只有一些小小的土坑，那是陀螺旋转造就的杰作。

并且，在这场子边缘的背阴处，有傣家大嫂和"罗卜少"（小姑娘）正扯着彩线绕来绕去。远看像"红领巾"正在跳橡皮筋舞，近观又似大姑娘正在教小女孩挑花绣朵，或正用十个手指套着彩线"挑绷绷"。听不清傣家大嫂口里说着什么，好像在说"大枣、大枣，越吃越小，拍个巴掌不在了"等话语。而且，在这些妇女的旁边，还有老人在编竹框，也有小孩在冗撒尿做粑粑……

看着眼前的景象，胸中顿时萌生要找杨利伟弟兄和他的朋友帮忙，向联合国教科文组织进行申报，请求授予清水村"世界上最适宜人类居住之地"荣誉称号的念头，并让清水村这一人文品牌，与自己的天坑效应，水乳交融而相映成趣。

到了村长家，正遇村长上房顶唤其小妹，我便尾随着他上到"土掌房"的房顶，但却被眼前的风景看傻眼了。

攀枝花树下、"土掌房"之上拾攀枝花的姑娘刚出声，顿感话音好耳熟，像在哪部电视剧里听到过。话音软绵绵的，让自己柔肠寸断、一时想不起来在哪里听到过。

寻声走过去，翘翘的鸡棕似的斗笠之下，罩着一个高高的发髻，并且那发髻，好似用一个小银碗般大小的银丝罩笼罩着。浓浓的眉毛遮不住一双如高山天池般深凹清澈的大眼睛，两眼秋波逐浪，满池秋水行将流溢出来。高高的鼻梁旁，粉红的两腮间，一对诱人的笑靥被均匀的呼吸鼓动着。厚厚的耳垂上，挂着的一对硕大的银耳环，正被清风摇曳得叮当作响。耳际间和顾长的脖颈上，那鸭绒般细腻柔软的毫毛，把整个脸庞映衬得白里透红。微风鼓动下，那毫毛好似清风荡过绿地时的小草那样。通体衣服红黑分明，且还彩锈有许多吉祥如意的图案和秀美的花边。胸前衣服上镶有许多星斗状的银泡。其后背的衣服上，也挂着许多编钟状的小银铃。其腰间还缠绕着一条彩虹般迂回旋转的花腰带，走起路来，全身富丽堂皇，唰唰作响，仿佛古代宫闱中走出的贵族女孩。

看着眼前的美人，我有些妒忌了。想不通，为什么人和鸟禽截然不同，漂亮的外表、美丽的词汇，都成了女人的专利，却让男人走开。母鸡虽能下蛋，却没有公鸡长得漂亮，并且只知缩在窝里于下蛋之后，咯、咯、咯呼叫同伴；孔雀也是雄的漂亮，雄性孔雀总爱在人前开屏或卖弄风骚，以展示自己的花衣和张扬自己的美丽；山鸡也是公的漂亮……这就不难解释，为什么有些人，总是背着骚野公鸡去到山里，用以勾引骚野母鸡而获取美味佳肴。

无论如何，"一方水土，养一方人""有风故作飘摇之态，无风也呈袅娜之姿"并非我的名言。但见到美女，不要放过，却是母亲自小对我的教诲。并且，母亲于过去就是这样抱着我并催我入眠的："找一个小媳妇，要她来干啥？一道吃，一道喝，晚上同睡在一快，熄了灯还谈天。"所以，我当时就立下毒

只缘身在哀牢山

誓：管他什么"咔"（傣族之外的其他民族）是"咔"，"傣"是"傣"，"海"（水牛）是"海"，"我"（黄牛）是"我"，老子非要"巴及"（泥鳅）变"拔奶"（鲤鱼），解下她的花腰带，剥去她的竹笋叶，吃掉她的鲜甜笋不可。

日落西山，夜幕降临，喝了一些酒后，我便呼呼睡去。睡梦中，那中间尖尖、边缘翘翘的鸡棕帽，总在眼前飞来荡去；成群的花腰少女，也如彩云般萦绕在我的身边。在用那柔软洁白的羽毛撩拨我的身体，并弄得我野性大发之时，又洒下一片欢声笑语离我远去。且还在我追逐她们的过程中，与我玩起那老鹰抓小鸡的游戏。并让我使出浑身的气力，去追、去抓、去抱这些美丽的精灵。但结果却是，让我要么抱着树桩，要么抱着石头，并最终抓到群花中的她，而把她揽入怀中不肯撒手。

夜梦醒来，我请她去"红河天坑"给我煮饭。但煮着、煮着，饭煮熟了，人就处熟了。并且，有的时候，还能与她说上几句体己话儿。

傣家男女谈情说爱，时兴"串寨子"和"照电筒"。有一天晚上，我就跑到清水村旁的大石头后面，学着傣家的求爱方式，像侦察兵那样用电筒发射了信号。并且，我还向村长家所在方向照了几下，以试探水浅。谁知她却心有灵犀，真的如约而至。

人随清风走，心往花间移。我手揽她的腰肢，不知不觉到了江边。

两人默默无语，相拥着徜徉在江岸的沙滩上，让江风洗面，听涛声轻唱。然后，又步入江中，使流沙从我俩脚丫间轻轻滑过。之后，我因担心她站立不稳，被流水拖走，就拥着她坐到了一个横卧在江边的大石头上，并晃动双脚，激起红河水形成浪花。

"一个汉家人，也会照电筒。"

"还不是你们教的。"

"有人说，我们是'憨摆衣'。"

“我不知憨在哪里？至少，你们还能像古代游牧民族那样，哪里水土肥美，就到哪里定居。”

　　“今晚的约定，你不后悔？别人不知道，我可是从一而终的。”

　　“一把斧子两块柴，婆娘跟着汉子来。哪个怕哪个，有什么可悔的？”

　　“有人说，‘咔’是‘咔’……”

　　“那是骗人的鬼话。”

　　“我说的是人话，哪里是鬼话了。哎，你听过鬼叫没有？我可是真的听到过的。那鬼一般都是连叫三声。”

　　“没有听过。鬼是如何叫的？叫来听听。”

　　于是，她就模仿着那鬼叫，而对江岸轻轻怪叫了三声。那声音进入我的耳鼓，并在我的耳内兜了一圈风后，就被滔滔的江水吞没，声音是那样令人毛骨悚然。我也明显感觉到，她的身体正在瑟瑟发抖，于是干脆将她推倒在身下的这块大石头上，并捧了几捧江水灌入她的筒裙内，而给她浇了花水，也使得她如热锅中的鲤鱼一般，不停地蹦跳起来……

　　江风徐徐，江水弥离，江的对岸，闪烁着萤火虫般的灯光。

　　我俩故地重游，再次来到这一个曾经让我俩风流快活的大石头上。并面对渔舟晚唱和渔歌互答，不断想起那一个美妙无比的夜晚。

　　神游之间，本想于天黑后，再次讨她喜欢。不想，那石面上的一朵特别醒目的鲜花，却又不断吸引了我俩的目光。

　　原以为是江岸上的木棉花落到石上，其实不然。正当我准备去捡拾那一朵美丽的鲜花时，却突然发现它已紧紧粘贴在石面上；用江水试着擦看，却又发现那殷红的片片花瓣，在流水的不断侵蚀下慢慢消逝。于是，让我又忽然明白，电影、电视中的那些老人家，为何要在儿孙新婚的前夜，郑重其事地交给他们一块洁白的手帕。

不知饮了傣乡的多少甘泉，喝了傣家多少美酒，吃了傣家的多少腌鱼、腌肉和五谷杂粮，在"红河天坑"上的花窝行将搭好之时，我这条干黄鳝也快变成面瓜鱼了。

鱼和水情深意笃，我和她的小日子过得像歌中所唱一样："石榴花儿红似火，我疼你来你疼我，年轻人多得像细沙，你为什么当爱我？""我是喜鹊天上飞，你是山中一枝梅，喜鹊落在梅树上，石滚打来也不飞"。让我不仅能经常吃上她亲手腌制的腌鱼、腌肉，并且还提前享受了那鸟儿恋窝的生活。盖上和垫上了她亲手织绣与缝制的攀枝花被子和"爬垫"不说，还从其身上学到和得到了许多传统美好的东西。

不知是谁传授的秘方？让她的身体软得可以当成被褥，柔得可以编成花环，冰清而玉洁，"榴齿"还含香；出言似小河淌水，听后顿感神清气爽、心旌荡漾，就如风中传唱的情歌一般；那双游龙戏凤的巧手，既能穿梭美丽的图案，又能调制傣家的甘甜酸香，眼可以观，口也可以尝。天地造化，不知是哪一位神仙，把她的女儿送给了我，而让我为她当牛做马也满心欢畅。

可是，我却深知，和谐社会就是要提倡资源共享。锥处囊中总要脱颖而出，是金子就应该让她闪光，是珍玩就应该让她给大家共赏。所以，我并没有将之袖珍起来，而是爱她没商量，将她当作自己的右臂和左膀，与我一起腾飞和远航。

天坑之水盛了一半后，是她请来当地乡民，在天坑内办起了畜禽养殖场，圈养起了猪鸡，放养起了鸭鹅；是她采用转基因等改良技术，在天坑内科学养殖了鲤鱼、草鱼、白鲢鱼、罗菲鱼、"面瓜鱼"、"滑鱼"等水产品，并使得在红河水里已濒临灭绝的"面瓜鱼"、"滑鱼"等土著鱼类的鲜美味道传播到千家万户；是她兴办起了腌制食品厂，把自己养殖的畜禽产品、水产品，按傣家的传统配方腌制起来；是她在自家产品的基础上，与当地和外地农民、农户签订了购销合同，并组织购买香菇、木耳、蕨菜等山货，以及其他动物制品、蔬菜等进行了加工腌制；是她闭门造车改进了传统的腌制方法，并提高了腌制品的保质保鲜效果，使得其腌制品的开封食用的保质保鲜期，由过去七天左右提高到十五天左右；是她积天地之灵气，采日月之精华，精心研制出酿酒的良方，酿制出了可口的"松茸"美酒，而使得"松茸"美酒飘香万里，既活跃了饮食男女的情感氛围，又起到了防癌、抗癌、治癌的效果；是她把生产车间拓展到天坑之外，技术指导和组织当地农户，生产了富有傣乡特色的秧笋、斗笠、民族服饰和具有新石器时代特征的土陶器等，生活用具及其工艺制品进行销售。

我呢，则是负责将自家产品的品牌打出去，以确保产供销一条龙的各个环节准确到位，并提高自家产品的信誉度和顾客的满意程度。

经过艰辛的努力，我俩在好友杨利伟等人的帮助下，使清水村被联合国教科文组织，授予了"世界上最适宜人居住的地方"的光荣称号；我们所酿制的美酒和生产出的腌制食品，也被确认为无公害、无污染的原生态食品，并获得了国家的环保质量认证。并且，我们所腌制的食品的酸辣香味，特别适合云贵川等南方人的口味，在昆明等地展销时，也深受顾客欢迎；我们所生产的土陶、竹艺等工艺制品和民族服饰，也受到海内外人士的喜爱和青睐。看着大宗的订单，着实让我们"小两口"嘴也合不拢，兴奋了很长时日。

继而，我还专门为自己的产品，设计制作了商标图案，并使自己的产品获得了国家专利，而被确认为了中国的驰名商品。商标的名称为"花腰带"，商标的图案是鸡棕斗笠下舞动着一条七彩的花腰带。其创意是，使自己的产品成为连接人与人之间情感和友谊的桥梁及纽带。

同时，我还成立了自己的花腰傣艺术团，并请来了知名歌星、著名演员助阵，请来了洋教授、声乐专家、演艺专家和当地民间艺人，举办了培训班、进行了现场授艺，以定期举行歌舞演唱会，为我的"红河天坑"吹拉弹唱、呐喊添彩。

开业庆典那天，也是我和她的新婚日子。

鞭炮即将燃放，锣鼓快要敲响，当主持人："开秧门啰．秧门开啰，远方的朋友进坑来啰！"的粗犷的话音刚落，空中突然弧光一闪，彩云涌现，仙乐响起，霓衫飘舞的云中君，手提宫灯、捧着仙桃、撒着花瓣，簇拥着一鹤发童颜的老妇人飘然而至。人们定睛一看，当中的那个老妇人，正是人仙共知的王母娘娘。主持人刚刚发话邀请客人，他们便赶来参加我俩的婚礼，并为我俩送来了丰厚的嫁妆。

众仙来得较为突然，一时使我俩六神无主、手足无措、乱了方寸。

只听王母娘娘对着我和媳妇发话道："我的儿，在你们新婚宴尔和天坑集团开业庆典之际，你们刚刚发出邀请，我就匆匆赶来了。时间仓促，没有备上很好的礼物，只是让你的几个仙家姐妹，到自家蟠桃园里摘上一些蟠桃送上，以借你们在'红河天坑'举办婚礼和进行天坑集团开业庆典之际，一同举办一个蟠桃盛宴，给我的花腰儿女们好好品尝品尝，以祝愿你们鲜花常开、春光常在。"

王母娘娘身边的五个女儿，手拉我的媳妇不断埋怨道："姐姐（妹妹），婚姻大事也不事先通知一声，真把我们忘了不成？"弄得我的媳妇，一时无言以对。

我顿时回过神来，就慌忙手牵媳妇，并走到王母娘娘面前说道："岳母（母亲）大人在上，请受孩儿一拜！"拜见了岳母大人之后，我与媳妇一起，又按照传统习俗，一拜天地，二拜高堂，并进行了夫妻对拜。岳母大人眯着双眼，高兴地用红线分别系在了我和媳妇的手腕上。有道是：一根红线贯穿，两颗红心相连。然后，她又随手一摆，说道："众位亲家，大家尽兴吧！"于是，人仙共舞，齐声欢唱，共同度过美好时光。整个"红河天坑"，四处呈现出一派欢乐祥和的景象。

到次日天快亮，岳母大人又拉着我和媳妇的手说道："我从自家'桃花源'里，向人间撒下一片片花瓣，结果却被红河之水哺育成成千上万的花腰儿女，真是令我非常高兴、非常喜欢。自己亲身养育的七个女儿，一个许给配了耕田种地的牛郎，一个许配给了你。牛郎和织女靠'鹊桥'进行相会，相见艰难。你俩却是天天于天坑共枕，幸福美满，今后可要相敬如宾啊！我不能在此久留，只能祝你们同舟共济，天长地久了。"话毕，就带着众仙飘然离去。

媳妇哭红了眼、哭哑了嗓，也没能将他们留住。我追到哀牢山的山巅，本想找回和乘上那只载我从月球归来的"云鹰"，再送他们一程，却无奈只有山风传来的呼呼声响。扫兴之余，那山下的一片美景却又将我的眼光吸引了去，仔细观之，原来正是自己亲手绘制的作品。

从山上向下俯瞰，一条宽阔的铺满了青石板的道路，从218线的柏油公路岔了而延伸到了天坑脚下，如同一根非常粗壮的花枝搭在了天坑之上。远远看去，这条通往天坑的青石板路，形如一枝花的"花梗"。

"花梗"的两旁生长着几片宽大的"叶子"，且每一片"叶子"，都是一个由各种绿色植物编织而成的宽大园林。

形如"花梗"的青石板路的两旁，安装和栽种着曲线优美的路灯和当地的各种奇花与名贵树木。那盏盏路灯，则如一个个靓丽俊俏的傣家迎宾女，随时躬候着人们光临。

路面与天坑相接处，凸起有一个的立体感实足的建筑，那就是进入天坑通道的大门屋檐。且这一凸起部位的表面，还编织着许多美丽的图案。并使整个凸起的部位，形如一枝奇花的"花托"构筑在了天坑的腰间。

"花托"的两旁，分布有好几片"叶子"。这一片片"叶子"，又形如一枝花的"萼片"。且每一个"萼片"，又是一个由各种绿色植物组成的斜面形的宽大绿色园林。

形似"叶子"或"萼片"的宽大园林内，种植的各种绿色植物，在风儿吹动下，在光与影的交替中，以及在水与天的交替时，不断滋生慢长和尽情地摇摆着。既似亭亭玉立、风情万种的花腰少女，又似一片欢乐的绿色的海洋，在人们的胸中不断热情激荡。

这当中有几片"叶子"状的大园林内，仅栽种了傣乡特有的大叶青菜，它们是为腌制本地特产的发水腌菜而专门预备的。且这种大叶青菜，仅当地独有。它们在施以天坑养殖场内的猪鸡鸭鹅等发酵过的农家肥后，长得特别肥厚，一片叶子将近有手掌宽，一棵青菜就有好几斤重。将之腌成盐菜，三天后便可食用，味道极其爽口，是当地人饮酒吃饭的必备美食。

每当收获的时节，园林内的一棵一棵大叶青菜被砍去后，仅留下一片片的红土地。当阳光照射在园林内时，那一个个园林就像秋天的枫叶一样凋谢在了花枝旁。并且，这些由常绿植物编织而成的园林和专门栽种青菜的园林，恰好又把天坑包裹在了其上方的中央。

天坑的内边缘和天坑内的上方，建筑有许多外观为红色，形状如花瓣的高低有序、错落有致，并有着许多适用功能的房屋。且这些相拥的房屋，都是从大到小、由外及里，八片、十六片、三十二片、六十四片地……交替排列、层层推进到天坑水面上方的回廊边缘。

红色的屋顶具有很强的采光性，为整个天坑内的人们，提供了许多清洁环保的太阳能。且各幢建筑都是按八卦的方位和原理，来分别进行设计和建筑。它们分别象征了天地、山川、水火、雷风等，有"阴阳互补"的功效，也体现了各种不同的天人合一的人文精神境界。即土克木，水克土，土生石，石生金，金配玉，胸生云等。

天坑最外端的圆弧至花瓣状的建筑物之间，以及叶子状的园林边缘周围，是一个用青石板铺就的外端为圆环、内边如齿状的巨型广场。

在广场的东南西北四个方向的中间部位，分别建有四个大型音乐喷泉。

东边的音乐喷泉内，耸立着一个用青石堆砌、并进行了卯榫和雕凿的彝族阿哥的巨型雕像，他正神情专注地手弹三弦、唱着"乖乐"，并邀约宾朋好友前来跳"三跺脚"。

西边的音乐喷泉内，耸立着一个用青石卯榫，并堆砌雕凿的头戴鸡棕斗笠的花腰傣少女的大型雕像，她正用手遮阳含情脉脉地与对面的彝族阿哥对着情歌。其歌词大意是：身处盛世好处多，三天活计一天做，一天拿了赶街子，一天用来唱情歌。

南边的音乐喷泉内，也耸立着一个大型雕塑。那是一对翩翩起舞的"蝴蝶"，其样子就像是在不停地鸣唱《梁祝》《蝶恋花》等歌曲。

北边的音乐喷泉中，还耸立着一个大型雕塑。那是一只"蜜蜂"，正歇斯底里地哼着"采得百花成蜜后，自己辛苦大家甜"等歌儿。

人们只要将电闸一合上，这四个音乐喷泉的水柱，就能随着音乐的节拍欢快跳动起来。并将那些雕像们即兴创作的词曲，不断地送入人们的耳鼓。

天坑内的腰际间，分别开辟了四个连接坑外的通道。

北面通道与天坑外的"花梗"状道路相连，并直达218线公路。

南面通道出了天坑后，沿石级而下，就能到达红河水的水边。既可让人们在江水中畅游，又可让人们开展红河漂流。并且，沿石级而上，还可以步入栈桥，去清水村参观各种人文景观。

东面通道出了天坑后，有一个圆环似的大观景台，那是一个远观神秘哀牢山美景的好去处。

西面的通道出了天坑后，也是一个大型圆型观景台，人们可以在上面，尽收红河岸边花腰傣之乡的秀美田园风光。

天坑内水面之上的大型圆形回廊的周围，分别矗立着四根弧状的巨柱。四

只缘身在哀牢山

根巨柱的顶端，分别镶嵌了一个纺锤形的"花蕾"。柱身象征"花丝"，柱顶象征"花药"，四根巨柱象征一朵花的"雄蕊"。并且这四根巨柱，既可向坑中央不断喷射水花，架起四道绚丽的彩虹，也可喷射成四个扇面形的水帘，将天坑的水面如同用玻璃罩屏蔽起来，并使在天坑内活动的人们，如同生活在一个很大的太空舱里。

天坑的水面，被两条悬空的长廊形象性地分割成了阴阳两界，并使天坑的水面，如同一个"太极"形的图案一般。

在阴阳两界的中间位置处，对称地建筑了两根圆柱状的建筑物。其外观如同两根巨大的华表，而内里则是两条直通天堂之路。人们可以从中如同登天梯一般，登到顶部以观看天坑内外的美景；也可在那里静心观察，天上星星和月亮的坐标与走向。

并且，在这个大型的太极图案里，还建筑有许多如星斗和蘑菇状的养心亭。自上而下进行观之，这些养心亭则仿佛是一朵朵盛开在水中的睡莲。

在太极图案的阴阳两界的中央，还建筑有一个颈部以上为全封闭，颈部以下既可全封闭，也可以半封闭，而又全透明的大型歌舞场。让它形似一个巨型的"蒜头瓶"，安放在天坑的正中央，并使之象征一朵花的"雌蕊"。

"雌蕊"的下部，形如一朵花的子房，是举办大型歌舞表演的理想天堂。"雌蕊"的中部，是一朵花的"花柱"，以支撑着一个外形似"花头"的建筑。且这一建筑，又是一个演员进行化妆和休息的美好地方。并且，在演员们上场和退场的时候，都要从这一花柱内的旋转楼梯上下经过。

"雌蕊"的腹中，还有一根粗大的出水管。并且，这一出水管还可以从"花头"处喷出伞盖状的水帘将整个"雌蕊"笼罩住。

每当"雌蕊"腹中大水管喷起水帘，人们在天坑内观看演出，就像是在观看立体感很强的水幕电影；每当"雌蕊"腹中的大水管和天坑内水面之上的四根巨柱同时喷起水帘，人们在天坑内观看演出，则更是另一番美丽的景象。

整个天坑内外，"花瓣"与"花瓣"之间（各类建筑物之间），"叶子"与"叶子"之间（园林与园林之间），"花瓣"与"叶子"的边缘，以及一个个"叶子"的"筋脉"之间，都被镶成鹅卵石的路面，也给那些喜欢赤脚足疗的朋友开启方便之门。

并且，在整个天坑的内外，还按不同角度和距离，安装起各种供照明和装饰之用的彩灯。入夜后，只要将电闸轻轻合拢，整个天坑则像是一枝熠熠生辉的马樱子花，盛开在红河谷畔。

看着眼下这神来之笔，我开始不断思索起来……

方今农村，虽然不如城市富裕，但不少方面已让城里人羡慕了。比较明显的是空气，还有绿水青山、蓝天白云，以及那满山遍野的鲜花。

人们去一些大城市旅游，往往很远就能看到一团灰蒙蒙的雾气罩在那里，却还要硬钻进去寻找都市的气息，呼吸二氧化碳、二氧化硫等有害气体。大城市的噪声更非农村人所能想象，经常吵得人心烦意乱、心神不宁。

在乡村睡觉，半夜会不由自主地醒来，醒来就幸福地享受着周围的安详和恬静。直至天亮后，也还心气平和地聆听和享受着清风中传来的鸡鸣犬吠、小鸟轻歌曼舞，以及流水人家那担水劈柴的声音不肯起床。只是乡村还有许多不便，不能使远方的客人久留，但在未来的日子，城里人往乡下走走的念头，肯定会越来越强烈。

宋朝大诗人欧阳修在其《醉翁亭记》的诗中写道："醉翁之意不在酒，在乎山水之间也。"想来，人们到外地旅游，除了看人文、看风景，更重要的是去看人。看人看什么呢？看衣着，看相貌，观言行。并通过人与人之间的交流，了解异域经济文化状况，从中学习对自己有益的东西，以提高自己的人生修养、生活品位，并增添生活的情趣。

看风景与喝酒一样，都是人生的快事。但有时喝酒是为了看风景，有时看风景是为喝酒助兴，有时看风景却又是为看人。我始终不能相信，"咔"和"傣"就不能七夕合卺、喜结良缘，马樱子花就不能开到哀牢山下。正所谓：道有缓急，势有高低，容有大小；财富无多少，胸中有乾坤。所以，我是多么希望"红河天坑"能成为一个招蜂引蝶的理想之地，也多么希望它能成为一个展示民族服饰、展示帅哥靓妹风采、展示民族文化、促进经济文化交流与民族融合的大舞台。

想到这里，我却有些飘飘然了。

似乎看到，天坑之内正在进行时装表演，服装设计师正在向人们不停地招手致意；选美比赛中，评委们正在一个个亮着各位小姐的参选号牌；上一届冠军，正把漂亮的花冠转戴在花腰傣少女的头上。也似乎看到，不同肤色，不同发型，不同衣着，操着南腔北调的人们，正在"花"间徜徉与驻足。并且，还似乎听到，正在召开的经济业务洽谈和各种学术研讨会中，传出的连珠妙语。

他们有的提着鱼竿，"闲来垂钓碧溪上，忽复乘舟梦日边"，在鼾声中构筑自己的幸福乐园；有的手拿相机，与鹅鸭为伴，追寻着"白毛浮绿水，红掌拨清波""鲤鱼跳龙门"的动感；有的坐在屋檐下，喝着美酒，尝着腌鱼、腌肉、腌鸭蛋、干黄鳝、糯米饭，以及那用狗肉、羊肉、牛肉煮成的汤锅等傣乡美食，尽情体验着傣家人的饮食文化；有的在精品店里指指点点、比比画画、讨价还价，以挑选和购买当地花腰傣艺人所制作的民族服饰、手工艺品等；有的在书画大观楼内不断地徜徉与徘徊，并鉴赏那些书画大师们的墨宝；有的坐在观众席上、养心亭内，或在长廊上边走边看、观看着天坑中央那花腰傣艺术团正在进行的水幕电影般的歌舞表演；有的正静静地坐在桑拿池里的蒸笼似的烘烤房内，让汗水不停地往外流，以排泄一天的辛苦和劳累；有的搓着麻将、玩着棋牌、唱着"卡拉OK"，以颐养天年；有的在园林内要么席地而坐，要么躲藏在阴暗的角落里、促膝谈心或宣读爱的誓言；有的则走出"天坑"，步上栈桥，直达清水村，去参观"花腰傣"人"祭龙"、"开秧门"、拉狗转田、跳"月亮舞"等，以农为本的祈愿活动，去向"花腰傣"学习"串寨子""照电筒""吃秧萝饭"等收获爱情的方式，去参观染织、刺绣、土陶和其他手工艺品的制作流程，以切身体验花腰之乡的原生态文化；有的在天坑的广场上扭着秧歌、跳着四弦、唱着乖乐，或做着各种有利于身心健康的健美操。

我呢，却是与提着密码箱找上门来的顾客洽谈生意；媳妇呢，则是忙着沏茶倒水，招呼着远方来的客人……

此时，我仿佛听到，天籁间传出"苹果笑得红了脸，西瓜笑得如蜜甜，花儿笑得分了瓣，豌豆笑得鼓鼓圆"那童真气实足的读书声。并从中感觉出那不仅仅是读书的声音，且还是"马樱子花"花开的声音，以及钞票与钞票相互摩擦后发出的声响。于是，我就自觉找到那能寄托交流情感的驿站和生命的归途，禁不住哧哧哧地笑了起来。可是，就在我不断得意之时，却忽然感到突有一阵狂风向我吹来，而让我睁不开眼。刹那间，又突然看到，正有一个大石头从山顶滚落，并向我袭来……

家中媳妇，听了我在熟睡中的傻笑后，还以为我是做梦讨媳妇，不忍叫醒我。可在听到我一声惨叫后，才知我是好梦难圆。并且，在我睁开眼后，既没有看到梦中的花腰傣新娘，也没有发现自己，将美丽的花枝搭在美女的乳房上。只不过，我却始终坚信石头说话、石头开花，自己做不了的事情，还有别人去做。

只缘身在
哀牢山

捉　蛤　蚧

"黄金周"临近，情归何处？决定到乡下走走，到老地方走走。有人不理解：难得的假期，他人都向往车来人往的河流，向往葡萄美酒、夜色阑珊，莫非那偏僻酷热之地，有你"一腿"，需要到下面"发书包"去？我才不管这些。

一个多小时后，客车把我丢在了国道218线上的一个岔口。走上岔道，便踏上寻访"花腰傣"之旅。

火红的攀枝花开过，孕育出雪白的花蕾，江风吹拂，剥开花蕾的嫁衣，洁白的花絮纷纷扬扬洒落进田野里，换来眼前的碧波万顷。

一条橙色的乡村公路，如飘舞盘旋的傣锦，从自己的脚下向着"戛洒"江边延伸。道路的两旁，悬空堆放有许多草垛，草垛的撑木上段，被一片片宽大的干竹笋叶包裹着。一只硕大的老鼠，正沿着一个草垛的撑木往上爬，并在爬到光滑的干竹笋叶上时，如车轮打滑一般，从垂直的撑木上摔下来。但它在地上翻了几个筋斗后，并不气馁，又续写它的征程，结果还是遭到同样的下场。

看着它那虎视眈眈的阵势，根本没有服输的念头，只是因我的到来，才被吓得逃窜，进入路旁之下那深深的竹棚里。它那滑稽的模样，令我想起那卖鲜肉的老板，在将鲜肉交给顾客时，不小心让手中的肉掉到地上。只是肉掉了，卖肉的老板，还可以漫不经心把掉在地上的鲜肉重新拾起。

过去听说，哀牢山的原始丛林中，经常有黑熊出没，它们往往于开春之后，懒洋洋地爬到野芭蕉树上，背部朝下往地上掼，当地人形象地将之称为"老熊掼膘"。究其掼膘的目的，是为了将冬眠后积存在其体内的厚厚脂肪催化掉，并使其可以行动自如地寻觅美食。

惬意之间，不知不觉走进弟兄的家，弟兄见了，立刻嚷了起来："小背时鬼，从哪个旮旯钻出来？我以为早把我们傣家忘了。"

"这不是送上门来了。"

紧接着，弟兄又大声唤出"弟兄母"来与我相见。

随着"弟兄母"那衣服和裙摆上的银铃的一阵摇摆和响动，一桌丰盛的饭菜呈现出来。腌鸭蛋、糯米饭、干黄鳝……感觉是其家里所有的好吃的东西，都被"弟兄母"翻出来了。

酒正酣时，来人请弟兄前去喝酒。弟兄说："走，我领你去我弟兄家喝酒去。"

"你弟兄是你弟兄，不是我弟兄。"

"我弟兄就是你弟兄，都是弟兄。"拉起我就往外走。

走了一段田埂，进了一道寨门，弟兄的弟兄迎了上来："就等你们了，菜都冷了。"见到我后，又对我说道："哦！弟兄来了。还没和你喝过酒呢！早听说你的酒量，我们哥仨好好整几杯。"

杯盏交错，朋友的嘱托撕开了俩弟兄为我编织的酒意："这里有蛤蚧吗？朋友说，他儿子吃进多少都不长肉，让我帮弄几对蛤蚧试试。"

"这个家伙，有话不早说。喏，我兄弟就是这一带抓蛤蚧的高手，我们都叫他'蛤蚧弟兄'。"弟兄听了说道。

"当真，'蛤蚧弟兄'？"

"还不是跟'老波涛'（对男长辈的尊称）学的。"

"罗仔（长辈对小辈男子的称呼），拿电筒来。""蛤蚧弟兄"的爷爷，听了我们的谈话便发话道。

"老波涛"粗裂的大手，接过"蛤蚧弟兄"递给他的电筒，便佝偻着身体和光着脚板，走到其家中白炽灯的灯光尚未到达的角落里照射几下，然后又打着电筒慢慢地摸出来："喏！这只蛤蚧是我前天到江边放牛时抓的。'罗仔'要是喜欢，用车拉回去。"

我刚想伸手去接，"蛤蚧弟兄"的爷爷又将手缩了回去："小心，如果被它咬上，不到星宿出来，是不会松口的。"这样说了后，他随手将手中的蛤蚧放到土地板上。那蛤蚧在地上翻了一个筋斗后，扭几下腰，就溜入黑暗里。

"还能抓到吗？"我有些遗憾地说。

"蛤蚧弟兄"的爷爷神秘地笑笑，说道："放心，你什么时候走，我什么时候再抓给你。它像我放养的牛羊一样，是不会轻易跑掉的。"

次日清晨，阳光还没出来，"蛤蚧弟兄"把我叫醒："弟兄，抓蛤蚧去。"一听说要去抓蛤蚧，我从床上蹦了起来。真想不到，"蛤蚧弟兄"也是一个急性子，说风就是雨。

二两小酒下肚，并吃了早饭，弟兄三人便上路了。

"蛤蚧生活在树上吗？"我问。

"喏！""蛤蚧弟兄"手指一下江对岸的悬崖。

"那么陡，猴子都上不去。"

"正面肯定不行，办法是人想的。"

"那现在要去哪里？"

"'粑粑叶箐'。过去那里常有岩羊出没，'火药枪'收了后，现在又有猴群不时到那山箐边找水喝了……"

"你真是捉蛤蚧的高手？"我有些怀疑。

"那都是别人乱吹。我的另一个弟兄更厉害，以前的一些红河人来这里拿蛤蚧，就是他亲自领着去抓。他们用火攻而把石壁烧烫，用烟熏又把蛤蚧从石缝里赶出来，一天之内就可以抓上几十对。拿到昆明市场上卖后，一对至少都能卖到百把块钱。"

"这不是像撤水拿鱼一样，赶尽杀绝吗？"

"他们才不管这些。只要能赚钱。"

"你抓蛤蚧，用火烧吗？"

"等会儿，你就知道了。"

说话间，弟兄三人乘上木筏，渡过戛洒江，进入"粑粑叶箐"腹地。稍不留神，我便被石头绊了一下。停下来穿鞋后，却拉开了与两位弟兄的距离。追赶途中，忽见一条绿色的小蛇横在路中，害得我兜了一个大圈子，才追赶上两个弟兄。"蛤蚧弟兄"听了我的描述说道："那是金竹飙，也叫竹叶青，反应特别灵敏。别看它细小，但却最毒，幸好你躲得快。"然后又继续说道："天热了，蛇也经常出没了。"

"要么回去了？"我担心地说。

"有我在，你怕什么？那么胆小！见多就习惯了。""蛤蚧弟兄"说道。

我们走到一块大石壁下，身旁树上的知了，却发疯似的吼成一片，那"赶马雀"也"哦、哦、哦"地尾随着一起吆喝。"真是白日见鬼了。"我想。在家乡，"赶马雀"只是夜里才叫，而且人们都说，听到"赶马雀"叫，则表示哪里又要死人了。说真的，"赶马雀"我还从未见过，也没在白天听到过它的叫声。于是就既担心又好奇地抹了一把脸上的汗珠，并呼吸了一大口热得快要凝固的空气，然后用两眼往石壁的顶端不断搜寻，最终却艰难发现，一只长有二十几分长尾翼的大鸟，正上蹿下跳地在一棵树的树枝上"哦、哦、哦"地"哭丧"。此时，我只好自我安慰：这就是傣乡特有的景观吧！

这样想着，弟兄砍来几根已剔去枝叶的细枝条，"蛤蚧弟兄"却扛来了一棵碗口粗的干树干，并甩在了我的面前。两个弟兄相互配合，分别用刀砍削干树干上的多余部分，并使干树干上的枝节，保留十几厘米长，然后又在石壁的下端，用刀刨开一个洞，并把干树干插入洞中，使之较为稳妥地搭到石壁上。

紧接着，弟兄对我说道："你拿着这些棍子（近一米长）跟着'蛤蚧弟兄'上去，我在下面给你们扶着。"

"还是你和'蛤蚧弟兄'一起上去吧！"看着陡峭的石壁，我犹豫起来。

"怕什么，什么都要学的！"

"上来吧！我教你拿蛤蚧。""蛤蚧弟兄"对我说道。

"蛤蚧弟兄"这样说着，就"蹬、蹬、蹬"的几下，爬到距地面五六米高的树干的顶部。我呢！也小心翼翼地尾随着他爬到他的身旁。我是一只脚紧紧蹬住树干，一只脚紧紧蹬住石棱，并用双手紧紧掰着石沿。"蛤蚧弟兄"则是，既用两脚紧紧蹬着石棱，又用两手紧紧抓住石棱，把自己的整个身体，紧紧贴到石壁上。

"弟兄，你可得抓紧了。掉下去，我可没钱给你买纸烧。"我对"蛤蚧弟兄"说道。

"扫把星！尽说不吉利的话。"

"你比猴子厉害，像一只大壁虎。"

"不要说话！"

只见他屏住呼吸，一只手紧紧掰住石棱，一只手从后裤包里掏出手电，并不停地往石缝里照射。

"蛤蚧与人类生活在不同的世界里，一个追求黑暗，一个向往光明……"我说。

"叫你不要多话，闭住你的狗嘴！"

看他生气的样子，我却再也不敢吱声了。

他照了一阵，转过头来对我轻声说道："弟兄，这回有得吃了。"

"在哪里？"我轻声问道。于是就急忙将眼睛靠近石壁，沿着"蛤蚧弟兄"手里的电筒光线，往石缝里面观看。只见几双蓝蓝的眼睛，在电筒光下闪烁着诱人的光芒。

他把手里的电筒衔在嘴上，并使电筒的光线固定在蛤蚧身上，就空出一只手，接过我递去的棍子，再用一根根的棍子轻轻将蛤蚧围堵起来，并让我用力按住。然后又从腰间抽出一根一米多长、顶端折成钩状但却并不锋利的八号铁线，并用力按在石壁上，进行不断矫直。之后，又轻轻将矫直的铁线慢慢延伸至蛤蚧的颈部……此时，忽有一阵山风吹来，让我不禁使自己手中的棍子晃动了一下。只听"扑哧"一声，一群蛤蚧打了一个急转弯，硬是从我手中棍子的空隙间，闯进了石洞深处。

"整哪样整？不好好按住。""蛤蚧弟兄"生气道。

"没办法，只能去别的地方了。"我遗憾说道。

我和"蛤蚧弟兄"刚下石壁，丽日晴天之下，便刮起一阵阵大风，吹得山箐中的石壁和树叶哗哗作响。

"赶快走了。要下大雨了。"两位弟兄催促道。于是，我就兴致犹存地追着他俩往回赶。快到江边时，乌黑的天空上，倾盆大雨"哗哗哗"浇灌下来。昔日驯良的江面上，一条很大很长的被狂风狂卷江面沙粒而形成的乌龙正在不停翻滚，且有江沙混合雨水，像刀削一般不停向我们袭来。那傣家用于放牧鹅鸭的烂"土掌房"窝棚，也在风雨之中摇摇欲坠……

"雨后蛤蚧就出来了。"躲在即将倾倒的烂"土掌房"的屋檐下，还被雨水浇得瑟瑟发抖的"蛤蚧弟兄"说道。

"管它出来不出来，现在还是保命要紧。天气又热又闷不说，还遭受大雨。要是真从那石崖上摔下来，我可是'小儿碎女'的。"我这样说道。

暴雨过后，还有小雨淅淅沥沥下着，江对面的山梁上，却已涂上了一层金灿灿的阳光。

"赶快走了，江水涨后就过不去了。"两位弟兄又催促起来。

匆忙之中，我们回到"蛤蚧弟兄"家中，被两弟兄灌了酒后，我就昏昏睡去。

一觉醒来，却不见两弟兄踪影。估计他俩是撇下我，又去抓蛤蚧了。

到中午时分，两弟兄回来了。一只只蛤蚧，也从一只布袋中被掏了出来。眼前的这些蛤蚧，胖墩墩、圆滚滚的，每只足有二公两重，比起酒店里的泡在酒瓶里的蛤蚧样品大多了。其身上还均匀分布着梅花状的白斑，更充满醉人的诗意。但当我看着"蛤蚧弟兄"把一只只蛤蚧放入盛有烈酒的大酒瓶中时，看到那蛤蚧在烈酒中来回打转、上下翻滚，并口吐白沫而慢慢死去的样子，却不断心痛起来。

其实，在当时，更让我心痛的是，我还看到我的"蛤蚧弟兄"，因抓蛤蚧给我受了伤，走起路来是像"踩碓舂粑粑"一颠一跛。按蛤蚧弟兄爷爷的话说："拿车拉回去得了。"说得虽轻松，可我总觉受之有愧。

对于蛤蚧，辞书上是这样说的："爬行动物，形似壁虎而大，背部灰色，有红色斑点。吃蚊、蝇等小虫，可入药。"并且，我还听说，它和怀娃娃女人一样，都是人们重点保护的对象。但我却不知道，是著书有误，还是"蛤蚧弟兄"抓错对象，并试探性地问了"蛤蚧弟兄"："不是说其身上是红色斑点吗？怎么这些蛤蚧的身上全是梅花状白斑？"

"你不要算了！"弟兄有点生气。

是的，我是以小人之心，度君子之腹了。人家辛辛苦苦、把心肝都掏出来给你了，你还要怎样？要不，临别时，有意留下几百元钱给他用于疗伤，他却怎么也不肯收下。

直到后来，只要提起这次捉蛤蚧经历，却总是让我意犹未尽、浮想联翩。并且我总是想到："黑熊掼膘"与"老鼠爬杆"、"老鼠爬杆"与"蛤蚧弟兄"攀岩、蛤蚧吃蚊蝇、人吃蛤蚧等相互之间的关系和各自心存的目的。

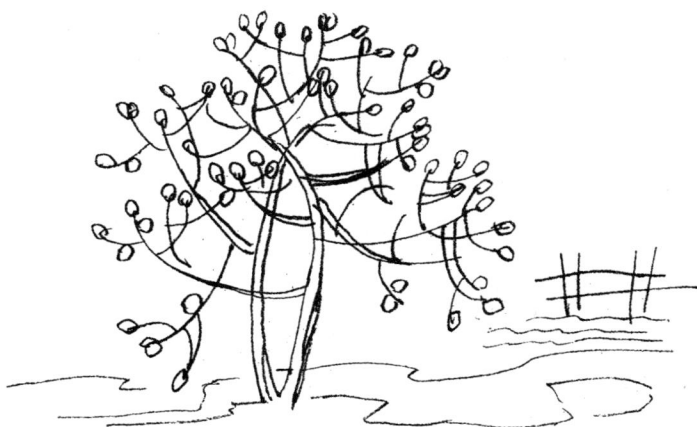

抱抱小老婆

在家乡，抱抱"小老婆"，与《婚姻法》扯不上任何法律关系。可以说，抱抱"小老婆"，是当地人的家常便饭，是当地人的传统习惯，是一种约定俗成的事情。如果哪一个男人，只知道抱大老婆，不知道抱"小老婆"，不懂得抱"小老婆"，不关心"小老婆"，不疼爱"小老婆"，人们则说，他是一个不会长胡子的人。并且还会这样骂他："笨蛋，男人都不是，算你白活了！"至于"亲亲赶马哥"，虽然也在一定范围的女人中存在，但毕竟没有抱"小老婆"那样广泛、热烈，没有抱"小老婆"那样普及和拥有群众基础。其实，抱抱"小老婆"也好，"亲亲赶马哥"也罢，说的都是同一回事情。

家乡的男人们，或者是喜欢、热爱"小老婆"的男子汉们，无论到了哪里，总喜欢把"小老婆"带在身边，让"小老婆"陪伴左右。如果没有"小老婆"伴随，也总要四处寻找那心爱的"小老婆"，直到找到"小老婆"为止。假若一时半会不能找到，便会寂寞难耐，或在一丁点火星子的引发下干着急起来，不知是要将火发到谁的身上。如果看到有谁在发着无名的火儿，人们便会情有可原地猜测："这人，肯定是想'小老婆'了。"

我想，只要人们不出远门，只要不离开云、贵、川一带，"小老婆"到处都是、到处都有。她们像空气、流水和传媒一样，是一种人人可以共产、共妻的公共资源。她们还像"均码号"一样，是一个一个"要大有大，要小有小，

只缘身在哀牢山

要长可长，要短则短，要粗则粗，要细则细的"，多彩多姿的品种、群体和部落。因带着"小老婆"出门很不方便，好多人只好到了哪里，就在哪里寻找心爱的"小老婆"。除非所到之处，根本不会有"小老婆"这种玩意儿。

因此，我与朋友出差和下乡时，经常会遇到这样的情景。"老大姐，去把'小老婆'抱来耍耍。"这时，所谓的老大姐，往往会如丈二和尚摸不着头脑，分不清说话人，所说的"小老婆"究竟是谁？长什么样子？当然，也有反应灵敏的，立刻就能意识到朋友所要的"小老婆"姓啥名谁，长什么模样，并亲自把朋友所要的"小老婆"抱来，让朋友耍了。

记得我和朋友，曾去胶州湾一带游玩。因胶州湾一带根本没有朋友所要的"小老婆"，所以朋友在既放心不下，又舍不得分开的情况下，便携带着家中的"小老婆"，一起去山东一带游山玩水了。在沿途风光和风景名胜，被我和朋友玩饱、玩够以后，朋友便从车里，抱出自己的"小老婆"耍了起来。耍的结果，引来了许多围观的人们。

人们在深感新奇的同时，问我的朋友："你在做什么呀？"

我的朋友毫不掩饰地回答："抱'小老婆'！"

有外地游客不相信自己的眼睛，还亲自用耳朵贴着朋友的"小老婆"胸口，聆听朋友的"小老婆"发出的喘息声。我在一旁见了，暗暗笑了起来：叹世间，人上一百，形形色色。林子大了，什么鸟都有！

虽然，为人各有优缺点，但"小老婆"的作用还是挺大的。在过去的茶马古道上，在"山间铃响"马帮来的日子里，那些"小老婆"，陪伴着我们的赶马哥，走过了千山万水和许多艰难的岁月，把物质和精神文化的种子播撒到了遥远的村村寨寨。

据说，抗日战争时期，"小老婆"还为中华民族立过功勋呢！当时，有一队日军，巧遇出川参加抗战的川军，眼见川军一个个身背"小老婆"，不知是什么秘密武器，也不知情为何物？并在川军不及向他们开枪射击，或与之刺刀见红的情况下，就被吓得丢盔撂甲、逃之夭夭。

还有就是，新中国成立初期，家居云南元江的民主进步人士李和才，在背着"小老婆"赴京参会期间，抱着自己的"小老婆"，在人民大会堂里耍了起来。耍的结果，却是轰动了整个人民大会堂。

还有就是，中国的烟草大王褚时健，几乎是一天也离不了自己的"小老婆"。……

因此，于热爱抱"小老婆"的人而言，是没有高低贵贱之分的。不能以抱不抱"小老婆"，作为判断他们地位和身份的标准。只要是会抱"小老婆"，只要是爱"小老婆"的人，谁都会将"小老婆"一个一个地揽入怀中倾诉衷肠的。然后就是："嘴对着嘴，手搂着腰，爱情的火焰在燃烧"，不分场合地与"小老婆"一起亲热、黏糊起来。

这时，如果有谁能将自己心爱的"小老婆"馈赠他人，或者把"小老婆"像吃跳蚤大腿一样，在自己享受以后，分"一腿"给他人享受，人们则会说，这个人非常地"大概"（慷慨）。如果有谁能接过他人传递过来的"小老婆"，而耍了别人的"小老婆"，人们则会认为，这个人是一个可亲、可敬、值得信赖和艳福不浅的人。特别是到了农村，更是如此。

我热爱"小老婆"，向往"小老婆"，可是很小时候的事情了。那时，家父特别喜好"小老婆"这个玩意儿，常常因此弄得一个家里杀气腾腾、乌烟瘴气的。虽然这样，也许是深受父亲遗传基因的感染，只要看到父亲在抱"小老婆"，我总要静静地观察父亲抱"小老婆"时那悠然自得的架势，还要用耳朵贴着父亲的"小老婆"的肚皮，聆听那来自天府之国的"咕噜、咕噜，咕噜、咕噜"的、烟波浩渺的、波澜壮阔的、潮起潮落的欢乐之声。感觉是，她的歌声只能意会，不能言出。感觉是，此曲只应天上有，人间能得几回闻。有时也还缠着父亲，叫他把他的"小老婆"让给我耍耍。耍的结果，被父亲的"小老婆"喘出的粗气，弄得泪流满面、咳嗽不止。而且还让"小老婆"肚里的"爱液"，喷上天空、洒下大地。正因为因此尝到苦头，所以在后来的日子，我再也不敢轻易去碰"小老婆"了。只是到了成年以后，随着自己身体抵抗能力的增强，自己却相反经受不住"小老婆"那迷人风采和无穷魅力诱惑，而成了追求"小老婆"的执着狂了。

为什么家乡人会对"小老婆"情有独钟，进行偏袒，执迷不悟呢？当中的原因，却再简单不过了。

一来，家乡是一颗被"上帝之手"，镶嵌在云贵高原上的璀璨夺目的殷红的高原明珠。家乡的红土地里，流淌着殷红的血液。家乡红土地上的光合作用，特别适宜"伟哥"原料的生长、生产和"伟哥"产业的发展。

植根于红土地的家乡人，长期沐浴在云遮雾绕的哀牢山、激情澎湃的红河水、恬静安详的抚仙湖和星云湖湖畔，自然养成采集蓝天白云，种植"伟哥"原料的传统习惯。所产出的"伟哥"原料，全都是集天地之灵气，采日月之精华的结果。且不论原料的品种多少，仅以"红花大金"而言：其在科技力的诱惑下，栽种起来也是相当耗时费力的。而且，从幼苗的培育，到植物的拔节和叶子的交售，需要经过几十道工序才能完成。其中每一个环节，每一道工序，都是哀牢山和红河水的子民辛勤劳动与汗水凝聚的结晶。

因为这样，就有了云南、玉溪的驰名中外和中外驰名。也让红土高原上的这块碧玉清溪的玉溪，备受人们青睐和喜爱。正像人们所说那样："家有娇妻爱'玉溪'，家庭安康靠'塔山'，家庭欢乐系'红河'。"说的都是不同生活水准的人们，对精神和物质生活的不同追求和向往。

于热衷"小老婆"的人们而言，他们抱"小老婆"的心得体会是：用"伟哥"原料捏成药丸燃烧出的激情，经"小老婆"腹中的"爱液"过滤后，比直接食用"伟哥"更不易伤喉、伤肺、伤身体和不易患"妻管严"的毛病。但谁都知道，对"小老婆"的料理和携带，很不方便。需要精心呵护，需要经常给她注入爱情的源泉。不然，就会被红颜祸水损害身体，或导致"小老婆"的身体裂开而被人抛弃。虽然如此，世间还是有这么一些为了自己幸福和欢乐，不担心因为抱"小老婆"，而惹来麻烦的人。

其实，任何"小老婆"都是父母所生，都有自己的个人情感和私人空间。她们的父亲，既可是男性，也可是女性；她们的母亲，也是既可是男性，也可是女性；她们的母亲，既可是一般的女人或男人，也可是特殊人才。反正，她们的父母是什么人，她们就有什么样的身体和模样。不同的"小老婆"，就有不同的父母亲。所以，决定"小老婆"美丑、好坏，性格特征，兴趣爱好、诚信度，以及未来能否过日子的关键因素是：她们的父母，是什么样的人？她们的父母长什么样子？就是人们常说的："龙养的龙，凤养的凤，老鼠养的会打洞。"

那么，那些"小老婆"们，是如何生出来的呢？不用问医生，我也是知道的。说来容易，就像脱衣服、解纽扣一样简单。纽扣解开了，她们就从纽扣洞里钻出来了。

当然，生产"小老婆"，需要一个热处理与冷加工的过程。既像"玉不磨，不成器"一样，也像吟诗作文一般，需要对她进行不断的润色和打理。

其实，决定"小老婆"美丑和耐用程度等，是因人而异的。她与人们的审美情趣，经济实力和呵护程度等因素，有着千丝万缕的联系。有朴实无华的，有花儿不实的，也有镶金边的。听说，当地地主李润之的"小老婆"，就是用黄金精心打造出来的！一般人可不能与之相比，因为一般人，根本没有那个经济实力。

所以，如果要找一个处女做"小老婆"，只有到幼儿园门前等候了。如果

只缘身在哀牢山

既要老婆好，又要"礼银"少，那只有另辟蹊径，深入深山里去。

进入深山，要轻轻抚摸一个又一个像"山菇"（山姑）一样美丽动人、可做"小老婆"的女人的脸蛋，像选拔冠军美女一样细心观察，并观察她们身体上的每一个细节特征和身体的长势。观察每一个"小老婆"的手臂是向上生长，还是向下生长，或是看她的眼睛是否长在"顶门心"上。如果手臂向上生长，则证明这个"小老婆"，是一个多情善感的女人。如果手臂向下生长，则说明这个"小老婆"，是一个心地善良而又实实在在的女子。

当然，心地善良的"小老婆"，脸上往往多一圈淡淡的愁思，即一圈白边，其身材也比较短小。多情浪漫的"小老婆"，不但身材苗条，脸上也没有那一丝白色愁绪。从这些方面，可以对"小老婆"的好坏和美丑，加以识别、做出判断。

心地善良的"小老婆"，在年龄很小或上幼儿园的时候，人们可将她炒吃和煮吃，其味道鲜甜无比。多情浪漫的"小老婆"，可用菜刀将其剁成肉酱食之。其味道，则像那陈年的美酒一样甘醇。还可用刀将之切成团状，放到土罐里，腌制成酸菜。这样的酸菜，不但下饭，而且解酒。因这里不需做菜，只需找"小老婆"，我只好去生产"小老婆"、寻找"小老婆"了。

作为心地善良的女人，是不能做"小老婆"的。因为她们身材短小，心肝多，顾虑多，心比较实。多情浪漫的女人，才配做"小老婆"。因为她们身材修长，心肝少，顾虑少，心比较空。心空了，就容易花心。花心的女人，才能讨人喜欢。所以，若想找一个称心如意的"小老婆"，就必须在那些多情浪漫的女子中进行筛选。

确定了哪些是心地善良的女人，哪些是多情浪漫的女子后，要分别对多情浪漫的女人，一个一个进行反复甄别，看看哪一位女子长得更加美丽动人，更加触目惊心。如果要选择能做自己"小老婆"的女人，还是要在多情浪漫的年轻女子中，选择身材最苗条的为妙。因为即使是多情善感的女子，同样也有高矮和"胖瘦"之分，同样是身材矮的心肝多、顾虑多。心肝多了，顾虑多了，这样的"小老婆"，就不好伺候了。

确定了多情浪漫女子的身材苗条程度，就可看哪一位长得更苗条，更匀称。因为长得苗条，长得匀称的"小老婆"，"好抱、好搂"、好耍，讨人喜欢，让人热爱。

然后，就是看这一位一位多情善感女子身材的粗细程度。看看她们的胖瘦，是横向发展，还是纵向发展，与自己的嗜好和情感是否对路。一般来说，"小老婆"的腰身直径不能少于十厘米，少于十分的"小老婆"就不好耍了。

一切选择妥当，便可将"小老婆"放倒在地，如猪八戒背媳妇一般，背着自己精心挑选而又称心如意的"小老婆"回家了。

"小老婆"领回家，还要对她进行精心打扮，才能使之适应自己的身体需要。

要用情感去分割"小老婆"的身体，使"小老婆"的身高保持在八十厘米左右。如果"小老婆"的身体较粗，以人坐在矮靠椅上，将"小老婆"倾斜摆放到地上后，自己的嘴巴刚好能与"小老婆"的嘴巴合上最为适宜。还可以以人坐在矮靠椅上，跷起"二郎腿"，将左手手腕背面，或右手手腕背面，搭在左脚或右脚的膝盖骨上端，使掌心能恰到好处地搂着"小老婆"的身体，并可较为容易地使自己与"小老婆"亲吻在一起最为贴切。

要用柴火将"小老婆"身体里的水分烤干，要在将小老婆火烤之后，用小刀、毛巾等物，将"小老婆"皮肤上的烟灰反复刮削和擦拭干净，让"小老婆"的肌肤变得更加光滑细腻。烘烤时，切忌将"小老婆"的皮肤烤焦，以免影响"小老婆"的漂亮和美观，影响"小老婆"在人前人后的形象。

要将"小老婆"抱到滚烫的油锅里，进行爱的洗礼。在菜油充分浸透她的身体后，让"小老婆"的身体呈现出更加成熟的丰韵。

要在"小老婆"的身体上打洞，使"小老婆"在拥有"上嘴"的同时，也拥有一张可以帮助吸食"伟哥丸子"的"下嘴"。打洞的位置，一般以"小老婆"的大腿上方十多厘米处最为合适。

这里不需要使用尺子等工具进行丈量，只需伸开拇指和食指，以伸开的拇指和食指之间距离为准。并用已伸开的两个手指，在"小老婆"的大腿上方进行比画，就能准确测定给"小老婆"打洞的具体位置。

打洞的位置确定好后，要用钻头在所确定的位置正中，打上一些小孔。然后，用小刀等工具，在这些小孔的旁边进行反复刮削。直至使这些小孔，洞开成一个斜椭圆形状的、刚好能将二至三厘米粗的礼物、插入"小老婆"下腹里的溶洞。

要送给"小老婆"一份心爱的礼物，那就是在"小老婆"的"下嘴"上，给"小老婆"安上一只专供呼吸用的鼻子，使之与"小老婆"的"上嘴"和"下嘴"相互协调，共同拥有呼吸功能。

当然，这需要事先深入山中，找来适合做"小老婆"鼻子的东西，给"小老婆"精心加工出一只，外表灵巧、内里则嗅觉灵敏的鼻子。给"小老婆"制作鼻子时，要使"小老婆"的鼻子粗细，保持在二至三厘米，长短保持在三十厘米左右；要使"小老婆"的鼻子中空，能够自由呼吸新鲜空气；要给"小老婆"的鼻子挖开一个鼻孔，使"小老婆"能和自己默契配合，一个鼻孔出气。

送给"小老婆"的礼物制作好后，就可将送给"小老婆"的礼物，拿到"小老婆"的"下嘴"洞口处进行反复比对。并用板结的熟猪油拌上锅底灰，敷在送给"小老婆"的礼物上和"小老婆"的"下嘴"洞口边缘，以防将礼物插入小"小老婆"的腹中后，"小老婆"发生"阴吹"，影响"小老婆"的身体，影响"小老婆"在人前、人后的形象，影响和"小老婆"相亲相爱的激情。

然后，以四十五度角的方式，将"小老婆"的鼻子根部，紧紧地、倾斜地、深深地插入"小老婆"的下腹里。并让"小老婆"裸露在外的鼻子，与"小老婆"的身体保持平衡，以免影响"小老婆"的漂亮和美观。经过如此厚爱和努力，"小老婆"就如刚出生的婴儿一样，初具雏形了。

"小老婆"初具雏形后，要用长刀，将"小老婆"腹中最上方的一个疙瘩戳穿，使之上下连通，并用长刀将"小老婆"腹中长疙瘩处反复刮削光滑。然后，找来打磨木制家具用的砂布或砂纸，在"小老婆"的身体上和身体内进行反复打磨，直至将"小老婆"的外表肌肤和腹腔打磨得光滑、透亮和自我满意。

"小老婆"的皮肤被打磨光滑漂亮后，要用铜皮等物品，给"小老婆"缠上裹脚，以防"小老婆"因长期站立而脚掌磨破。要用铜皮等物品，给"小老婆"的"上嘴"嘴唇涂上唇膏或口红，以防"小老婆"嘴上长出胡子，影响和她接吻的雅兴。要按均匀的间距，在"小老婆"的身体上，用铜芯线等物品，像给"花腰傣"女子缠腰一样，紧紧地给"小老婆"的身体，缠上三条如花腰带一般漂亮的三箍线圈，以免让"小老婆"的身体，因受风吹日晒而裂开或漏气、漏水。如果出现"小老婆"的身体漏气、漏水情况，那么这样的"小老婆"，就没有任何激情再去抱她，就再也找不到和她相亲相爱的甜蜜和幸福了。要在"小老婆"的鼻子上，给"小老婆"戴上"鼻环"，要在"小老婆"的耳朵上，给"小老婆"戴上耳环，还要"给小老婆"戴上精美的项链。这样，既可以使"小老婆"变得更加美观大方，又可以使"小老婆"那放置"伟哥丸子"的耳朵和鼻孔，不易被爱情的火焰灼伤。

另外，还要给"小老婆"配置一个预防感冒的鼻塞，以备在不想玩弄"小老婆"时，不致使"小老婆"因长期无人问津，过分地鼻孔出气。如果不是这样，长此以往，终将导致"小老婆"腹水干涸，而使"小老婆"的内里受到伤害，或外表皮肤出现裂开的现象。并在重新给"小老婆"注入"爱液"之时，不能使"爱液"在"小老婆"体内长期滋润"小老婆"的身体。这样的"小老

只缘身在
哀缘
牢山

婆"，就不能和你相亲相爱了。

经过这番精心呵护并用尽心思后，"小老婆"就可以真正成为你的家庭成员了。你也可以名正言顺，让"小老婆"给你暖被窝了。

让"小老婆"给你暖被窝时，要把小老婆轻轻抱起，并往"小老婆"的肚里，注入清水这一爱情的琼浆玉液。要把"小老婆"放置于地，使其平稳站立。让装入"小老婆"肚里的清水，刚好不再从鼻孔外流。并在把"小老婆"轻轻抱起的同时，找来一把椅子，找来一些制作"伟哥"的原料，跷起"二郎腿"，在椅子上坐定。然后又把搂着"小老婆"的那一只手的手背，放在盘起的大腿上（手搂着腰）。再把那些制作"伟哥"的原料，轻轻搓成半厘米左右大小的像"伟哥"一样管用的"伟哥丸子"。并将"伟哥丸子"，坦然地放置在"小老婆"的鼻孔上。"伟哥丸子"放好以后，要用自己的嘴唇轻轻贴住"小老婆"的"上嘴"嘴唇（嘴对着嘴）。要在手执的爱情火炬，将"小老婆"鼻孔上的"伟哥丸子"点燃的同时，用自己的嘴对着"小老婆"的"上嘴"使劲吸气（爱情的火焰在燃烧）。这样，就可使"小老婆"的肚子里，像激情燃烧一样，翻江倒海地翻滚起来，并同时发出"咕噜、咕噜"的喘息声响。在"咕噜、咕噜"的喘息声中，"伟哥丸子"燃烧出的激情，经"小老婆"腹中的清水过滤后，便会自由奔流到你的嘴里，然后又经过喉咙流入你的胸腔里。这样的激情，在令你魂飞魄散的同时，将会情不自禁地从你的胸腔经喉咙回流而出，并被你魂牵梦绕地吐向蓝天和大地。

如此反复，你就可以在"咕噜、咕噜"的，"嘴对着嘴，手搂着腰，爱情的火焰在燃烧"，这一精妙绝伦的、相亲相爱的歌声里，让生命不断燃烧出激情，让激情不断燃烧生命，让生命燃烧在激情燃烧的岁月里。并将生命的旅程，不断延伸到快乐的天堂，而让你死了称心、死了如意。

在此需要特别说明的是，这里所说的"小老婆"，并非过去的"三妻四妾"。

这里所说的"小老婆"，指的就是"水烟锅"（水烟筒）这种专供人们作为吸食工具并可进行把玩的东西。

家乡的人们常常把制作"水烟锅"的过程，说成是生产"小老婆"的过程，把"拉水烟锅"（拉水烟筒）的过程，说成是"抱抱小老婆"的过程，把"拉水烟锅"与"抱抱小老婆"，说成是可以等量代换的事情。而我却专门把对竹子（甜竹与苦竹）的选材和制作竹筒水烟锅的过程，说成是寻找"小老婆"、选择"小老婆"、迎娶"小老婆"、生产"小老婆"和打扮"小老婆"的过程，把云南生产的云烟丝，说成是可制作"伟哥丸子"的上等原料和佳品。

正因为家乡的人们，抱"水烟锅"的时间和次数，同抱自己的老婆相比较，无论在时间上，还是在数量上都要多得多，所以家乡的人们将拉"水烟锅"，说成是抱"小老婆"，一点也不为过，而且还算是委屈它们（她们）了。

人这东西，说来也怪。明明知道吸烟有害健康，还要深入硝烟弥漫中去。明明知道不能找小老婆，还要把小老婆揽入怀中投桃报李。明明知道"勿以善小而不为，勿以恶小而为之"，还偏要为之。所以，拉不拉烟锅，抱不抱小老婆，只能是人各有志。即"火烧粑粑，各拿各的火色"。

记忆飘浮在童年风雨里

      每当我开启记忆的收藏夹，自己的思绪里，就会时不时呈现出薄膜塑封了的"大中华"烟标，让我不禁勾起胸中的往事，追忆起童年的时光。

      那是一个狂热的年代，是一个"以阶级斗争为纲""阶级斗争年年讲、月月讲、天天讲"的年代。那时的人们，大多谨言慎行、经常神经兮兮，稍不留意，就会轻易被扣上"地、富、反、坏、右"的帽子，被那些"造反派"拖去游街、拉去批斗。用他们的话说，就是"让你永世不得不翻身"。在当时，工、农、商、学、兵都要学《毛选》，要"读毛主席的书，听毛主席的话，照毛主席的指示办事，做毛主席的好战士"。就连学校的教育方针，也变成了"学制要缩短，教育要革命"的政治口号。那时，交白卷可以成为英雄，凭手上的老茧也能上大学，政治运动一浪高一浪。工人上班不讲效率，农民种田不问收获，老师教书应付了事，学生读书心不在焉，教学内容几乎都是一些不求实际、让学生难以接受的、空洞乏味的政治口号和政治理论。并且，那些大人们，在一天的工作劳动之中，还必须做到"早请示、晚汇报、中午唱一首革命歌曲"。

      可当时的我，就是听不进那些有良知的教师和亲朋好友的劝导，总是经常逃课或"躲学"。要么于白天背着书包到公园里或大街上闲游浪荡，或与那些同样逃学的小伙伴在一起打打"豆腐块"和玩玩纸烟壳等游戏；要么于夜晚跟着同伴或者喜欢唱现代京剧的姐姐一起去看《沙家浜》《红灯记》等革命现代京剧样板戏，或与街坊邻居一起，抬着凳子、拾着砖头去林业局的篮球场上，看《地道战》《地雷战》《南征北战》等露天电影。有时，即使到了夜里一二点钟，若看到家中门缝里还透出煤油灯的灯光，就一直在外徘徊而不敢归家，并担心回家之后，被父母和哥姐兴师问罪，或强迫完成功课。

当时在同龄人中最时兴玩打烟标游戏，恰恰迎合了我那年幼无知、无所事事并喜欢追逐时髦的心理。在五彩烟标诱惑下，就自觉不自觉地卷入了玩打烟标的行列，并曾因玩烟标而与表哥、表弟等人反目成仇，以致几年都不说一句话。

当时市面上，还没有过滤嘴香烟，所卖的纸烟都是软包装的，有"大中华""小中华""红塔山""静松""大前门""山花""红樱""等外"等品牌。小伙伴们就把那些长辈、兄长们抽完烟后遗留下来的烟壳，或从烟厂内部直接弄出来的未曾使用过的烟标，折叠成一个个正三角形，然后再将这一个个被折叠成正三角形的烟标矫成弧状，并将之珍藏在衣服口袋里，以便随时随地都可以玩打烟标的游戏。

往往小伙们遇到一起，就邀约玩起烟标。且一般是两个人一起玩，其他人只是进行起哄和围观。在双方从一喊到三之后，就各自神秘地从衣袋里或身后亮出自己的烟标，以比较和确定烟标的大小，即烟标所代表的数据大小。如果哪一位的烟标太旧，双方还要对亮出来的旧的烟标所代表的数据进行协商打折。

当双方确定了谁的烟标更大后，就先由烟标大的一方，将两人所亮出的烟标收拢重叠在一起，并用拇指、食指与中指紧紧夹住，再将之凸背朝下地、轻重不一地砸在地面上。如果有烟标被砸了翻扑着，那么翻扑了的烟标就归所砸的一方所有；如果有未被砸翻的烟标，那么所砸的这一方还得继续用合拢的手掌用力去扇，扇了翻扑的就归他所有，扇了没有翻扑的，才能由后者去扇。这之后，双方轮流手扇，谁先扇翻的烟标就归谁。如此反复，直至有一方或双方都不敢、不想或不能再玩为止。

那时的小伙伴，大多以拥有烟标的大小和多少为荣，并将其视为自己的重要物质精神财富。记得当时，"金沙江"烟标最小，一个"金沙江"烟标，只能当一个烟壳；"大中华"烟标最大，一个"大中华"烟标，就能当十亿个"金沙江"烟壳。"玉溪"烟标抵一亿、"红塔山"烟标抵一百，"静松"八十、"山花"二十、"春耕"十三等。

当时我玩烟标上了瘾，就像每天抽一两包纸烟的人，于睡前和起床后，都要抽上一两支香烟；也像那些吃一碗早点，就要喝上一两杯小酒的人一样。有时，我为拥有一个"大中华"烟标，几乎弄得睡不安寝、食不甘味。

恰巧有一天，一位同学手捏着一个"大中华"烟标，在我面前炫耀，虽经坑蒙拐骗，但他却不愿与我玩输赢或作交换。此时正好我刚买一本《新华字典》背在书包里，并向他提出用我刚买的《新华字典》与之进行交换，他才勉强答应。

可是，正当我沉浸在如获至宝的喜悦和欢乐中时，我用《新华字典》换"大中华"烟标的事却在学校里流传开来。有人说，我连"老师"都敢换，还有什么不敢做的，将来又怎能成为共产主义接班人。也有人说，用印有"毛主席语录"的《新华字典》交换"大中华"烟标，是一种严重的×××行为……

面对随之而来的流言蜚语，我又羞又怕。羞的是我把我的"老师"换成了"大中华"烟标，并被人讥讽为不求上进的人；怕的是被父母和哥姐知道事情真相后，会遭他们惩罚或毒打。要知道，我的那些哥姐，打起我来却是非常残酷。

屋漏偏逢连阴雨，我用《新华字典》换"大中华"烟标的事，最终还是被哥姐和父母发现了。整个晚上，绳子的一头系在梁上，绳子的另一头拴着我的身体，让我跑又跑不掉、躲也躲不开，在他们不停的追问声中，经受棍子的考验。且还要在痛苦煎熬中，专心聆听他们不停地教训："老子辛辛苦苦供你念书，做一天活，出一天工，还不值一两角钱，盼的就是有朝一日，你不再像我们一样做一个睁眼瞎，能识上几个字，学会看看《工分本》，以致不被人记错

只缘身在哀牢山

或蒙骗……"

但我终究还是未能顶住棍子的考验，只好按照哥姐和父母的意愿，想法筹钱重新购买一本《新华字典》。打翻悔，再去用"大中华"烟标将之换回，那人肯定不干，也不是我做事的风格。再说，哪有泼出去的水，还能完全收回？小偷小摸，又惧怕被捉后再次遭到毒打；去"马车运输社"拾废马掌铁卖，我和同伴早已去过多次，不可能再有收获。于是，只好牺牲放学后或星期天的时间，上山砍柴卖。

年幼的我，手无缚鸡之力，于放学之后，连续砍了几天小柴，也没能凑足一元钱，便只好连星期天也派上用场。

早上出门，天气阴沉沉的，就像我当时的心情一样低沉。柴刚砍好，天上下起大雨。本想直接扛着扁担打道回府，又担心回到家后，受到父母责罚。于是，只得"乌龟跌在石板上——硬抵硬斗"，边淋着雨、边挑着小柴往家赶，让整个人被雨水淋湿得如同"落汤鸡"一般。湿衣服紧紧地粘贴在身上，浑身冒起鸡皮疙瘩，牙齿在不停打架，两边肩膀被扁担和湿衣折磨得火辣辣的，两脚很难听从自己使唤，浑身上下都沾满红泥巴。且在快到家时，还因脚丫未把着泥土，连人带柴滚进水沟里，差点被木柴压得再也不能起来……

毕竟经受了棍子的考验，毕竟经历了山雨的洗礼，在我攒够了钱，重新购回"我的老师"——《新华字典》之后，身处碧玉清溪之间、红塔山脚下的我，对之倍加珍爱，并在后来随便翻翻之中，慢慢地悟出"风在沉默中积蓄力量，人在危难中磨砺意志"和"知识改变人生，知识改变命运"等道理。

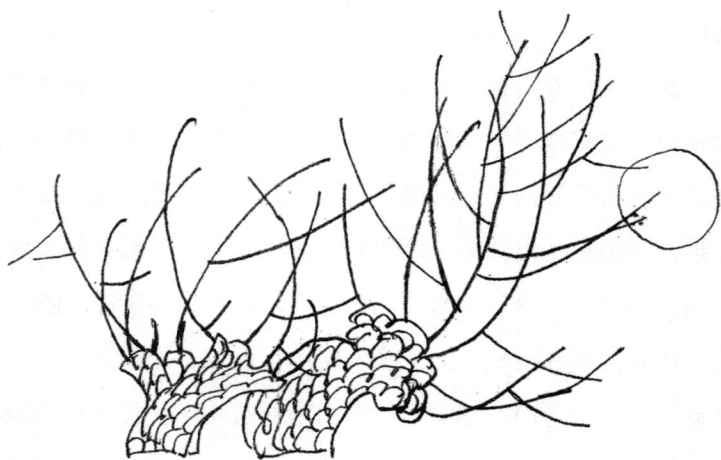

只缘身在
哀牢山

自春艳的致富经

如果不是去新平漠沙鱼塘村做新农村建设指导员，我是难以结识自春艳这一位当代新型农民的。

刚到鱼塘村时，村上召开各种会议，总有那么七八个年轻女子，出现在所召开的会议上。因支书和主任在会议上对我作过介绍，我的相片和个人简介也贴在村委会的公示栏里，所以在一段时间里，经常是她们认识我，我却不认识她们。

可是，了解当地的生产生活状况和风土人情，却是我的职责和任务所在。想来，现如今能出来参加社会活动的农村女子本来就不是很多，一旦出来就一定出类拔萃。之后，经过私下打听与长期磨合，我不但结识和熟悉了她们，而且还发现在她们当中以自春艳最为优秀。她不但担任鱼塘村东山哨小组副组长和村计划生育宣传员，且既是一名优秀共产党员，又是一位在鱼塘村家喻户晓的养猪致富能人。

刚开始认识她时，她把我叫作指导员，还常常邀请我去她们村指导指导，我也经常半开玩笑半认真地对她说，虽然我去鱼塘村是去与她们同吃、同住、同劳动，但吃饭、睡觉和干农活这等事，她们却个个比我在行，根本用不着我去教。渐渐混熟后，她就不再叫我指导员了，而是比较亲切和尊敬地把我称呼为老师。而我呢！从一开始就从不叫唤她的名字，而是直接称呼她为美女。每当这样的时候，她总是对我说："老都老了，还美女呢！叫得人怪不好意思。"我也总是对她说："恼什么恼，你本来就很美呀！"

就其颜面而言，则是红中透黑；就其体形而言，稍稍显胖一点，却相当结实，一看就知道她是一位经常从事体力活计的人。虽然感觉她在女人中并不算很美，但我知道，爱美之心，人皆有之。特别是对于她这样一位，从新平边远贫困山区平掌，远嫁到"花腰傣"人聚居区的三十岁刚出头的年轻彝族女子。

但让我想不通的是，她这么一位年轻的农村女子，为何要走上专业养猪之路，成为当代新型农民？因为我的心目中总是认为，养猪是一件又脏又累的活计。对于养猪来说，根本不用担心猪肥胖，最终目的就是越胖越好。因此，最好的办法就是要让猪很少走动，能干干净净、舒舒服服地睡起就吃、吃了就睡。

记得我曾对她说过："女人就像菜籽一样，撒在瘦地里就瘦，撒在肥地里就肥。好多女人，是靠嫁人改变自身命运。你从贫困的平掌乡，远嫁到充满甜蜜、香蕉甘蔗遍地的漠沙镇，是不是感觉从糠箩里跳到米箩里？"

你听她咋说："大哥啊！无论到了哪里，不苦咋个会得吃呢？"是啊！天上怎会掉下馅饼！可我却不得而知，何时开始，她把我叫成大哥了。但听起来却生分少了，能把她当作小妹看待，交流起来就更加方便容易多了。

问她何时想起养猪？

她说她刚从平掌嫁到漠沙那两三年，没有田地栽种，每年都要靠与别人承包土地栽种甘蔗过日子。虽然一年到头，也能栽种出百把吨甘蔗，但却感到苦得不值。又热又"毛"（被甘蔗叶刺后经汗水渗透而又痒、又辣的症状）、非常辛苦不说，却连温饱问题都难以解决。

问她何时开始养猪？

她说她在包地栽种甘蔗的时候，就开始尝试买上一些江川仔猪回家饲养。虽然一年也能养上两批，一批也能有五六头肥猪出栏，但除去成本之后，却发

只缘身在哀牢山

现没有多少余头。

问她为何还要坚持？

她说她不甘心，她始终认为，养猪也能发家致富。在一次回平掌老家时，她发现老家养母猪的人家很多，猪价非常便宜，就尝试着从平掌老家买了一头老母猪回去饲养。结果两年下来，却下得了每窝十头左右的五窝小猪，且每头小猪也卖得了五六百元的好价，终于尝到养猪的甜头。

问她何时成为养猪专业户？

她说到2009年，受国家生猪养殖扶持政策的鼓励，她就下定决心放弃甘蔗种植，以扩大规模专业从事生猪养殖，且在当年就养殖了十头老母猪，并产下二百多头小猪，成了鱼塘村首位专业生猪养殖大户。

问她现在发展状况？

她说时至今日，仅是经常产仔的母猪，她就养殖了十七八头，加上后备产仔母猪，就达二十五六头之多，生猪存栏经常保持在一百头左右，一年到头不但能卖出一百多头小猪，而且还能卖出三百多头肥猪，每年的纯收入达到了十多万元。不但还清贷款，而且还建起自家别墅，家用电器等设备几乎样样俱全，家庭的小日子过得红红火火。

问她养猪辛不辛苦？

她说不苦才怪呢！老倌在村小学打工，引进新品种进行生猪改良，为生猪添置厩舍，改善居住环境与条件，母猪产仔给小猪接生，小猪长大给它们打疫苗，猪病了给它们打针、吃药和治病，没有饲料给猪买饲料，猪饿了给猪喂猪食等，几乎全靠她自己一人，但却感到苦有所值、苦中有甜和苦中有乐。

问她老公是否支持？

她说非常支持。老倌在学校打工之余，经常帮她做上一些力所能及的家庭养猪活计，一家人过得和和美美。

问她将来打算？

她说无利不起早，只要能赚钱。她计划在招收工人扩大生猪养殖的同时，尝试一下养牛，看看能否闯出又一条新的致富路子。

猪鸡牲口总是越处越熟，人也会越处越熟的。在她诚邀我去给她指导生猪养殖和提出意见与建议的时候，看着她所养的那些长势喜人的大小生猪，我总是在想："'勤劳致富'，历来就是中华民族的传统美德。这个我把她当作小妹看待，靠聪明才智和勤劳双手致富的女人，怎么可能不是一个美女！"

他 是 谁

在那靠工分吃饭的年代，我们那个生产队，有过一个读了几年书、年纪却比我大了十多岁并不务正业的人。不知不觉，我和他成了忘年交。

其相貌堂堂，除去做辛苦的农活时，平时却经常穿得整洁朴素；并且，他也喜欢看书，能经常给我们讲上一些《西游》《三国》与《水浒》。

由于我们上学或放学，都要从他家门前经过，因此常能与他不期而遇。

一天，当我和同学背着书包从他家门前经过时，偶然听到从他家传出了很大的说话声，以为是吵架，就忙进去他家里看热闹。

进到他家后，只见他的老娘正站在天井边不断数落他："你这个背时鬼！一天游手好闲、漂游浪荡，家务不做，还不务正业。现在连人吃的都没有，还整一个'烂东西'回来供着，比'服伺'你'dēi'（爹）你'嫫'（妈）还要上心，等'二天'给你'讨'一个婆娘回来，看你们'咋ㄟ'过？……"

听着她妈唠叨，他不加不理会，只是"闷声不出气"地云给一只正关在笼子里的猴子喂食。谁知，刚将笼子门打开，那只猴子便乘机夺门而出，并从他那慌乱去抓猴子的手中逃脱了。

于是，他就咬牙切齿地骂着他妈，"叫你'嫫'那老东西又叫，把老子的猴子都吓跑了"，也像那只从笼子里脱逃的猴子一样夺门而出，并发疯似的去穷追那只逃跑了的猴子。

见他去追逃跑了的猴子，我和同学也像追歼共同的敌人一般，追着他去看。

我们追了一阵、追出好几百米，就追到了一个农户人家的一棵高大的柏枝树下。这才发现，这一只猴子已爬到了那高高的柏枝树的树顶。任凭他哄、骗、如何用石头砸，它却总是"张眯咕噜"地不停地蹲在树上观望着而不肯下来。

看他不敢往树上爬，爬也无济于事，原本打算一睹如何抓获猴子风采的我们，只好"有家归家、无家缩庙旮旯"了。

童年是清苦而美好的，少年是向往而多梦的。需要我们于中午放学后经常上山，砍上一些小柴，为家里不断燃烧生活的激情，或是为自己的馋嘴，把那一担担小柴挑到馆子里，去换上一点零花用钱；需要我们于一年的暑假或寒假，去生产队的田间地角干上一点农活，苦上一点工分，使家里在年终的时候，能多分一点红利。这样的日子，也是我和他经常相遇的日子。

一次，农活干累了，在他与我和我的一位同学一起在生产队的窝铺里的草堆上休息时，他顺手从草堆上拾起一份护林防火方面的宣传单对我和同学说道："小伙子，考考你们两个，看哪个能把这份宣传单一字不错读完？"

他让我的同学先读。当我的同学读到"不准乱砍、乱伐"时，他立即制止道："错了，错了，不要读了。"

"哪里错了？"我的同学问。

他并不作答，转而对我说道："小伙子，你来读。"

于是，我接过宣传单读了起来，并将宣传单上的内容读完了。

他听我读完后，对我的同学说："你听听，人家是怎么读的。你书不好好读，把字都读错了。"

同学听了，还不服气，并进一步追问："哪里错了？"

当他说出："不是'不准乱砍、乱伐'，而是'不准乱砍、滥伐'"时，我的同学是"一脸不得一脸"，而我却感到非常"神气"。

工作后，一天就是东奔西跑，很少回家，也很少与"三农"打交道，这也让我在二十多年的时间里都没能再次遇到他。但却是山不转路转，在绕了山路十八弯后，我又回到起点，回到自己的老家，并在老家原址上拆旧建新安居下来。这也为我在清闲之时，能不时去他的邻居家玩乐，开启了方便之门。

一次，在我们闲聊等人之时，就想起了他而顺便向他的邻居家打听。当他的邻居家告诉我，他现在主要靠"刮骨头"过日子时，让我好生奇怪：这是一个什么职业、如何运作？只听过"刮骨疗毒"，却没听说还有靠"刮骨头"过日子的人。

进一步了解才知道，他现在主要靠从杀牛卖的人家，收购新鲜的牛骨，然后用相当锋利的尖刀，将牛骨上那未被剔除干净的牛肉，一点、一点刮削积攒起来，并在清水里洗净后，又转卖给开馆子的人，来获取经济来源。

据说他所卖出去的那些他亲手刮削下来的牛肉，既可让开馆子的人将之做成肉汤、做成杂酱，浇在米线、卷粉、面条上，而使那些喜欢吃牛肉米线、牛肉卷粉、牛肉面条的人，在吃了之后感到味道鲜美，又可使那些开馆子的人节约成本、节约开支。

现如今，社会分工越来越细，能自主择业，在社会上为自己找到适合自己的生活空间和生存土壤，实属相当不易。并且还人尽其才、物尽其用，如果不是聪明人，谁能想到干这一行呢？

真是心有灵犀，才想到他，就于一天在街上遇到了他："大哥，你这是要克（去）哪点克？还带这么一只听话的狗？"

"我要克买菜。让它做个伴儿。"

"我们有多许多年不见了吧！看你还这么精神，却怎么连牙齿都'不关风'了。"

他笑眯乐喝地答道："是有好多年了，我们面前长大的小娃娃！你知道我大你多少岁？"

　　"听说你现在靠刮削牛骨头过日子，给是当真？"

　　"当真。混一碗饭吃。你呢？在哪里高就？"

　　"什么高就？也是混一碗饭吃。"

　　"到底整些哪样？"

　　"就是专门领领那些写写画画、唱唱跳跳的。"

　　"你倒是好玩了！不像我们一天苦成这样子。"

　　"有什么好玩的？我们没你们自由。抬人家的碗，要随人家管。"

　　"我想给人家管，还没人管呢？自由又当不得饭吃。得闲们来坐坐！我还有好多事。"

　　"好，有空也来家里坐，我搬回老家住了！"

　　"会来的，会来的。"

　　于是，他就跟在他的那一只大狼狗的后面走了。

　　看着他的那一只大狼狗，口里叼着菜篮子在前面开路；看着他紧随大狼狗之后，急匆匆赶路的背影，我真想象不出，他会是一个不务正业的人。

吃 草 乌

　　有朋友说，勾践家要煮"草乌"了。我听了后，便决定当晚去勾践家吃"草乌"。勾践何许人也？当然不是"有志者事竟成破釜沉舟百二秦关终属楚，苦心人天不负卧薪尝胆三千越甲可吞吴"中涉及的古代越王勾践，而只是我们现实的一个"玩友"罢了！

　　很多时候，只要一吃过晚饭，或者每逢周末，经常碗、筷也未及刷洗，我们就能从自己的手机里，听到勾践那很有磁性的男高音："3——缺——1！"

　　可是，为何一定要去他家吃"草乌"呢？主要是我们感觉，他这个人为人爽快，有较强的亲和力，做起事来认认真真，煮出的"草乌"让人吃了放心。并且，我们还不时主动买菜、自行打酒，并二一添作五，在他家里与他吃喝玩乐在一起，对他家的环境甚至比自己家还要熟悉。

　　今天我从手机里，听到他的第一句话，并非过去经常重复的"3——缺——1！"而是"我家煮'草乌'了"。当中潜藏"来我家玩麻将，玩了麻将再吃'草乌'"的含义。其实，他不说，我们都要去；他说了，我们则更要去了。许多聪明人都知道，只要听到有人说起煮"草乌"的事，那就暗示你可以去他家吃"草乌"。

　　许多人都知道，"草乌"是一种有毒植物，用得好可以治病、防病，用得不好却能让人见阎王爷。但许多人却不知道，吃"草乌"不兴直接喊叫，却又要进行暗示的真正原因。那既是因为他觉得你比较好玩，应当对你表示关心，又是因为他认为如果"草乌"煮得不好，就会害人害己，并想给自己推卸责任。且一旦你到他家吃"草乌"吃出问题，他就可以说"又不是我叫你来吃的"。其实我认为，这根本就是自欺欺人的话语。无论你是有心或者无心，只要在你家吃"草乌"吃出问题，你又如何脱得了干系？但无论如何，在家乡煮"草乌"吃不兴喊人，则已经成了一个不成文的规矩。

并且，"草乌"因其外表颜色黑褐，还被家乡的人们称之为"小黑牛"。假若有谁说话声音过大，或脾气过于火暴，人们也许就会这样问他："你给是吃着'草乌'？"或者是说："你给是被'小黑牛'挣着？"从中足以说明，"草乌"不但能够治病，而且还能害人。

医书上说，"草乌"为名贵中草药，系多年生草质藤本植物，藤本长2—3米，夏季开花，花为蓝紫色，多生于半山坡草木丛中。其根为圆柱形，直径约1.5厘米，外皮黑褐色，内含乌头碱，有大毒。主治风湿骨痛，跌打痨伤，外伤血肿，关节扭伤。

据说，"草乌"一般作为外用，即使用作制成药剂服用，其含量也相当低。并且还听说，那"云南白药"里，就有"草乌"的成分。想来，"草乌"既能让人治病，也能让人见阎王，一定是那"乌头碱"作怪。

真正将"草乌"用于煮吃，则大至是在滇中、滇西、滇西北等出产"草乌"的地区，而且是一大锅、一大锅的煮了给许多人吃。可以说，这吃"草乌"的习俗，是这些"草乌"出产地的劳动人民，经过长期实践和探索的杰作。在过去，人们一般用野生的"草乌"煮而食之；现如今，人们则是除了煮食野生"草乌"，也还煮食人工栽培的"草乌"。只是人们始终感觉，人工栽培的"草乌"没有野生"草乌"毒性大，也没有野生"草乌"的治疗保健效果好。

吃"草乌"究竟有何好处呢！那些喜好吃"草乌"的人普遍认为，吃"草乌"能增强和提高人的抵抗能力和免疫能力，特别是最能预防感冒。并且有许多人还将吃"草乌"看得，比吃人参、鹿茸和其他大补药还要管用、还要经济实惠。而且有的人，还像那些喜欢在每年进土黄后吃鹿茸的老人家一样，吃"草乌"吃出了习惯。

无从追溯，我的家乡是何时开始兴起煮吃"草乌"的。在我的记忆里，真正听到有人煮"草乌"吃，也只是在我工作以后。但时至今日，在我的家乡，吃"草乌"却已蔚然成风。且只要一进入土黄天，吃"草乌"就成了家乡的一项重要活动和一道美丽的风景。

记得在刚参加工作时，曾有几位和我一样经过严格挑选，才加入到队伍里的、身强力壮的年轻同事，生怕别人知道似的像"口袋里卖猫"那样，悄悄地把"草乌"煮吃了。结果却是，一个一个口吐白沫、浑身颤抖、手捧肚子、直喊肚子疼痛，在地下打起滚来……是其他同事发现快，并将他们送进医院急救，才把他们从死亡线上拉了回来。

那时，我虽从未吃过"草乌"，但在看了他们的症状之后，也是谈虎色变，以致在后来的许多年都不敢去碰"草乌"。据他们后来描述，在他们被"草乌"闹了后，直痛得如肝肠寸断，并像小牛拜四方那样，不知是要钻入地下，还是要上到天堂。

另外就是，我的一位朋友，也是吃"草乌"的忠实者和执着狂。他在每年霜降前三天开始进入土黄后，以及整个冬天里，都要吃上好几次"草乌"。听说他学吃"草乌"时，开初的几次还能记住人们对他说的"吃了'草乌'后，不要让风吹，不要被雨淋，不要弄冷水，更不要喝冷水……回到家后，不用洗脸、洗脚，只管乖乖睡去，睡到天亮，就万事大吉"等话语，并严格加以遵守。但在他吃了许多次后，把胆子练大就不再信这个邪了。且在一次吃了"草乌"不久，自己感觉身体发热而去用冷水洗了头。结果却是肚子疼痛得让其嗷嗷直

只缘身在哀牢山

叫。最后还是被人们将之送到医院急救，才幸运捡回一条命。

也曾听说，玉溪有一个专门煮"草乌"卖的老倌，在每次将"草乌"煮好并准备出售之前，他都要亲自吃"草乌"给人们看，以便让人们买了放心、吃了安心。其结果还是，大风大浪都过来了，却在小阴沟里翻了船、老马失蹄、当场毙命。

其实，在去勾践家吃"草乌"之前，我吃"草乌"，也不是第一次了。并且记得第一次吃"草乌"，是与有几位同事一起去一个乡镇上吃的。

那天，我原本是和几个同事同在一个办公室里，但那几个同事没和我打一声招呼，就一个个鬼鬼祟祟、神神秘秘地夹着公文包离开办公室，并钻进一辆车子里。当他们的车子发动起来，即将准备离去时，我好奇地紧追上去。刚开始问他们要去哪里时，他们并不正面回答；在多次追问后，才吞吞吐吐地说出是要去一个乡镇吃"草乌"。问他们："为什么不叫上我？"他们说："吃'草乌'不兴喊人。吃出问题，负不了责任。"虽然同事们如是说，但我还是壮着胆子，坐上车子跟着他们去了。

到了那个乡镇才发现，那里能停车的场地已经停放了许多车子。当然，有多少车子，相应就有多少吃"草乌"人。紧接着，所有乘车前来吃"草乌"的人，自然受到当地人的酒肉款待。人们在酒桌上谈笑风生，谁都心知肚明大家冲着什么而来。在天色暗下之后，人们就一个个地离开饭桌，去煮"草乌"的地方吃"草乌"了。

在吃"草乌"前，首先听了那些煮"草乌"的人反复唠叨："不要怕唠叨，就怕没有听到而责任没尽到。吃'草乌'时，如果感到舌头太过麻木，就不要继续吃了；如果只是舌尖稍稍麻一点，说明'草乌'开始见效；如果觉得手掌或身体热乎起来，那是吃'草乌'后的正常反应。吃好'草乌'后，大伙在原地静静坐上半个小时左右；如果半个小时无事，估计就没事了。但切忌弄冷水和喝冷水。如果不听招呼，出了问题，我们不负任何责任。"

听完交代，有人独自舀了一大碗"草乌"，并汤、渣混合一起稀里哗啦地吃了起来。可以看出，这样的人，往往是一个吃"草乌"的江湖老手。有人则是非常小心地舀上一小碗"草乌"，一边喝汤、一边细嚼慢咽品尝，且在吃"草乌"的同时，还不停左顾右盼。可以判断，他既在感受吃"草乌"后的反应，又在观察身旁吃"草乌"的人的表情。这样的人，也许曾经吃过"草乌"，但却是没有真正吃过多少次"草乌"。而且，有的人在吃"草乌"前，还这样询问："吃'草乌'时，能否抽烟，能否喝酒？会不会闹着？"这样的人，往往是站在岸边正准备下水游泳，又担心被水吞没的人。当然，也有人回答："烟可以抽，酒可以喝。用'草乌'下酒，更加管火！"如此答话的人，则往往是吃"草乌"吃出了胆量，并吃成习惯的人。还有人如此搭腔："怕什么怕！尽管吃好了。怕死不得阎王见！"这样的人，则是敢于与死神开玩笑的人。

我呢，则是自己舀上一小半碗"草乌"，边观察周围动静，边小心翼翼慢慢品尝。并像从鸡蛋里挑骨头那样，一小点、一小点地用筷子拈而食之。感觉那"草乌"又苦又涩，非常难咽。特别是在将那又苦又涩且油腻很大的"草乌"汤喝下后，更是让我苦得、腻得直打寒战。

吃"草乌"后，最明显的感觉就是全身开始慢慢暖和起来，且手心渐渐有了炙热之感。特别是脸、脚未洗匆匆睡下，并睡到半夜之后，就明显感到口干舌燥，总是想起床找水（开水）喝。可是，又总担心起床受冷惹出不必要的麻烦。于是，只好强忍干渴，一觉睡到天亮。待起床后，我便将自己吃"草乌"的感受讲给他人听，人家则说："那是吃'草乌'见效了。"

别人吃"草乌"后的情况我不知道，但自那次吃了"草乌"后，我是一年到头，也没患过一次感冒。且还明显感到，平时的食欲也好了许多。

之后，我吃"草乌"的胆量，一年比一年大了。有时一个冬天，吃上一二

只缘身在哀牢山

次；有时一个冬天，吃上好几次。几年下来，吃"草乌"就吃成了习惯。

人们常说："是药三分毒。"过去，由于自己年轻，对"草乌"的副作用并没有多少感受。直到后来，才慢慢发现，"草乌"吃多了，对人的肾功能也有影响。

因此，这次去勾践家吃"草乌"，我完全是抱着"吃可以吃，但却不敢多吃"的态度去的。并坚持认为，麻将可以不玩，但"草乌"却不可不吃。

可是，当我吃过晚饭、洗好了脸、脚，到了他家才知道，"草乌"的时间还没煮够。于是，我和大伙只好四个人一桌围了起来。但另外一桌比我们提早结束，并已先吃了"草乌"的朋友，却总在嘀咕"舌头有一点点麻！舌头有一点点麻！"的话，让我们不得不故意拖延了去吃"草乌"的时间，以进一步观察他们吃"草乌"后，有无其他异常的反应。

在我们看到他们于长时间都没有不良反应后，我们就估计到，那些朋友一定是第一次吃"草乌"，才会因感到舌头有一点点麻木，产生不必要的担心。于是，我们也经不住那些"草乌"的诱惑，前去把"草乌"吃了。

到次日晚上我们才听说，因头天晚上去勾践家吃"草乌"的人较多，勾践的"保姆"（妻子）在将"草乌"煮好，自己先尝了一小条"草乌"，并让大伙吃了一些"草乌"之后，突然发现她家事先煮好的碗筷不够用，就忙着去将已经使用过的碗筷，收了用冷水洗净，并再次拿去用开水煮好，让新到的客人继续吃"草乌"，结果却导致了她一个人，于人前不敢声张，悄悄跑进自己房内不断地呕吐，也把房里吐得一地都是呕吐物。

我们问她："有没有去医院打针？"

她说："没有。"并且她还说："强忍到天亮，感觉没事了，就没有再去医院。"

我们抱怨："你真是要钱不要命了。是我们，一有反应，就赶去医院了。"

她说："你们的命值钱，我的命不值钱。"并还自豪地说："早上起床后，我又把那些剩下的'草乌'重新煮吃完了。"

"你这个人，真是不可救药！被'草乌'闹了，还敢继续吃？"

她说："我觉得那些剩下的'草乌'，倒了可惜了。"

我们问她："你被'草乌'闹后，当时为什么不告诉我们？"

她说："怕你们知道后，一个都不敢吃。"

大家听听，这是什么话。

其实，在我的家乡，既有许多敢于吃"草乌"的人都会煮"草乌"，又有许多敢于吃"草乌"的人都不会或不敢煮"草乌"。但无论是煮"草乌"，还是吃"草乌"，都有着许多讲究。其最根本的就是要严格注意以下细节：

煮"草乌"前，一定要将"草乌"认认真真进行刮削和清洗，并将"草乌"上的水过滤干掉。有人说一定要用竹篾或木器刮削"草乌"；有人说可以用铁制刀具；有人主张将"草乌"去皮；有人不主张将"草乌"去皮；有人说没去皮的"草乌"效果更好；有人说去了皮的"草乌"也不错，都没有一个明确的定论。在这里我只能说，没去皮的"草乌"需要煮的时间更长，去了皮的"草乌"需要煮的时间则相对要短。至于去皮与不去皮的效果如何，我没有研究过。在将煮"草乌"的火点燃一段时间后，一定要将煮"草乌"的燃料一次性放足放够，或不断进行添加，以确保它能按照要求长时间持续高温燃烧。

煮"草乌"时，一定要用一个相对大一点的锅，并将煮"草乌"的水一次性放够；要把与"草乌"几乎等量的一大坨、一大坨的腊肉、新鲜猪肉或新鲜（腊）猪脚肉与"草乌"一起共煮，以确保所煮出的"草乌"有足够的油荤；在燃料开始充分燃烧之后，将装有"草乌"、猪肉和清水的锅盖上盖子，并放到燃具上进行持续煮之。一旦那"草乌"被煮起来以后，就再也不能向锅中加水，也不能随便把锅盖揭开或对之进搅拌，并还要随时注意观察火势，以确保被煮的"草乌"能够随时保持在持续的高温之下。切不可让火由大变小，并使被煮"草乌"的水落气。最终目的，是要用持续的高温将"草乌"内的毒素大量去掉。只有当"草乌"被煮了足够长的时间之后，"草乌"内的大量毒素才会被煮了消失，人们也才能将锅盖揭开，将"草乌"不断食之。至于那回族兴的用牛肉与"草乌"共煮，我却从没有见过。

吃"草乌"前，一定要将所用的碗筷和汤勺用开水长时煮之，切不可只用开水随便烫一下而马虎了事。

吃"草乌"时，一定要先看一下煮"草乌"的汤有没有迄滤干掉，或那"草乌"有没有被煮焦。如果发现有"草乌"被煮焦，那就千万不能吃了。切不可抱着可惜或问题不大的心理食之。

吃"草乌"后，既要静静感应有没有不良反应，也要时刻注意提醒自己，不要去弄冷水或喝冷水，不要受到风吹和雨淋。其原则就是，不可让自己的身体过于受冷。

当然，煮"草乌"时，如果所用的工具和能源不同，则所需要煮的时间也不尽相同。一般是：用炭火和蜂窝煤煮，至少要煮到八九个小时；如果用电磁炉或"电子瓦盏"煮，也需要六七个小时的时间；如果用高压锅煮，那就只需要五六个小时，或四五个小时的时间，等等不一。

但是，即使人们按照以上方法，严格要求并认真做了，也不能确保万无一失。在这里，我要奉劝那些吃过"草乌"或没有吃过"草乌"的人，对于煮"草乌"吃这件事：既不要坚信自己，也不要轻信别人；既不要再去煮"草乌"给他人和自己吃，也不要再去吃那些无论有益还是有害的"草乌"了。毕竟煮"草乌"吃，是一件赌命的事。

只缘身在
哀牢山

傣乡飞着萤火虫

　　甜蜜的事业，离不了酿制甜蜜的人。甘蔗收获的季节，傣乡的人们为收获甘蔗忙得不可开交，汗流浃背不用说，稍有不慎就会被甘蔗划破手指或戳破脚踝。砍了一天的甘蔗，不及沐浴辛苦劳累，男子汉们就忙着请工装运甘蔗，妇女们则是忙于杀鸡宰鹅、生火煮饭，招待当地的甘蔗辅导员和外来的驾驶员等贵宾。他们担心甘蔗砍好后，领不到交售甘蔗的甘蔗票，或不能及时将砍倒的甘蔗运出销售给糖厂，会导致堆放在田地里的甘蔗发生损耗，而影响家庭经济收入。所以，每逢榨季，甘蔗辅导员和驾驶员在蔗区傣乡，便成了吃香喝辣的人。

　　一段时期以来，霉气太重，手头不顺，几乎是逢赌必输，总盼不到幸运之神降临，朋友邀约去傣乡运甘蔗，就跟着去了。车刚停稳，一桌丰盛的酒席摆了出来，干黄鳝、糯米饭、腌鸭蛋、腌鱼、腌肉应有尽有，都是傣乡特产。叫他们不要这样，随便一点，他们却说："'干黄鳝、糯米饭、二两小酒天天干'是傣家的风俗习惯。"但没喝几杯，麻将桌上"五、六筒"的影子，便烟消云散到九霄云外了。

　　酒意正浓时，朋友悄悄约我："走，我带你'串寨子'去！"

　　我不知"串寨子"何意："串什么寨子？"

　　"就是采花。"

　　"四周黑漆漆的，哪里有花可采？我们又不是蜜蜂、蝴蝶。"

"不但采花，还要吃花、玩花。"

我更加糊涂了，以为是去打麻将，应答道："自摸都不能，还花什么花。我看是眼睛花吧！"

朋友生拉活扯，我没了喝酒的兴致："去就去吧！"

被晚风轻拂后，头脑清醒舒服了许多，看着田坝中、寨脚旁闪烁着的点点光亮，感觉自己仿佛置身于晴朗的夜空的之中，伸手便可采摘星光做成的花瓣，难以分清自己是在人间还是天堂？原以为那些在田间地角忽明忽暗的亮光，是夜游飘飞的"萤火虫"所致，仔细观之，又不太像，于是怀疑自己是不是老眼昏花，眼睛出了故障："这里可是乡村，哪有麻将可打？"

"打什么麻将？憨包。为何不说是'扛上花'呢！喏，照电筒去。"朋友向我扬了一下手中的电筒。

"乡下走夜路，当然离不了电筒。那么多田埂，弯弯曲曲细又长，有的还没有手掌宽。"

"除了五、六筒，你还知道什么？一点也不开窍。你肯定以为那些忽闪忽闪的亮光，是人们手持电筒走夜路的特产。其实不然，那是傣家青年男女，用电筒发出的约会信号。"

"当真如此？不是在蒙我吧！应该是萤火虫。"

"你恐怕是'唠来'（酒喝多了）了。那分明是在'照电筒'，哪来的萤火虫？"

"依你这么说，采花、吃花，是去找'萝卜少'（小姑娘）玩了？"

"算你说对了。看来你还是身体需要的，怪不得有人会说，男人要到脚直的时候。我喜欢玩花、吃花，大概是受父母的遗传，但我并非什么花都吃。玫瑰花芬芳四溢可以食用，却带着刺；苦刺花虽然带刺，食之则清凉爽口；碎米花可以食用，却干涩难咽；攀枝花好吃，得加入腌鱼、腌肉；'花腰傣'女人可食，却要看你有没有那个缘分。但吃鸡要吃黑肉鸡，不要能动的就是肉、有绿的都是菜而乱吃。"

"原来世间还有比金钱的游戏更好玩的东西。赶快走吧！时候晚了，就找不到猎物了。"

"说风就是雨，走就走吧！"

到了一棵大青树下，我和朋友在大树下的石板上坐定，便掏出香烟抽了起来。"这里气候炎热，入夜后的傣家人喜欢在土掌房的房顶上睡觉，有的人自己的媳妇被别人睡了都不知道。"我说。

"不是不会有这种事。"

"有人说，在傣乡，如果想和哪位小姑娘好，只要买上几颗糖给她吃了，然后悄悄念上几句'口功'（咒语），她就会着了迷一般，咬定青山不放松，终身追随你了。"

"有这等好事，我怎么遇不到。"

我和朋友闲聊着，忽然看到有电筒光从不远处向我俩所在方向照了三下，我就好奇地用手中的电筒，向光亮的方向回照了三下，然后自嘲道："像特务一样神神秘秘。"

"哪来的特务，我看就是偷人的窃贼。"

说话间，烟未燃尽，就有电筒光照到我和朋友的脸上："我以为是表（哥）呢！"听到是女人声音，我俩就讨好地迎上去，但却把两个年轻女子吓跑了。

朋友遗憾说道："整哪样整，到嘴的鸭子就这样飞了。哎！人们不是常说'十天打猎九天空，一天能抵十个工'吗？没关系，今天整不成，明天再来；这里吃不着，就到下面吃！"

后来，我和朋友拿着电筒，又像飘浮的夜风一样，在几个寨子中来回飘荡。这个寨子去过了，那个寨子也去过了；寨头去过了，寨尾也去过了，就是没有着落。我俩在窗内亮着灯光的屋檐下蹲了好多次，在大青树下的青石板上坐了许多回，并绕着村内的那些草垛转了好几圈，不是未能目睹姑娘们的芳影，而是总觉自己在那里拈花惹草，既有损于自己的形象，也不好随便下手。

因为那些姑娘见了我俩，要么躲藏起来；要么用手捂住脸庞；要么像母鸡孵卵一般，用双手盖住后脑壳后一动不动地蹲在草堆里；要么迎来其男友凶神恶煞的目光。可我那朋友胆子最大，人家姑娘坐在草垛下，看到我们用电筒照她，已羞涩得低着头，并用双手捂住脸庞，他还要走到姑娘身旁，去掰开姑娘的手腕，并用电筒直射姑娘的脸庞，以看看姑娘究竟长成什么模样。

记得在我和朋友拿着电筒在寨子里乱照的时候，正好遇到一个刚从别人家喝酒出来的傣家汉子，他见了我俩后，酒气冲冲地说道："你们这些'咔'（傣族之外的其他民族），这些老师傅（驾驶员），吃好、喝好不知足，还要找小姑娘，再这样乱整会闯祸的！"

回到帮拉甘蔗的傣家，翻来覆去未能入眠。蒙眬之中，还看到了一位年轻貌美的女子站在我的床前，直把我吓得跳了起来。后来我与那些"老波陶"（傣族男长老）讲了这一梦境，他们都说，是我和傣家姑娘开了玩笑，那些姑娘把我的话当真了。

其实，我认为傣族长老的话也不可迷信。虽然有时他们说的话比村长还管用，但也并非是未卜先知。初来乍到，我又去哪里与傣家少女开了玩笑呢！要说真开了玩笑，那也是后来水到渠成的事。一些年轻貌美的傣族女子常常逗我，叫我买糖给她们吃，我也是经常迎合她们。我不但说要买糖给她们吃，而且还说要买花线送给她们。

玩笑之后的一天傍晚，我将车子摆好，并让傣家汉子装载着甘蔗后，就应傣家一枝花之邀，一起去下黄鳝。我和她在大青树下相遇后，一个在前、一个随后，迎着落日的余晖，漫步在了傣乡狭长的田埂路上。

她头戴翘翘的斗笠，身着华丽精巧的短褂，肩挑"黄鳝笼"的倩影，被金色的光辉针扎得鲜活明亮，仿佛那去天边采集的圣女。而我呢，则像一个傍晚赶鸭归家的老头。

我和她走出几里路后，到了一片秧苗田里。只见她每隔几米，就将一个"鳝鱼笼"放到田埂下，然后再抓一团泥巴压在鳝鱼笼上，整个过程，惬意得如同手理麻将一般。她放完"黄鳝笼"后，天色渐渐暗了下来，我俩就此开始原路返回村寨。

回村的路上，我突然看到江对岸有电筒光闪烁，便故意扬高声调逗她道："瞧，漂亮的萤火虫！"她举头向我手指的方向看去："哪里？"我的话没说完，她一不留神，就一脚踩空，整个身体跌进了盛满水的秧苗田里，直把水花溅到了细长的田埂上。我呢！却因踩到她溅到田埂上的水，双脚一滑，也跟随着她一起跌了进去。

两人如同落汤鸡一般，对视着笑得直不起腰来。身上的泥水不停滴落，将水面溅起了片片的水花。其胸前那对洁白的"小兔子"，此时也不守规矩地颤动起来，惹得我心旌荡漾、心潮澎湃："哎，今晚去江边玩，好吗？"

"可以，但你必须讨（娶）我。"

"讨就讨。一把斧子两块柴，婆娘跟着汉子来。"当时心想，成得了一家、成不了一家是另一码事。先上车，后买票，再撒泡尿认着。"要不，现在就去吧！"我有些等不及地又对她说道。

"不行，你没看我这一身泥水，得先回家洗个澡，再换一下衣服。"

"那我到江边等你，好吗？"

"好。我把身子洗白了，等着你来用电筒照亮。"

于是，我便把音调拖得好长地对她说道："大人说话要算数呢嘎！"

与她分开后，她就一个人回了家，我则独自到了江边的一个小土包上，并找到一个风清气爽、安静无人干扰之地，依托着一棵古榕树，在草坪上坐定，然后掏出香烟抽了起来。感觉自己仿佛于落日的黄昏，置身哀牢山中的山坳里，栖身于苍老的大树下，与那些上蹿下跳的松鼠为伴，并聆听着清风中传来的细微声响，寻机捕获那"扑噜噜、扑噜噜"的野鸡飞起上树的声音，然后依据声音传来的方向，估计那野鸡歇落的范围，待夜深人静野鸡歇定以后，再戴上打猎用的头灯，并扛上一支火药枪去那里，即可火着枪响，美餐一顿。

过去许多人都说，红河水里的"面瓜鱼"、"滑鱼"、大鲤鱼非常爽口，但我却不断猜测，生活在红河岸边的姓"花"而名叫"花腰傣"的女人，也许比那些生活在红河水的"面瓜鱼""滑鱼"的味道更佳。不说别的，仅说方才隐约看到的那一对"小兔子"，就特别逗人喜爱和令人眼馋。当时我就好想拎着她的那一对柔软洁白的"小兔子"，在空中"甩"上几圈，只是后来对自己实行了很好的管制才没敢乱来。其实我还感觉到，这人和动物一样，都有生理的本能，那萤火虫也不例外。

辞书上说，萤火虫系昆虫类，身体黄褐色，触角丝状，腹部末端有发光的器官，并能发出绿色的光。它们白天蛰伏在草丛里，夜晚出来飞行。但我却感到，那些靠"照电筒"发信号，获取情感的傣家少男少女，与萤火虫是何其相似？萤火虫晚上出来飞行，傣家青年男女砍了甘蔗后，也是晚上出来活动；傣家青年男女以"照电筒"的方式传递情感，萤火虫的腹部末端发光，却不知是为了什么。

人类的交通规则中，有明确规定：红灯停，绿灯行，黄灯可以通行。也不知道萤火虫的腹部末端发出绿光，是求爱的信号，还是单纯用于照明，或者是向后来者示意，他们可以畅通无阻、一帆风顺？但是，让我想不通的是，它们为什么只把灯安在尾部，而没有把灯安在头顶？因为我始终坚持认为，把灯安在前面，才会有很好的方向感。

想来，傣家青年男女能够自由获取友情和爱情，在许多时候都是因为有了

只缘身在哀牢山

这种既是发光又是采光的方式。也是他们依靠这种光合作用的原理，才使他们不断地架起，一座座友谊和情感的桥梁。但"照电筒"起始何时，有何讲究，如何照法？自己却不得而知。只不过，我总是觉得，无论获取爱情的方式方法如何，也都是殊途同归。做人也是一样，总得言而有信，说好了的事，就应该像遵守职业道德那样严格兑现。不然，即使有星星点灯，也不能照亮我的行程；即使清风洗面或不断驱赶身旁的蚊虫，也还是要辜负身下这片柔嫩的小草。

今晚的"大碰对"绝对没问题，我满怀希望地静静等候。屁股五、六筒，手中除一个五筒外，全部都是三匹：分别是三个"六筒"，三个"三筒"，三个"一筒"，三个"八筒"。摸到"五筒"是"清一色大碰对自摸"，摸到或碰到"一筒"、"三筒"、"八筒"都是"清一色大碰对双扛五梅花"。即使很侥幸地碰到或摸到"六筒"，那也是"清一色大碰对五梅花"的好局，这样的牌局，又怎能不让我心动！

可是，烟抽了许多根，电筒照了许多次，就是不能看到那一枝花的影子。"七筒"、"九筒"打完了，就是不见"八筒"；"二筒"、"四筒"打完了，还是不见"一筒"和"三筒"。反复多次看了夜光表，秒针却是一秒一秒走到凌晨一点多，于是心烦意乱地暗自骂了起来："蚕豆开花你不来，豌豆开花你不来，东西开花你——给来！"然后，又用尽全身气力，将手中的烟头按灭在草地。

刚直起腰，正准备离去，忽然看到有电筒光慢慢向我移动过来。赶忙躲到树后屏住呼吸观察，当隐约看到来人是一位妙龄少女，便如猫儿捕鼠扑了过去，并将之按倒在草坡上，打起滚来。身下的姑娘说话后，突然将我吓出一身冷汗。仔细观之，原来是自己搞错对象了。不及招呼，我便逃之夭夭、溜之大吉。

现在想来，很觉可笑。虽然当时自己没有闯祸，却叹世事怎会如此阴差阳错？

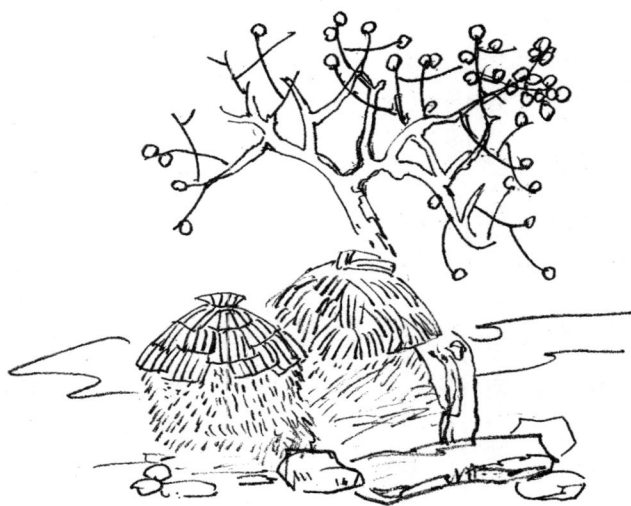

只
缘
身
在
哀
牢
山

蜜蜂采花上山来

　　有时候，人与鸟兽鱼虫等有着本质区别，因为人拥有健康发达的大脑、清晰活泼的思维，且还能制造和使用劳动工具。有时候，人和鸟兽鱼虫等一样，为了生活，也要到处流浪、四处奔波、终生操劳。在这里，不敢说自己比鸟兽鱼虫聪明，但我的生活却经常要像鸟兽鱼虫那样，更像上山采花的蜜蜂一般，需要不断深入深山、下到水里，收获果实，捕捉游鱼，以安慰自己和供养妻儿。为此，我将上山采花酿蜜去了。请问朋友，是否与我同往？

山间铃响蜜蜂振起奋飞的翅膀

　　山道崎岖，镌刻了一个又一个坚实有力的足迹。山间铃响，飘来一阵又一阵馥郁芬芳的花香。尖底背篓下面，深藏着一个步履沉重、身材佝偻的身影。背篓前后，簇拥着一群不太听话的随从，它们是一伙说话难听的毛驴。背篓旁边，走着一位肩扛柴火的人。他正手握细棍，吆喝身驮玉米的毛驴，仰望长天唱起歌来："羊皮衣裳小领褂，不是人穷地方兴；竹子开花叶子青，要玩要跳趁年轻；跳歌要跳小乖乐，踏起黄灰做得药……"歌声在山谷里回荡："羊皮衣裳小领褂，不是人穷地方兴；竹子开花叶子青，要玩要跳趁年轻；跳歌要跳小乖乐，踏起黄灰做得药……"

架上一道彩虹，对接对岸山梁，不过区区几百米。可人这一下一上，却要浑身大汗淋漓、气喘吁吁。撕扯一片白云擦汗，唤来一缕清风化水；借着一条沟坎靠篓，寻得一个石头而坐；找到一棵大树托背，摘来一片树叶遮阴。赶驴哥掏出烟斗，燃起旱烟，悠哉乐哉、吞云吐雾，让青烟载着自己对青山的希望和幻想，迂回缭绕于美丽的青山之间。他们是一些在黄连树下弹琴而苦中作乐的人。正在像蜜蜂采花那样，将一年的收获颗粒归仓。

这时，一位中年男子赶着另一群驮着货物的毛驴，从赶驴哥的身旁经过。

"你这个毛驴追的，忙些哪样？婆娘又不在家！过来歇歇，整上两口（指吸烟）。"

"不忙咋整？婆娘不在，早上的猪食都没喂。要不，把你的婆娘借来耍耍？"中年男子转过头来。

赶驴哥看了看身旁的女人，沉默无语。前面的赶驴哥又发话了："这个烂杂种。'作别麻么西科提'（哈尼语），这么小气！"

赶驴哥用肩膀拱了拱身旁的女人："老婆娘，上。"然后，又大声对前面的赶驴哥说道："等你婆娘打工回来，也借给老子耍耍。打虎离不开亲兄弟，咱哥俩以物易物，各取所需。刀越磨越快，枪越擦越亮，磨刀不误砍柴工，怎能让老婆娘的小团田闲荒着？放荒了，是会生杂草的。"看着身旁的女人毫无动静，赶驴哥捏起拳头，抡起了手臂，咬牙切齿地说道："给相信？老子捶你！不要饶你三两姜，还怪老子不识等秤？老子这是照顾你，免得你日日开老车走老路。"

"大哥，你这是整哪样？"我说。

赶驴哥慌忙放下手臂，和颜悦色地招呼道："兄弟，你这是去哪里？怎么转到这山旮旯里来了？"说罢便站了起来，准备与我同行。

"去村委会。"

"干什么？"

"三同。"

"哪样'三筒'？怕是'二筒'罢！"

"'三同'，就是同吃、同住、同劳动。"

"和谁？和我婆娘？"

"和你们。"

"看你不像干劳动的样子。是上面来的大人物吧？"

"哪来什么大人物？你见过哪个大人物，自己一个人走山路的？只不过比你们多念了几本经罢了！"

"看你文质彬彬的，也像一个读书人。既然来了，我们就有希望了。至少可以在上面帮我们说说话。"

"也帮不上什么。抬人家的碗，就要服人家管。人家喊来就来了。"

"不错，不错，能来看看咱们哈尼人，也够你辛苦的。"

"哎，大哥，刚才你说'毛驴追的'，是什么意思？"

赶驴大哥面带羞涩，用手指着前面的中年大哥说道："喏，那个就是毛驴追的。"

"说得这么含蓄，我不明白。"

"毛驴能驮东西，爬山厉害，毛驴的后代当然也是这样。毛驴与马交配，生出骡子，骡子驮运货物驮得更多，爬坡也比毛驴'猴'（强）。毛驴与人交配，下出什么，我不知道，看他像撵麂子一样忙朝前面，他不是毛驴追的又是什么？"

"怎么你们这里，还使用骡子和毛驴做交通工具？不能用车拉吗？"

"这里山高坡陡，离公路又远，光靠人背和肩挑，肯定不行。这不，你不是也要爬山吗？能否用车拉，那只有张果老骑驴看唱本——走着瞧了。"

“你们天天爬山吗？”

“天天爬山。”

“这不是很累吗？”

“累有什么法子？'爬惯'的山坡不嫌陡，'在惯'的家乡不嫌丑。你们来了，我们就有盼头了。可以帮我们通一下公路，搞活一下经济。”

“能否修路，我说了不算，需向上边反映。”

“你要多给老百姓反映反映。这里实在太苦了。”

“试试看吧！村委会在哪里？”

“和我家在一起。喏，翻过这座山就到了。走吧！兄弟，去我家整两口（指喝酒）。”

“你家改天再去，我还要去村委会报到呢！”

山道弯弯蜜蜂依恋花瓣停歇在高高的山梁

村委会像蜂窝里的蜂饼一样，鹤立鸡群地坐落在高高的山梁上，也是哈尼山寨中最为气派的风景。说它气派，是因为它是村中唯一的一幢古色古香的四合院。从风雨剥蚀的痕迹可以看出，其寿命至少也有七八十年了。站在门外或身处其中，仿佛还可以看到过去的富豪，在里面走动的身影。但现今却物是人非，成了村干部办公和栖身的蜂窝。目睹着它的古朴和庄严，总让人想起蜂巢的样子。只不过池为方、塘为圆，它与吊篮似的蜂巢形状不同罢了。但无论从任何角度观察，它都像一块经过风吹日晒、变得发黄发旧的大蜂窝里的“老蜂饼”。

跨进屋门，屋里静得吓人。听不到一丝响动，看不到半点人影，使自己仿佛置身于荒无人烟的荒原，原来那是歪门邪道挡住视线。刚轻轻步入幽巷，就有一股浓烟扑面而来，弄得自己鼻孔和嗓子眼辣乎乎的，干涩的眼泪也被从眼里挤了出来。这是三个石头支一口锅，有人正在勾头滴水地生火做饭。如不是为了生活，我非一脚踢掉他的锅桩石，掀翻他的大黑锅不可。仔细观之，所谓的厨房里，也没有像样的炊具。见有人到来，生火煮饭的人站了起来。初以为他是村委会煮饭的小工，其实他是哈尼村寨的村长。

吃饭喝酒时，有百姓到村委会办事，任你怎么叫唤，就是不肯坐下陪你整上两口。怪哉，怎会与以往去傣家不同呢？在傣家，不用招呼或随口叫唤一声，就会有人坐下来陪你喝个不停、吃个不停、聊个不停。傣家那是热情好客，哈尼人这是为什么呢？难道是王勃诗中描述的"穷且益坚，不坠青云之志"，以及电影《乔老爷上轿》中所说的"人穷志不穷，豪气贯长虹"吗？在这里除村干部外，就不肯有一个男人坐下陪你喝酒。我担心在此久了，走出村委会、进到哈尼人家，自己能否找到伙食。

不过，男的没坐下，女的却来了一个，是一位白雪公主、白衣天使。她像观音菩萨一样飘然而至，人们叫她花儿。她是口里念着"观音菩萨下凡了！观音菩萨下凡了！"的话语，飞到我身边，坐在我身边，靠在我身上，用痴痴的眼神看着我、陪着我喝酒的。叫她不要喝那么多，她却要喝个痛快。喝进身体里的是酒，流在身体里的是血。虽然自己全身热乎乎、暖洋洋的，但在众目睽睽之下，却感到身上有蚂蚁爬，浑身都不自在。因为我毕竟不是导演鸳鸯戏水的情场高手，也不是上演风花雪月的主角。

这时，有人捏起拳头，从拳头的食指和中指之间伸出拇指："花儿，球！"谁知她对世界通用手语立刻心领神会，拉着我的手就要上楼。惹得在场的人们一阵哄笑起来，自己的脸也像在炭火里烤过的粑粑一般烫乎乎的。有人问她那种感觉如何，她说"辣滋、辣滋的"。人们又笑了，说她早已偷食了禁果。

原来，她曾经和野猪塘的一个年轻小伙恋爱，小伙考上大学后不理她了，她的精神也慢慢出了毛病。想不到，哪里都有坠入爱河不能自拔、为爱痴狂的人。人们悲哀，女人的命运，就像菜籽一样，撒在肥地里就肥，撒在瘦地里就瘦。悲哀花儿，一个青春靓丽的女孩，怎么就这样废了？

酒桌旁还坐着一个听我们聊天、有十一二岁，名叫果儿的男孩。人们夸他，像大葱一样聪俊，像松明那样明白，是一根葱的子弟，很会读书，将来一定能"出人头地"，有所作为。但又贬他，说他人小鬼大，是一个采花大盗。见到美女，就会像摘鲜桃那样，踮起脚尖，跳起来、跳起来地去采摘。弄得能言善辩的果儿，结结巴巴再也说不出话来。

想不通，这里的人穷还穷得开心。一块哈腊肉，一碗荆豆米，几碗"山毛野菜"，加上几两小酒，就把一顿饭给整了。据说，这样招待我，还是让我享受贵宾的礼仪呢！

有了我的到来，如果没有太急的事，村干部一般是不会在村委会里歇宿的。他们往往于傍晚时分，一个一个合情合理地说着，要回家料理料理，慰安慰安的话语，名正言顺地离开酒桌后，开小差回家去了。这不奇怪，他们都是有家有室的人，他们都有自己的老婆和孩子，他们都饲养着猪马牛羊等牲口。不然，古人造字的时候，就不会在"家"字的门上挂了一把锁，在"家"字的房子里养上一头猪了。

每当夜幕降临，整个山寨静悄悄、黑漆漆的，很少见到灯光。人们常说，生人怕水，熟人怕鬼。而我是水也怕，鬼也怕。所以，到了晚上，自己一般不敢轻易走出村委会大门，除自己急需方便的时候。整个人就像一只蜂蛹一样，经常一个人蜷缩在自己的蜂巢里或村委会的四合院内，保卫着村委会的财产，并和蚊虫一起轻唱《莫斯科郊外的晚上》。

这里的农家，很少有电视机这种新鲜玩意儿。即使是村委会，也仅有一台很破旧的、"遥控"控制不了的电视机。村委会的电视机，串联着房顶上的一个"大锅盖"（卫星接收器），是土洋结合的结果，也是城里的相关部门所不许可的。为照顾其他有电视机的农户，每次只能收放一个频道的电视节目。这也是村干部事先设置好的，绝不允许其他人乱调、乱碰接收仪器。村委会里的灯光非常昏暗，如同葫芦藤上挂着的葫芦，或树枝上挂着的葫芦蜂蜂窝一般，在那里"色眯闭眼"地看着你。灯光照在院落里，就像田间飞舞的萤火虫一般，随着我的脚步不断移动着。看着被烟火熏黑的老屋，看着眼前的白炽灯，让我想起县城的二十世纪六七十年代。

传说，有一位寨子人，到城里开"四干"会，对城里的灯火阑珊产生了好感，便在胸中燃起改变家乡落后面貌的强烈愿望。于是，他向城里人打听电灯的原理，并从商店里购买了许多白炽灯泡携带着回家，然后用红薯藤将其像葫芦藤上结着的葫芦一般，一个又一个串联在自家屋檐下的木梁上。待夜幕降临，他把全家人召集起来宣布说，天完全黑下后，这些人造小太阳，就会绽放出迷人的光彩，全家人也将告别黑暗，而不再忍受黑夜的煎熬和情感的寂寞。全家人听了，便目不转睛地盯着一个个笑得可爱的如葫芦兄弟般的电灯泡，结果望穿秋水，也没有看到电灯泡发出万丈光芒。他这才明白，自己上了城里人的当，受了城里人的骗。一些城里人听了这一故事后，自我炫耀道："老子们城市人，哪点不如人？飞鸽牌的单车带女人，的确良的衣裳是一层叠一层……"

即使到了二十世纪八十年代后期，在山区里开始宣传计划生育政策的时候，一些寨子人也还满有理由地说："咱们山里人，哪像你们城里那样，晚上如同白天，有电影可瞧，有电视可看，有门子可串，有地方可玩。我们一到晚上，就黑灯瞎火，不敲家事，还整哪样？娃娃多，又不是我们的过错！"

不过，从我到村委后，偶尔也会有几位家里没有电视机的小孩和大人来与我热闹，这也为我赶走了一些心灵的寂寞和心里的畏惧。比如花儿、果儿之类的人。每当看到花儿到来，我是无论如何也要将她骗出村委会大门，并将大门紧紧关闭上的。因为我不愿授人以柄或让人横生枝节、产生笑话。有人劝我干脆把她依法拿下，说是依法又不犯法、总比撒泡尿好在。这是哪里的话，谁说慰安精神病人就不触犯法律？可是，每当关灯入睡的时候，眼睛刚要闭上，就有小人国的动物出来活动了。它们将楼板啃得嚓嚓直响，经常弄得我无法入眠。没办法，只好用手打床板，用脚蹬床沿，在心理直骂娘："妈一个狗×，耗子翻抽屉！"结果老鼠未走远，老猫又来了，在整个院子里将老鼠追得如鸡飞狗跳。有时还会遇到老猫发情，听到像小娃娃号哭一般的恐怖声音，简直搅得人心神不宁。

清晨醒来，向村干部反映："找一点老鼠药来喂喂那些不生素的耗子，让天下的耗子就此从地球上永远消失！"村干部赶忙说道："不行，不行，这样容易伤及无辜。这里鼓励养猫，是禁止下老鼠药的。还是让猫拿耗子，干好职责范围内的事。"

蜜蜂采花上山忙　归去来兮又何妨

与山花为伍，与青山做伴，与百鸟情歌对唱，是我一生的追求和梦想。艰难地跋涉，苦苦地追寻，执着地行进，方能被清风打开心灵的尘封。心路有尘清风扫，天门无锁白云封。摘下一片白云作被，撕下一把松毛当床，借着一条沟坎为枕，恣肆地躺倒在青山白云之间，是我痴心不改的人间仙境和梦中的天堂。饿了，像蜜蜂采花那样，摘下一把山果果腹；渴了，如蜻蜓点水一般，捧上一捧山泉洗胃。该转沟就转沟，该下地就下地，该干活则干活，该指导则指导，不该指导就不指导。反正关于睡觉的那门子心事人人都会、大家都懂，也用不着我教。但与哈尼人为伍，与哈尼人同甘共苦，却是我"三同"的职责和任务的使然。因此，出门三步紧，进门一身松，这种与上厕所完全相反的工作方式，以及早出晚归的活动规律，便成了我和村干部的家常便饭。因为，只要跨出村委会的大门，就要不停地走，不停地爬，或者是走走停停，停停走走。就这样，与哈尼人相处的日子久了，那些哈尼人也把我说成是毛驴追的，比毛驴还硬扎。其实，我那是瘦狗拉屎——抢挣，没有办法。

这里是典型的高寒冷凉山区，整个地势西高东低。山路弯弯、道路崎岖不说，也少有像样的平地。一眼望去，山外有山，一山更比一山高，不知何处是山的尽头。虽说"哀牢山"山有多高，水有多高，但在这"哀牢山"的局部，却是相当缺水。粮食呢，是苞谷、苦荞、"甜荞"和土豆；经济呢，是栽上一些树，摘下一些果和养上一些畜生。但却成不了规模，成不了气候。很少有水稻和蔬菜那种奢侈的东西，大米和蔬菜主要从市场上购买，路途遥远，交通不便。

人们常说："哈尼寨，鸡肉当韭菜，花生不算菜。"但日子久了，不是家家都能消受得起的。因为山鸡和花生，本身就是哈尼人家的主要经济来源，人们还需要用它换取其他的生活必需品。至于平常的生活，能够割上一块哈腊肉，煮上半斤荆豆米，掏上几根酸腌菜就相当不错了。因此，当地的人们在外出做工时，都要顺便采摘一些"山茅野菜"回家。什么苦刺花、老鸹花、老白花、香芝麻花、山蕨菜、树甜菜、小红菜、鼻塞菜、民国菜、鸡棕、木耳、香菌、干巴菌、牛肝菌、青头菌、胭脂菌、"刷把菌"等，几乎都要把所见到的野菜和山珍，像农民收获遗忘的种子那样颗粒归仓。运气好，或许还能踩到山鸡的翅膀而美餐一顿。鸡棕好吃，常常被早起的放羊、放牛人捡了；香菌、木耳好吃，却要钻到潮湿茂密的树林里去；"干巴菌"好吃，"干巴菌"里面又经常穿插着许多松针，要真正将松针剔除干净却是一件难事；树甜菜好吃，往往要爬到悬崖上的甜菜树上，像"猴子身轻站树梢——离枝（荔枝）"那样去采摘；老白花和山蕨菜好吃，却要在沸水中滚烫后，经山泉水浸泡数日；人们将野菜和山珍采摘回来后，还要配上辅料，要么炒吃，要么煎吃，要么煮吃，要么凉拌，也是一件比较累人和麻烦的事。

这和吃快餐不同，只管使用钞票。但生活果真如吃快餐一样简单，就成了白水一杯，无味道和情趣可言了。不难理解，为何人们要把"成立一个家庭，做一回'家家'，忙七、忙八，忙了脚'bai'（方音，读第一声，意为跛）眼瞎；清早起来七件事，油盐柴米酱醋茶"等话儿经常挂在嘴边。领导关心的是国家大事，老百姓关心的是油盐柴米。生活说复杂也复杂，说简单也简单。说它复杂，就有一些小夫、小妻，经常为煮煮吃吃、洗洗涮涮这些鸡毛蒜皮的小事，磕磕碰碰、吵吵闹闹和喋喋不休。说它简单，它就像小葱拌豆腐那样，清清楚楚、明明白白。所以，有时候，要把很复杂的事情看得很简单；有时候，要把很简单的事情看得很复杂。把复杂的事情看简单了，心胸才能像大海那样宽广；把简单的事情看得复杂了，生活才能更加丰富而精彩。做人也是这个道理，当简单时则简单，当复杂时则复杂。就像吟诗作文一样，"鹤颈虽长，短之则悲，'凫胫'虽短，续之则忧"。没必要自寻烦恼，招惹是非和麻烦。

说来也怪，桌面上的肉星子少了，尽管填进了多少饭菜，也总觉肚子不饱。身躺在床上，饥肠辘辘、夜不能眠之时，常常也会想起老人家讲的"大跃进"的时候。一次，在我"方便"的时候，突然发现自己的粪便又红又黑，把我给吓坏了。以为是胃出了毛病，忙着拎包走人、去看医生，最后才知是野菜的颜色作怪，并非血染的风采。

野菜吃多了，想吃点酸菜；酸菜吃多了，想吃点青菜；青菜吃多了，想吃点白菜；白菜吃多了，想吃点肉食；山上待久了，便盼着归家的日子，人就是这样为了生活而不断地追寻着。人是有情感的动物，也需要像上山采花的蜜蜂采到花瓣后回到家里那样，静心养神、繁衍生息，料理、料理，慰安、慰安。在家中小歇后，也需要像蜜蜂那样，重新上到山上，去采摘花瓣来酿制幸福和甜蜜。这时，作为本人，也可以顺便带上一些家乡的特产，或者小菜、咸菜之

只缘身在哀牢山

类的东西上到山上，让村干部连声道谢的话语不绝于耳。每当他们得知我从城里归来，便经常有人到半路上迎接，让我如释重负、热泪盈眶和感激涕零。日子久了，肠子生锈了，我也会自掏腰包，从附近的农家购买来山鸡，图的就是改善一下生活、和村干部拉近一下关系，并痛痛快快整上两口。

一天晚上，十二点已过，有一位小小的村干部，看我闲得无聊，神秘兮兮地悄悄约我一起去附近的农家购买山鸡。旁边的村干部见他神秘兮兮地和我说话，好奇地问他要整哪样，他却并不作答，只是又神秘地笑了笑，再用手指了我一下。我不知他们这样神神秘秘的，究竟是在搞什么名堂或是在卖什么狗皮膏药？买鸡就买鸡，只怪自己嘴馋。于是，就跟着那位小小的村干部，悄悄走出了村委会。

夜深人静中，看他蹑手蹑脚地走路的样子，我也不便多问。只是当走到有的地方，明明看不见脚下的路，他却不发挥电筒的好处，好像是在有意躲避着什么。但无论如何，我俩是逃不过狗的嗅觉的。一只狗吠了起来，另一只狗也跟着狂吠，吓得我心惊肉跳。生怕一不小心，自己的小腿上便被疯狗咬上一口。真想不到，作为一个属龙的人，还这样怕狗。每当我和他每走到一家农户家的门口，那位小小的村干部就要轻轻叩门、小声地问："给有鸡卖？给有鸡卖？"结果连续敲了几家的门，都没有半点回音，我俩只好扫兴而归。

这之后，当他和其他村干部说起，他曾经带我去寻找过一只不会下蛋的母鸡，或者公鸡不在窝里守候的母鸡时，我这才知道这位小小的村干部，说的究竟是怎么一回事儿。总感到自己被别人卖了也不知道，还要用心地帮着人家数钱。感觉自己就是一个真正的榆木疙瘩，没有开化。弄得左右不是人不说，还要被人当成笑柄。

闲极无聊，我也会绕着村委会住地兜上几圈风。一天，风中传来琅琅的读书声，感觉像唱歌一样好听。甚觉好奇，一路迎着清风而去。

这里是老少边穷山区，传授汉语受当地少数民族语言影响太重，老师教书不好教，学生读书不好读。在老师带着学生朗诵课文和诗篇时，也经常要像唱歌一样唱着读。

不知不觉，我便站到了学校的教室门外。借着失去玻璃的窗子，看到果儿与一群孩子，正坐在破旧不堪的教室里，摇头晃脑地跟着老师朗诵课文。看他们读书的模样，仿佛过去的那些老学究，正在教授学生背诵子曰诗云。我喜欢看童真味实足的孩子读书，就像一只成年蜂子，喜欢看蜂蛹在巢穴里蠕动时的模样儿。同时也看到一位年纪比孩子们大不了多少，肩扎两条小辫的女教师，正站在讲台上津津有味地引领学生不断唱读着。但在她领学生们唱读的时候，却突然停顿下来。看她偏头疑惑的样儿，可以判断她遇到了不认识的字。不过，她最终还是大着胆子带着学生们继续唱读起来："'天'又不像'天'，只是头偏偏，暂时读天，等大姐夫回来再说！"学生们也跟着她唱读了起来："'天'又不像'天'，只是头偏偏，暂时读天，等大姐夫回来再说！"歌声在山谷里回荡，让我在可笑的同时，感到心里发酸。这就像一个专门靠打字混饭吃的人，人家在文章里，已经使用删除符号，并注明了"此段落不要"，他却还要在所打出的文章里，不但完全打出了那一段话，且还同样打上了"此段落不要"的话语。其中说明什么，我不知道。打字打错了可以重新修改，从头再来。既无大碍，也无伤大雅。教人教错了，却要误人子弟。好在那位女教师在导读时不那么直接，能留有余地，"暂时读天"。她不会读那一个字，可以问一下窗外的我。我也可以像狗拿耗子那样，管一回闲事。如果没有字典，我还可以送她一本。但她金口难开，我为何要送货上门？我站在窗外，她还知道对我微笑一下呢，也说明了她知道了我的存在。再说，在她导读之前，我也不知道她需要什么。其实，不会读，就干脆不要读。即使读了，读到"暂时读天"就可为止，没必要与大姐夫扯上关系。到后来才得知，她是因当教师的姐夫外出，才临时

只缘身在
哀缘
牢
山

被请来代课的。

与村长外出活动，我亲眼看着像野蜂出窝后，遗留下来的空饼一样的一间间破旧不堪的被遗弃的房屋，以及一片片被放荒了的已经杂草丛生的土地，正寻思着房屋和土地的主人哪儿去了。村长便开口说话了："大兄弟啊！蜂子长大，则要离巢；新蜂王诞生，便要分家；树大需要分枝，人大也要分家，这些都是亘古不变的道理。这里的生存环境太恶劣了，人们的生活太艰难了。那些有办法、有能耐的人，都跑到外面活动去了。要么帮工，要么经商，要么嫁人，要么上门，要么举家搬迁去其他地方承包土地而靠栽种淘生。有的户口都没迁，就跑到中缅边境，去开发他们的相思土地。现如今，整个村、整个乡，只剩下一半左右的老弱病残和由于种种原因而不能丢家离舍的人了。不然，人们怎么会说，在我们国家，有炊烟的地方就有四川人；在我们云南，到处可见玉溪人；在我们玉溪，随处可见咱们山里人呢！当然，人和人的情况不尽相同，各家都有一本难念的经。能从这里走出去的，大多是不甘贫穷落后的人。人啊，就是这样，哪里水草肥美就奔向哪里，都是生活所迫啊！"

"他们为何不将房产卖给别人，或将土地转包给他人呢？这样也可以帮补一点家庭开支，添置一些家什。"

"这里的土地是不值钱的，许多青壮年都被劳务输出到深圳、广州等地打工。特别是那些漂亮的女孩，更是外面的抢手货。如今在家的男人，好多连媳妇都说不上，有的村子快成光棍村了，谁还愿意在这里花钱购买房产和承包土地。即使承包了土地，也花不起钱请工耕种。兄弟，如果你愿意，我也可以承包一片土地给你，价格公道便宜。"

"这里交通不便，等条件好了再说吧！"

"说七说八，还是因为条件不好。条件好了，又不是那么回事了。这些年，虽然不断加大了资金投入力度，但这里是个无底洞啊，不知什么时候能够填满？"

"你家的果园里，不是梨果飘香吗？为何不好好教教你的子民？"

"兄弟啊！教是教了，可有些人就是教不会、学不会。叫他们在睡觉的时候，东西要斜斜地插，他们却听不进去，偏要垂直往下。"说话间，村长咬紧牙关，龇牙裂嘴地平伸出手掌，让拇指高高翘起，让其余四指紧紧地并列，并很有力地比画一下，惹得我咪咪咪地笑了起来。

"说到底，还是工夫没有花够。"

"说到底，还是本人能力有限，力不从心。反正谁有能耐谁上，就像演戏一样，我方唱罢你登场。"

"不要这样。要相信面包会有的，一切都会有的。要不，人们怎么叫你'山大王'呢？"

后来的日子，当我与村长步行在"风景河"水库旁的一片片开阔的土地上时，目睹着山上、山下的美景，以及这些美景与周围的一些荒凉景致所形成的强烈反差，便好奇地问起村长："怎么这边的土地上绿葱葱，那边的土地却被翻犁了闲荒着？"

"那边被翻犁的土地，是为了明年栽种荞麦；这边绿茵茵的荞麦，是今年栽进去的。"

"为何不同时栽种呢？"

"你不懂了吧！这里的气候冷凉，日照量不足，且土质较瘦，只能相互交替每隔一年栽种一次。就是在今年栽种收割以后，使土地经过翻犁和一年的风吹日晒，土地才能变得肥沃起来，也才能在来年栽种荞麦后有所收获。"

"怪不得你们粮食不能丰收呢！原来是除了土地贫瘠和气候冷凉的原因外，每年还有一半左右的土地闲置。你看山下的'花腰傣'人，每年都栽种双季稻，并且种植香蕉、菠萝和甘蔗等，经济收入可观，粮食吃不完，且还常常用粮食

只缘身在哀牢山

喂养'扁嘴'，怎是你们山头人可以相提并论的？不过，话说过来，山上有山上的特色，山中有山珍，山中有美味，你们的苦荞粑粑，味道就很不错，像思念那小小的汤圆一样回味无穷，却不知它如何做成？"

"这是再简单不过的事了。只要从山中砍来黄树木，将黄树木放到水里蒸煮，并将蒸煮后形成的黄树水冷却，再用冷却后的黄树水和出荞面，然后又将荞面放到锅里用油盐煎后，便可入食。也可抓来一些草木灰，将草木灰放到清水里澄清，并用经过沉淀和过滤后的清水和出荞面，而锅煎后入食。后者虽然省事，味道却不如用黄树水和出荞面后所煎出的可口。做法不同，味道也不一样。因此，做任何食物，要想好吃，就不要怕麻烦。就像'黄泡'好吃，不要怕刺戳手；杨梅好吃，不要怕难爬树那样。"

"苦荞的作用仅此而已？"

"当然不止这些。像苞谷一样，它可以用来喂牛马牲口，可以人吃，还可以酿酒。现在，生活有了好转，我们开始渐渐用大米取代苞谷和苦荞，但大米还得从山外驮运进来。过去，乡上办过一个苦荞酒厂，酒质上乘，酒的销量很好，深受相邻几个县市顾客的青睐。在当时，一瓶平装苦荞酒，能卖上二三十元的好价；一瓶精装苦荞酒，还可卖到上百元。但不知为什么，生意好了，生产规模扩大了，产品质量却下降了，效益也连续下滑，厂子就不得不倒闭了。这也让当地老百姓生产的苦荞，卖不出去了。我们现在所喝的苦荞酒，是家庭作坊式的纯手工酿制，虽然酒的生产成本很低，酒的味道地道纯正，但却没给它穿上漂亮的花衣和插上腾飞的翅膀。这本身又不是正规生产，需求量大了，就供不应求。所以，当地的人们只能小打小闹，自我欣赏，自我陶醉。"

"为何不卷土重来呢？"

"我们一无资金，二无劳力，三无技术，厂子不是说办就能办的。如果要办，那也是上级考虑的事，不是我们这些小村官管得了的。"

"何不反映、反映呢？"

"反映是反映了，就是没有动静。"

我俩走着、走着，走进一户哈尼人家。让我意想不到的是，哈尼老汉，杀了一只山鸡，炒了几个小菜，端出一碗蜂蜜，端出刚刚煎出蒸熟的苦荞粑粑和苦荞蒸糕，热情款待了我们。并和我俩用苦荞粑粑和苦荞蒸糕蘸着蜂蜜下起酒来。这让我从这酣畅淋漓的共饮中，找到了苦中有甜、甜中有苦、苦中有乐、乐中有苦、苦中作乐的感觉。也让身处云贵高原、红土高坡之上的我，仿佛置身于那天与地相连、地与天相通的青藏高原。

人们围着跳动的火焰，与藏族老人促膝而坐，饮着青稞美酒，尝着青稞粑粑，欣赏着藏族少女那脍炙人口的舞蹈，倾听着藏族青年男子自弹自唱的冬不拉的琴声，以及高亢嘹亮的歌声，互动起明媚阳光和悠悠白云。自己也似乎还在聆听藏族老人和藏家女孩述说春天的故事之时，昏昏欲睡地穿梭于时空长廊，迷迷糊糊徜徉于彩云与流星编织的美梦里，自由自在地畅游在那充满童趣的爱河中。

每当发现有大黑蜂、黄土蜂、葫芦蜂和七里蜂等野蜂，在一种叫作麻栗树的树身上采集树浆的时候，几个玩伴相互邀约，找来一根根丝线和细草，并在丝线和细草的末端，分别拴上一小张白色的薄纸片，然后又把丝线和细草的上端结成套，再用细棍等工具辅助，轻轻将套子系挂于野蜂的腰身，之后又轻轻将丝线和细草拉紧，使野蜂被丝线和细草紧紧套住。然后，大伙像大兵哥那样，三步一岗、五步一哨，分别相距站在不同的地方，静待野蜂被放飞后，便如放飞心情一般，仔细观察野蜂飞行的方向，并狼奔豕突、相互接力，不断地追着野蜂狂奔，就可自然找到野蜂的老巢。

白纸片在光线的折射和反射下较为醒目，为我们确定野蜂飞行中的坐标。白纸片本身的重量，给野蜂增加了负担，使野蜂在飞行中经常力不从心地边飞边停，为我们追逐幸福的源泉，提供了喘息的机会。有时，只需追出几百米，便能找到野蜂的老巢；有时则要追出几公里，才能将野蜂的老巢找到；有时，经过苦苦寻觅，得到幸福的回报；有时，却是空欢喜一场，因两眼昏花、体力不支等情况，使野蜂从我们的视线里消失掉。

一旦发现蜂穴或野蜂的家园，便可在明确蜂穴所处的准确位置后，于夜深人静之时，带上捕获工具，穿上"水衣"等防护服装，进入山中收获蜂蛹。

如果是葫芦蜂，它的蜂巢形同葫芦，系挂在树枝上。如果蜂巢所处位置不高，只需找来一些柴草，并将柴草轻轻放到蜂巢之下，用火进行焚烧。也可以手持火把直接焚烧，或将火把绑在长长的木棍上进行焚烧，但却切忌惊扰野蜂宁静，而被野蜂蜇了。待依附在蜂窝上或守卫在洞口旁的野蜂，被烈火烧伤、烧死而一个个掉落于地后，便可像摘葫芦那样，轻轻将蜂巢摘下，如提画眉笼子一般，吹着口哨回家。如果蜂巢挂得太高，不便使用明火，可将在敌敌畏或乐果等农药里浸泡过的石子，用弹弓之类的工具射入蜂窝，使蜂巢内外的成年蜂子乌江自刎、魂归故里，或被臭气熏跑。当然，如此收获的蜂蛹，必须在食用前将沾有农药的蜂蛹剔除干净。

如果系黄土蜂或"大黑蜂"，它们的巢穴却经常深藏在红土里。在收获蜂蛹时，务必轻轻将柴草放到蜂巢的洞口附近。但切忌贪功、过于靠前，惊扰了它们；也不要畏头缩尾，离蜂巢太远，以失去最佳捕获机会。柴草放足后，用明火将柴草点燃，使洞内、洞外的成年蜂子，如飞蛾扑火、自取灭亡。待成年野蜂被烧了剩下不多时，便可一手拿树枝，一手举火把；也可一手拿树枝，一手拿锄头；还可一手拿树枝，一手提装载的工具，试探着轻轻向蜂巢靠近。拿树枝，主要是为扑打迎面扑来的野蜂；拿锄头，是因为蜂巢深埋在红土里，需要用锄头挖开红土后，才能获取蜂蛹；拿火把，一是可以用于照明；二是可以在挖开红土的前后，能用火把焚烧那些在洞外和洞内未被烧死的成年野蜂。靠近洞穴时，要先用手里的火把，将守卫在洞口的成年野蜂烧死；然后再用锄头将蜂巢外的红土挖开，并用火把再将那些遗留在洞穴内的成年野蜂烧死，这样便可以如取获苦荞粑粑入食一样，将储藏蜂蛹的"蜂饼"，一大块、一大块地尽收囊中。

蜂蛹的蛋白质含量很高，是哈尼人酒桌上的一道地地道道的美味佳肴。据说，将"蜂饼"火烤碾碎后，兑白开水喝下，对医治耳鸣效果很好；将"大黑蜂"的成年野蜂泡酒渴后，也有医治白发等方面的疗效。"大黑蜂"的蜂巢较大，有的大如谷箩；黄土蜂和葫芦蜂的蜂巢次之，一般也有提篮大小。"大黑蜂"的蜂蛹个头最大，黄土蜂和葫芦蜂的蜂蛹次之。哈尼人经常将蜂蛹用油盐炸了入食，并在食用之后，那蜂蛹的香味能长时滞留于口，就像吃过口香糖一般。

蜂蛹的味道虽然可口，野蜂蜇人的味道却很不好受。人被野蜂蜇后，也许几天几夜也不得安宁。"大黑蜂"最为歹毒，那些身体免疫能力差的人，往往哪里被蜇，哪里便会发黑、发臭。所以，收获一般的食品不易，收获特殊的美味更难。

记得一次在山中砍柴，当我走到一棵笔直的栗树下后，就不假思索地抡起斧子往树上砍。结果斧头刚落下，一群野蜂便发疯似的向我奔袭而来，蜇得我嗷嗷直叫、亡命奔跑。并于奔跑的同时，还用双手不停拍打自己的脑袋。就像手忙脚乱地给刚出沸水的鸭子、大鹅钳毛一般，恨不得三下五除二，就将那些穷追不舍的野蜂消灭掉，或恨不得三步并作两步，立即逃出它们的魔爪。好在自己在不堪忍受痛苦时，能灵机一动或急中生智，并就势一滚、一动不动蛰伏在草地上，这才使得那些与我玩命的野蜂，在飞到我的身体上空盘旋一阵后，以为我不是一个活物，高唱凯歌舍我而去。

当时并非为收获美味心生恶意，而是我的作为，破坏了野蜂安宁和谐的生存环境。人在江湖，身不由己，有时还不得不学会一些必要的生存手段和逃生

只缘身在山
哀牢

本领。所以，遇到蜂子纠缠，最好是以静制动，并屏住呼吸静观其变。或者在深呼吸之后，用尽气力将之吹了晃动，并使它以为遇到狂风劲吹而主动撤退。被群蜂追逐时，切忌乱跑。如果乱跑，越跑越糟糕。最好的办法是像我那样蛰伏地上、一动不动，蜂子才会误认为你不是一个活物。

其实，只要是蜂子，都会蜇人，这是众人皆知的事实。爱迪生在很小的时候，就知道这个道理。谁捅了马蜂窝，谁就要遭罪。做人的道理，何不如此？佛法无边，回头是岸。无论何人，做好事，其美名能传扬千里；干坏事，也不能做绝倒尽，要留有余地。要知道，那些"七里蜂"更不好惹，得罪了它们，它们便长途奔袭，狂追出七里之外，不停地蜇你，誓死方休。

蜜蜂，应当是人类最为敬重和厚道忠实的朋友。将它列为昆虫系列，实属明智之举。只要不苛求侵犯它们的利益，它们就能和人类和睦相处、其乐融融。人们从山中的树洞或石洞，把它们采摘回来，为它们制作木箱、木桶，并凿空树桐和开辟进出通道，还用牛粪等物品，给它们装饰家居，帮它们创建美好的家园，它们又把自己的劳动成果分给人们，可谓人人为我，我为人人，平等互利，和平共处。

为了生活，它们嗅着鲜花的芬芳，欣赏着花儿美丽的色彩，或成群结队，或独来独往，或百米冲刺，或长途奔走，或四处奔波，不断前往山内山外，以找寻生活的源泉。并从山中、丘陵、平原、森林、草地、田园等处采集到花瓣后，胜利回归到自己的故里，进入自己的家园，而用它们那勤劳奋飞的翅膀，不断扇动花瓣，为花瓣洗净心灵的尘埃，然后将花粉酿制成甜美的琼浆玉液。在满足自己食用的同时，也尽心尽责地哺育着自己的那些如花似玉、白白胖胖的儿女。它们一生操劳，最终还是如同用自己的"蜂饼"所做成的蜡烛一般，烟飞云散，魂归故里，化为灰烬，移为尘土。

它们不愧为人类灵魂或蜂儿灵魂的最杰出、最伟大的工程师。它们把自己的儿女哺育得个个白白胖胖，喜笑颜开；它们在自己的"博客"和自由的空间里，尽情书写自己浪漫的情爱故事；它们把自己的安乐窝，料理得整整齐齐、有条不紊，让世界上最杰出的建筑大师俯首称臣、自愧汗颜。只要去它们家里坐坐便知道，那些人工的奥运鸟巢、鸡笼、鸟笼根本算不上什么。一边是粮仓，一边是住房；有大人料理家务，有老人看家护院，都有明确的家庭职责分工；整个家庭成员一心向往和谐，举家其乐融融。但它们和人类一样，也要树大分枝，"蜂"大分家，另立山头。

　　这时，人们为自己的利益，也在随时观察蜜蜂的动向。每当发现新的蜂王诞生，人们更要采取各种措施精心料理、倍加呵护。并在发现新的蜂王表现出强烈的分家欲望时，用细线拴住蜂王的腰身，让其像美国开发南方、中国开发西部或古代军民戍守边关那样，率领自己的子民，举家乔迁新居。这时，如果养蜂人麻木不仁，让新蜂王率领自己的子民逃跑，亡羊补牢也未为晚矣。人们只要像傣家人过泼水节那样，在蜜蜂迁徙的路途上，尽情用清水洒向蜜蜂，使蜜蜂的翅膀被水淋湿，让蜜蜂一时飞不起来，那时就可用伯乐识马的眼光，在蜜蜂停歇的树上以及其他物体上，借机寻找出蜂群中的那位具有王者风范的新蜜蜂王子，然后再把它押送回到人们希望的理想场所里关押起来，并为其提供优美的环境，创造有利的条件，让其自觉、自愿安居下来。这时，那些跟着它一起逃跑的蜜蜂们，就会重新飞回到它的身边。自此以后，它们又可团结奋进、再一次掀起大生产运动高潮，以造福它们的子民，或恩泽爱吃蜂蜜的人们。

采得百花成蜜后不知辛苦为谁甜

　　离开哈尼老汉家，我们又回到村委会的老巢。但那种用蜂蜜下着苦荞粑粑吃的又苦又甜的感觉，却久久滞留我的心间。但不知何时，人们的观念发生转

只缘
哀身
牢在
山

变，认为吃蜜糖更比吃蔗糖更有利于健康。出于一时冲动，我立即决定买上一些蜂蜜带回家，以给亲朋好友和家人留下一点念想。话才出口，村长却爽快答应下来。

第二天一早，用四五个小塑料桶桶装的蜂蜜，就摆放到我的眼前。我看着那些黄中带红、夹有颗粒状的春蜂蜜问村长："有多少斤，合多少钱。"

村长回答："四五十斤，每斤（市斤）四五元钱。看在兄弟好玩的分上，钱就不收了，就算折抵你为我们提供的伙食。"

"不收怎好意思？"

"不收就不收，有何不好意思？只要你想着我们哈尼人、理解我们哈尼人就行了。"

"当然没问题，这点小事，何足挂齿？只是帮不了什么大忙。"

回到家中，我便将一些蜂蜜送给亲朋好友、一些蜂蜜留给了家人。朋友高兴，亲戚高兴，妻儿也高兴。朋友问多少钱一斤，偏要给钱。我说四五元钱一斤，是人家送的，也看在朋友好玩的分上，偏不要钱。

这后来，天公不作美。正所谓越穷越见鬼，越冷越刮风，越冷越撒尿。我所在的哈尼山寨，遭受到一场百年罕见的冰雹袭击。那冰雹有的如土鸡蛋一般大得吓人，把哈尼山寨许多百姓穴居的旧瓦房上的许多瓦片给打烂了，使得雨水从瓦片的通洞和裂开处流淌进了他们的家里。

松毛、树叶和半成熟的果子铺满了路面和山野，身躺在被冰雹打掉的松毛和树叶铺就的土地上，除了一身潮湿，决不会沾上半点泥灰。半成熟的果子被冰雹无情地打落了，但却让果儿那双顽皮的小手，想抓烫手的山芋也抓不成。沟渠里堆满了晶莹剔透的冰雹，却让人无法把它们和美丽的珍珠联系到一起。田园里的庄稼，被厚厚的冰雹堆压得喘不过气来，那是为庄稼的果实建盖起了新的坟墓。野鸡被冰雹打死后，可以用来烧吃，吃了野鸡后人们又吃什么？站在绝收的土地上的哈尼人，怎能像文人墨客那样光靠采风、采雨度时光？他们要靠勤劳的双手进行生产自救，他们需要阳光来照耀心灵。看着哈尼百姓站在缠绵阴雨中战栗的模样，我的心中也流出泪来。但可喜的是，向上级汇报了灾情后，工作队立刻被派了进来，救灾物资也源源不断地被那些邮差一份一份地送到了受灾农户的手中。

当我和村长正在察看和了解灾情时，我的手机突然唱起了刀郎的"2002年的第一场雪"，初以为是领导又要下达新的任务了，原来却是家乡朋友打来电话。从朋友的嘘寒问暖声中，听出了朋友说这里的蜂蜜很好，有托我帮他买上一些甩甩的意思。问村长哪家还有蜂蜜，哪家的蜂蜜更好。村长问要多少，我说要四五十斤。村长说不太好办，要四五斤，附近人家就有，要四五十斤，必须再走四五里的山路，去找专业养蜂的哈尼人家。我说，无论如何，都要为了友谊。

在我和村长向灾民们说了许多动人心弦的话语，认真作了交接，并把各村的小组长召集起来，安排了急需处理的事务后，我和村长下了四五里的山坡，走到了同样遭受冰雹袭击的一位专业养蜂的哈尼老汉家。

说明来意，哈尼老汉说："冬蜜没有哗！冬蜜没有哗！"我和村长与他七说八说，他才想卖不想卖地提出了一桶四五十斤重的冬春之交的蜂蜜，让给了我们。据说，这些蜂蜜还是他给别人预留的。只是因为相隔的时间久了没有来拿，哈尼老汉猜测那人也许不要了，才临时决定处理给我们。看着哈尼老汉在寒风中瑟瑟颤抖的样子，哈尼老汉说多少，我就给他多少。每市斤十元钱，并将钱如数点给了他后，我们又沿着山道原路返回。

我和村长交替肩扛，走走歇歇，淌了几身汗，才到了村委会那"老蜂饼"内。脚刚落下，就迫不及待地把买到蜂蜜的消息电告了朋友。朋友在高兴之余，问多少钱一斤，在我刚说出十元一斤后，他就婉言谢绝了我的美意。并且，他还

只缘身在哀牢山

重复说道，如果我处理不掉，可以"神着"。也许，他心目中的价位就是四五元一斤，他还以为是我想赚他的钱呢！我也懒得解释，他的话没说完，我就把电话挂了。

这时村长对我说："不怕，明天我帮你拿到街上，分分钟就能搞定。并且，每斤还可赚上五六元钱呢！虽然不比冬蜜好，也是上等的蜂蜜，人们也会争着要的。"

我也回答说："不用了。蜂蜜有养颜润肺的功效，我可以自己留着慢慢享受。何况，我也不缺那点小钱。只是，做人怎该这个样子？"

蜂蜜拿回家里后，我买了一个土陶罐装了起来。另一位朋友得知我买回了蜂蜜，非要叫我让他一些。我原打算自家留着食用，但朋友看了蜂蜜，二话没说，便把土罐连同蜂蜜抱去一起称了。既免去把蜂蜜拿出来又装进去的麻烦，又不需剔除罐子的重量，同样是十元一斤，让自己想吃都不可能。

返回乡下，又有一位城里的朋友打来电话，让帮买一些冬蜜急用。他多次催促，我四处打听，找了好多次，去了许多人家都没结果。时间拖长了，自己感觉面愧，好像无心帮人似的。究其原因，才知是今年冬天天气较冷，蜜蜂被冷死、冻死、饿死的较多；蜜蜂可采的花很少，采来花瓣酿出的蜜，蜜蜂自己都不够吃，哪有冬蜜供人们食用；另外，乡上实行高价统一收购，百姓家中的冬蜜，大多被乡上收购去当作礼品了。

因货源紧缺，冬蜜的价位被炒得很高。有时，即使人们愿出高价也很难买到。这种情况，对蜂蜜而言，蜜蜂本身不会给自己酿制的蜂蜜掺假，但受利益驱使，人为的因素却不可避免。所以，与什么人买，在什么地方买，所买的蜂蜜是什么样，都有许多讲究和学问。

踏破铁鞋无觅处，得来全不费功夫。在村长的帮忙和四处打听下，我们又到了另一位哈尼人家。说明来意，哈尼老汉左右为难。最后还是因急需筹钱给孙儿交学费，忍痛割爱。他颤抖着双手，开启了一个个蜂箱，用刀割下"一饼"又"一饼"的蜜饼，用桶装上后，秤称了给我。每斤（市斤）蜜饼三十五元，不容讨价还价，我也不会讨价还价。

我把蜜饼拿回村委会后，在村长的教导下，找来一个干净的面盆，找来一把"烧箕"放面盆上，然后将"蜜饼""一饼"又"一饼"地放到"烧箕"内，用筷子捣烂后，让蜂蜜慢慢流进面盆里。

经几个小时过滤后，将"烧箕"内被基本过滤干净的蜜蜡渣连同"烧箕"放置到一边，又将另一把干净的"烧箕"放置到另一个干净的面盆上，然后在"烧箕"内铺上一快薄薄的细纱布，再把已经过滤一遍的蜂蜜，重新倒入烧箕内，让蜂蜜再次得到过滤。这样过滤出的蜂蜜更为纯净，泡开水喝时，就不会有蜡渣浮于水面，食用起来就更为爽口。

蜂蜜过滤完后，将之放到秤上称了，一市斤蜜饼恰好过滤出七市两左右的蜂蜜。过滤后的蜂蜜，最好放到土罐内储存，这样保鲜保质的效果更佳。特别是冬蜜，过滤完后，应尽快将之存入罐内，最好不要隔夜。不然，蜂蜜板结后，再想全部转放到其他容器内，麻烦就多了。如用一般的铝勺去舀，蜂蜜未舀完，也许铝勺早已折弯，也许手也会被铝勺磨出血泡。

其实，蜂蜜和蜂蜜是有区别的。

按摆放时间的先后，有新蜜和"陈蜜"之分。有人说新蜜好，有人说"陈蜜"妙，说法不一。食用后的感觉是：新蜜甜蜜清新，"陈蜜"甘香悠远。同一窝中的蜂蜜，也有"老饼蜜"和"新饼蜜"之分。蜜饼颜色为黑褐色的，为老饼蜜。蜜饼颜色嫩黄色的，为新饼蜜。有人说"老饼"蜜好，有人说"新饼蜜"妙，也是说法不一。食用后的感觉是："老饼蜜"更为浓郁香甜，"新饼蜜"则显得香味、甜味不足。

按采集的季节，蜂蜜又可分为春蜜、秋蜜、冬蜜、冬春之交的蜂蜜等。"春

只缘身在
哀牢山

蜜"、"秋蜜"的颜色为黄中微带红色，"冬蜜"的颜色为白中微带黄色。"冬蜜"板结后，与藏族人家所食用的酥油茶饼的颜色和状态很相似，与白蜡的颜色更接近。冬春之交或秋冬之交的蜂蜜颜色，介于"冬蜜"和"春蜜"、"秋蜜"和"冬蜜"之间，为黄中微带白色。一般的蜂蜜，都可以用小勺像舀猪油一样轻轻舀起，舀起时为黏稠状。"冬蜜"则要用小勺使劲地撬，舀起时为滑腻状，且紧紧地粘在勺上。食用时，需要用其他工具再把它从勺上扒下，或直接放到开水里进行溶解。

一般来说，如将蜂蜜用于辅助治病，"陈蜜"比"新蜜"好，"老饼蜜"比"新饼蜜"妙；食用时，春秋之交的蜂蜜比"春蜜"、"秋蜜"味道好，"冬蜜"比春秋之交的蜂蜜、"春蜜"、"秋蜜"疗效和味道更佳。冬蜜是蜜中之蜜，是蜜中的极品。其中的奥妙，只有生物专家和那些美食家才知道。

至于那次村干部送我、我又送了朋友的那些价钱便宜的蜂蜜，按收获季节来分，当算是春蜂蜜了。开始时为黏稠状，装到瓶子里一些日子，便像鸡尾酒一样分成上下两层。上层"清丝丝"、黄橙橙的，下层则"黏糊糊"的，并带有颗粒状。把上层的蜂蜜倒入水中泡开水喝时，有蜂蜜的味道，却要加入许多蜂蜜才感到甜。把下层的蜂蜜用勺舀了放入口中食之，有嘴嚼白糖的感觉。放入杯中泡开水喝时，虽有蜂蜜的味道，但也要加入许多蜂蜜才感到甜。且沉淀到杯底后，需用小勺不停地搅拌，才能溶化。这样的蜂蜜，难怪才要四五元钱一市斤。在当时它比白糖好，也比白糖贵。但却不知人们是卖蜂蜜，还是卖白糖。好在自己并不花钱，朋友吃了，也没有什么坏处。

原来，这是新式养蜂的结果。人们把碗装的白糖放入蜂箱内，让蜜蜂采食白糖，或让蜜蜂用翅膀扇白糖；并将蜜饼取出，放到摇"蜜饼"的"蜜饼"机里摇出蜜汁后，又将"蜜饼"重新放入蜂箱内，让蜜蜂免去了勤劳采花和二次做饼麻烦，这样所酿出的蜂蜜就又快又多，但却质量不好，就像村干部送我的那些蜂蜜一样。这样的蜂蜜，只有那些愚笨的蜜蜂才会在不知不觉中，心甘情愿地永远上"聪明人"的当、受"聪明人"的骗。而那些暂时愚笨的人，在上了聪明人的当后，也许还能恍然大悟而变得聪明起来。

至于那些干脆往蜂蜜内加入白糖的方式，或用萝卜进行擦"蜜饼"的方式，虽然能让蜂蜜和白糖混合在一起、让萝卜水和蜂蜜融和在一起；虽然不用过滤或过滤起来省工省时；虽然使蜂蜜重量得到了增加而提高了蜂蜜的产量、增加了家庭经济收入，但这种纯粹作假的结果却是：刚开始时效果很好，收入颇丰；时间长了，心甘情愿上当受骗的人就越来越少了。

这与农谚中"人勤地生宝，人懒地生草。人哄地皮，地哄肚皮"的自己骗自己的方式明显不同，是一种纯粹的严重的损人不利己行为。作假的人不管这些，他们只图眼前的利益。

当我把亲自过滤的冬蜂蜜送到朋友的府上时，我和这位朋友说起了之前的那位朋友让我帮忙买蜂蜜的事，他非常感叹："眼睛珠是黑的，银子钱是白的。我的钱既不是用枪打来，也不是用石头打水漂打出来，而是用辛勤的汗水换来。但钱就是钱，货就是货。如果经济条件允许，希望天天都能吃上这样的蜂蜜。说好的事情，也绝不会突然变卦。何况，蜂蜜是什么样子他都没看到。"

当开初托我买蜂蜜的那位朋友得知我刚给他人买了蜂蜜后，却故意揣着明白装糊涂地问我："现在冬蜂蜜多少钱一市斤。"我说："不贵。'蜜饼'每市斤三十五元。"他伸了一下舌头："这么贵。吃不起。"其实，我心里很清楚，论他的经济条件，是超过委托我购买冬蜜的那位朋友的，只是他不好意思再一次叫我帮他买蜂蜜罢了。

我想不通，人们为什么要在骗别人、骗自己和相互猜忌中过日子。多一分宽容、多一分信任，有何不好？"防人之心不可无，害人之心不可有"，这也是自古有之的道理。难道真像《红楼梦》中所说的"假作真时真亦假，无为有

哀缘只
牢身在
山

处有无为"吗？不。如果不是哈尼山寨苦荞酒厂的酒质下降，苦荞酒厂就不会因亏损而倒闭。所以，还是要像那些上山采花的蜜蜂一样，清清白白地做人，认认真真地做事。

正当通往哈尼山寨的乡村公路即将竣工；正当在过去栽种荞麦的"风景河"草坝即将兴建千亩玫瑰花园；正当即将在野蜂成年而游走他乡后所遗弃的土地上，种上几千亩杉木、几千亩核桃、几千亩竹子之时，也是我在哈尼人家的蜂巢里——哀牢山中，向哈尼山寨、哈尼人家、哈尼朋友采得百花，准备返回家乡酿制自己幸福甜蜜的日子。让我不无遗憾、不无留恋、不无释怀地不得不离开哀牢山乡、森林湖畔，不得不离开哈尼人家的这片令人相思、令人着迷，令人魂牵梦绕的神奇浪漫的春花盛开的土地。

风在沉默中积蓄力量，人在艰难中磨炼意志。我始终坚信，总有一天我还会从头再来。

时隔多年，到如今，我的儿孙已经满堂，我的"妻妾"已经成群。他们也到了树大分枝、人大分家的时候。我的家乡在日新月异，让我住上了自己的别墅，拥有了自己的后花园，拥有了自己的自由天地，拥有了自己的浪漫"博客"和美丽"空间"。趁着自己的儿孙像蜜蜂一样，一个个成了出窝的小鸟，一个个开辟了自己的天地，一个个建立了自己的家园。我虽可以趁机携带着自己的"众位夫人"，在自己的后花园内，在自己的香山别墅里，肆无忌惮地尽情地嬉戏，尽情地玩耍。即使全身裸体，别人也管不着。但"商女不知亡国恨，隔江犹唱后庭花"的生活，并非完全是我所需。

恰逢哈尼山寨的村委会乔迁新居，向我发来邀请，我何不携着自己的妻妾、自己的儿孙，跨出家门，而到"哀牢山"中游山玩水，而到哈尼山寨、哈尼人家里重新走走、从头看看。

但却不知，过去哈尼山寨的弹石公路铺好了没有？现今是否已铺成了柏油马路？那里是否有人像我一样，在马路上手牵着一位一位的情人？但却不知，哈尼山寨那千亩玫瑰花园里的玫瑰花是否含苞待放、是否已经绽开？是否被装上火车，搭上飞机，被送到一对一对的情人手里？但却不知，哈尼山寨那几千亩杉木，长大没有？成材没有？是否被锯改成一根根、一捆捆方形的长条，而装点着人们的新居、美化着人们的生活？但却不知，哈尼山寨那几千亩核桃挂果没有？是否成为人们的"脑心舒"，成为人们的保健食品？但却不知，哈尼山寨的那几千亩竹园里的竹子，是否已经运到了纸浆板厂，加工制作成洁白的竹地板，净化人们的心灵空间？加工制作成了洁白的宣纸，传承"颜、欧、柳、赵"的遗风，点缀了生花的丹青妙笔？但却不知，哈尼山寨里的那位温柔美丽的花儿——为充当观音菩萨而银装素裹的白衣天使，身心健康没有？是否找到婆家？结出果实？生出小小的花儿？但却不知，哈尼山寨里的那位天资聪慧的果儿，那位一根葱的哈尼子弟，是否已经成人？是否已经出人头地？过去的那双游龙戏凤的巧手，现今是否因为采花、摘果、酿蜜长出硬茧？是否像我一样成了一名采花大盗或护花使者，开出鲜花，结出果实。

一切答案尽在不言中，耳听为虚，眼见为实。

灵魂游走

自　序

　　自从家父驾鹤归西、云游四海、离我远去，我始终感到老人家的身影，时时陪伴在我的左右，刻刻萦绕着我的脑际；其音容笑貌，也常常早出晚归，出没于我那放荡不羁的心海里。

　　虽然我不知道灵魂有无，也没有像"祥林嫂"一般请教过"横眉冷对千夫指，俯首甘为孺子牛"的鲁迅先生，但我却总是真切地感受到，一个人无论是死了或是活着，他的灵魂却真实而自然地存在着。因此，无论有事或无事，无论白天或黑夜，无论在睡梦中或是梦醒时分，我都能深刻体会到，父亲永远活在我的心间，永远地和我生活在一起；体会到他总像过去那样，无时无刻不在亲切关心着我的生活和给予我精神安慰。

　　是他传递给我热量，让我的青春活力四射；是他吹拂给我春风，让我的心灵充满怡悦；是他赏赐给我秋雨，让我拥有生机勃勃追求健康、快乐、幸福和美丽的动力。

　　宁可信其有，不可信其无。每当我思绪纷飞、灵魂游走的时刻，每当我睡梦醒来之后，我都会把日有所思、梦有所想，以及在梦中和父亲相知相遇的情景，一五一十地描绘给我那年迈的母亲分享和聆听。而母亲往往在听了我的述

只缘身在
哀牢山

说后，便会轻轻叹息着对我说道："我的儿呀！你的父亲，又在思念自己的儿女和亲人了。"

于是，她就很自觉地去灶膛里采集来灶火灰，去水缸里打来冷水，并在冷水里加入美酒，或家常便饭、肉食，以及小菜之类的东西，再带上一些冥币走出屋外。先是用灶火灰在自家门前的空地上，撒成两三个圆圈，并在圆圈里摆放上一堆、一堆冥币后，一边点火焚烧冥币，一边口里念念有词，叨念乞求父亲保佑子孙儿女幸福安康的话语；然后又同样叨念着类似的话语，轻轻将碗里的水饭，泼洒在灶火灰围成的圈子外围。这时，如果我站在母亲身边，母亲就会命令式地对我说道："儿子，发一支烟给你爹抽抽。"此时的我，也会乖乖地按照母亲的吩咐，点燃一支香烟，轻轻放到用灶火灰围成的圈子外围，让父亲能够"饭后一锅烟，赛过活神仙"地抽上两口。

为何如此呢？因为母亲认为，儿孙的幸福和快乐，就是父亲的幸福和快乐；父亲的幸福和快乐，也是儿孙的幸福和快乐。所以每当我们这些当晚辈的幸福和快乐的时候，更不应该忘记父亲的幸福和快乐。因此，母亲泼洒给父亲的水饭，父亲可以尽情享用；母亲烧给父亲的纸钱，父亲也可以尽情挥霍。即使他要拿着这些焚烧给他的纸钱去吃喝嫖赌，也全凭父亲个人高兴。

记得过去，马克思曾经托梦于我，说当今形势变了，现在的小年轻，不应再去模仿母亲给父亲"泼水饭、烧纸钱"那套繁文缛节，并特别奉劝我最好还是拣自己最拿手的方式，将自己的心意快递给自己的父亲。也许那样，我的父亲才会感到更加快慰和高兴。所以，于很久、很久以前，我便有了杜撰一篇关于父亲的心情文字的主意了，只是一直没有付诸行动。

因为我总是感觉，父亲不是什么文人墨客，没有唐伯虎点秋香那样的风流韵事，值得我大书特书；也没有郑板桥"难得糊涂"那样的绝世佳作传世，让我可以沾沾自喜、驻足留恋。何况，父亲并非皇族后裔，也并非出自名门显贵，将一大堆、一大堆的金银财宝传承于我，让我可以安然处世、坐享其成；也没有革命到底的丰功伟绩、传奇人生和可歌可泣的故事，让我能够躲到大树之下乘凉蔽荫。

其实，父亲的过去，只不过像山中的一株小草，总是在接受岁月的风雨洗礼染成绿色，并默默无闻从红土地里，通过自己的根系，繁衍出一丛丛的嫩草之后，最终走向枯萎和轻轻离我远去。所以，在我未出生之前和出生之后与他相处的日子里，我所知道和面对的，只不过是他一生之中，被人们称为鸡毛蒜皮的东西。

假若一定要我用语言符号点缀父亲灵魂的话，我实在找不到很好的视角，将父亲的心思观察得细致入微，并从他的身上寻觅到，人间罕见的真情和实意。更谈不上让我很好地把握尺度，去创作出像小葱拌豆腐一样，能够让人们将他的面目，看得清清楚楚和明明白白的绝代佳品。

可以说，让我绘就父亲生活的优美图卷，谱写父亲人生的悠扬旋律，抒发对父亲的美妙感言，无论于父亲和于我而言，都是一件出力不讨好的事情；也是一件砍竹子遇着节巴，不知哪里是头，哪里是尾，如何下手的活计；更是一件，丈二和尚摸不着头脑，云遮雾绕而找不到出路的东西。所以，面对这样的事情、这样的活计，真正的明智之举，就是放弃。

可是人们常说："爹亲娘亲，不如毛主席亲！千好万好，不如毛主席好！"如果没有"爱波"（彝语，爷爷之意）毛主席的领导，怎会有今天的新中国呢？又怎会有现实幸福和快乐日子呢？

大家之内有小家，小家之外有大家。我是我妈生的，我也是我爹生的。如果没有土地，怎么孕育出种子？如果没有种子，怎会在适当温度、湿度和养分作用下，生根、发芽，开花、结果，直至长成参天大树呢？

无论如何，在我的身体里，就像在我儿子的身体里，流动着我的血液一样，同样流淌着来自父亲的血液。人非草木，孰能无情？谁叫他生养了我，又教会我做人的道理呢？

自古及今，不是有许多人，为情而动，为情而生，为情而死吗？虽然我尚未达到过早追随父亲而去的地步，虽然我和父亲身处阴阳两界，但我却深知人间自有真情在、"活人整给活人瞧、活人做给逝者看"的道理。友情是无限的，爱情也是无限的，亲情更是永恒的，不会因岁月的流逝而消亡。所以，无论友情、爱情和亲情，都要通过一定的形式表达出来。

近些日子，不知何故，我却爱上烟雨，爱上一个好心情的环境。并在那情深深、雨蒙蒙的烟雨里，面对供桌上所供奉的许许多多的美味佳肴，整天吃得津津有味，并喝得酩酊大醉。也不时在醉眼蒙胧之中，看到一些人，把他们的父亲作为招牌到处炫耀和招摇，惹得我不服气地和他们赌起气来。就好像只有他们，才有父亲、才有亲情、才是父母所生所养似的；就好像我是从石头缝中蹦出来，不食人间烟火、没有任何情感可言的榆木疙瘩？尽管我的父亲只是一介平民百姓，尽管我的父亲只是一个山野村民，尽管我不知道祭奠父亲该如何下手，我还是要"儿不嫌母丑，狗不嫌家贫""逼着牯子下儿"，让自己的思绪追逐着自己的灵魂自由地飞。

恰巧昨天夜里，梦见自己，指间夹着香烟，口里吐着烟雾，悠闲自在从家中出发，途经弯弯曲曲的田埂，漫步到青山脚下，并迎着翠绿的山峰，艰难地向山腰爬去。爬着，爬着，又走进一个采石场，并从采石场再沿着一条由大小石头累积而成的已经干涸的山箐攀爬上去。谁知爬着爬着，一不小心翻开一个石头，不知不觉进到一个昏暗的石屋里。定睛一看，发现许久不曾谋面的父亲，独自一人面容慈祥地坐在石板上，并背靠石壁轻轻叹息。于是，我轻轻坐到父亲身旁，与父亲说起了许多体己话语。

正是有了这次邂逅和巧遇，为我提供一个以灵魂游走的方式，与父亲交流情感的绝好机会。所以，不必为不会"烧纸钱、泼水饭"发愁，也不必为如何下手担忧，只要轻轻叩击心扉，就可以让思绪追随父子情谊尽情地流。

上门的姑爷

认识父亲，是"五·四"新文化运动前期，即父亲刚刚出生之时。那时，父亲出生在红河上游、戛洒江对面山脚下的一个名叫"蒿芝地"的小山村里。

在父亲还不知道叫喊自己的父亲和母亲的时候，父亲的母亲和父亲就与父亲阴阳两隔、撒手人世了。让幼小的父亲，穴居在哥嫂家那个名叫"土掌房"的房子里，维持着自己年幼的生命。

父亲在家中排行老七，也是家中共有的七个儿子之中年纪最小的一个。到父亲只有五六岁时，抚养他的最小的哥哥，也步其他哥哥后尘，撒下父亲到天堂里享受天伦之乐去了。让年幼的父亲，只好转移到一个父亲叫四叔的同样是"土掌房"的家里生活。好在父亲的四叔认为，父亲和他还有着纯净的血缘关系，所以父亲的四叔还能较好善待父亲。可是，父亲的四婶就不是这样了，也许比鲁迅作品《祝福》中的那个四婶还要可恶。在年幼的父亲尚不能为家里做事，并于寒冷的冬天、光着脚板、穿着褴褛衣服、蹲在"土掌房"墙脚下，烤背风太阳之时，父亲的四婶就会骂着父亲懒惰，将冷水泼到土墙脚下，让父亲感到很不是滋味。这时父亲的四叔，对父亲的四婶也是没辙，只能任由她去。到后来，只好将不知道学校门开向何方、学校门槛有多高的年仅七八岁的父亲，送到同村的财主家，给财主放牛、放羊和放马。

此时清风中，飘来牛羊行走或吃草、吃树叶、啃树皮时，脖子上的铃铛，发出的"叮当、叮当"的声音。那明月和星星交织的光辉里，也不时能看到父亲那幼稚单薄的身影，在山林里艰难移动和枯燥徘徊。

那时父亲，无论白天黑夜，无论刮风下雨，喝了，捧上一捧山泉洗胃；饿了，扯下一把橄榄或其他野果充饥；如果遇上牛羊不听人话，也会听到他吆喝牛羊那粗俗不堪的咒骂牛羊的话语，或听到他赶着牛羊回家，用树叶吹出、如给牛羊招魂一般、悠扬动听又久久回荡于山谷的邀请"牛羊"归家的声音；如果出现牛羊丢失或生病、死亡情况，还要领教财主家那鞭子和棍子的滋味，让父亲深深懂得，这味道就是对父亲劳动成果的最好奖励。父亲就这样与牛羊为伍，混着、混着，混到十二三岁或者十五六岁。

之后，财主开始大发慈悲，有时分派父亲做上一些砍柴、担水等重体力劳动活计；有时让父亲乘上渡船、横渡戛洒江，到沙滩上的街子——戛洒街上，料理一些"油盐柴米酱醋茶"的事情。有意无意，让父亲有了和外人接触或亲近的机会；也就有了父亲沿那茶马古道，爬上耀南山，进入东瓜林，到李润之那豪华的土司庄园里，去给李润之送鱼、上贡之类的事情；让父亲既开了洋荤，又看到世间还有土司庄园这天堂般的美景。

在这样的日子，父亲在戛洒街上，还被一个算命先生叫到身旁，情愿不情愿地给他算了命，说父亲将来必有贵人搭救。虽然父亲，并不相信算命先生的胡言乱语，但毕竟被其点了水，让父亲有了改变命运的想法和机会。

正是这样一来二往，让父亲在戛洒街上，既结识许多人群和朋友，又知道外面的世界，还有许多好玩、好吃的东西。这是因为，无论过去和现在，戛洒街都是连接玉溪、思茅、楚雄三地州的咽喉之地，可谓商贾云集。父亲就是这样，在这样的地方混着、混着，混到了二十岁左右。

此时，也是家境渐趋贫寒、奶奶和年仅十四五岁的母亲，关闭城里家中大门，到戛洒街做"小本"生意的时候；也是奶奶和母亲，在戛洒街上泡豆芽菜和做豆腐卖，急需人手的日子。

随之，有好心人对我的奶奶和母亲说，江对门"蒿芝地"村的那个小伙子，人很帅气，也很诚实，可否让他到你们家帮忙，做做活计？于是，奶奶和母亲，就把这个叫作小伙子的年轻人，也就是我的父亲，叫到店里帮着做豆芽菜和豆腐生意。从此时起，奶奶和母亲所开的小店外，便能经常听到有人对着我的父亲，"嚷麻麻"地大叫大吼，"老板，称一斤豆腐，买二斤豆芽菜"等话语。

谁知这样一来，则开始出现毛病和问题。母亲在与父亲共同劳动中，经常看到一个为人实实在在、有吃苦耐劳精神、做事认真细致、拥有许多思想感情的身影，伴随在自己的左右。然后是日久生情，让母亲认真地、深深地喜欢和爱上这个自小没了爹娘，靠哥哥、叔叔和财主抚养长大的我的父亲了。于是，在十七岁那年，母亲坐上花轿，并与父亲拜堂成亲，让父亲成了尹氏门中明媒正娶的上门姑爷。也就是这样，母亲、父亲和奶奶，在"戛洒"街上靠做小意混饭吃，一混就混了好几年，又一混就混到家乡完全解放（全国解放之后）。

这期间，先是母亲、父亲、奶奶三人，靠做豆芽菜和豆腐小生意过日子。并在填饱肚子的同时，赚到一点小钱。于是，母亲和奶奶就让父亲拿着这点小钱作为垫本，买上一些日用百货，挑着担子到相邻各县的乡镇"赶小街"去。

这里所说的"赶小街"，其实就是掐好各地赶集日子，用肩挑货物的办法，步行几十里甚至几十公里，从这个乡镇到那个乡镇赶集，并沿途到各个村子叫卖的行当。有时父亲为不错过一个地方的赶集日，还不得不负重行军、长途奔袭，走上几十公里山路。反正就是哪里"赶街子"就追着哪里的"街子"跑的活计。

虽然"赶小街"比做豆芽菜和豆腐卖更能赚钱，但却相当辛苦和危险。由于哀牢山中的茶马古道上，各个要道关口和必经之路经常有土匪出没和拦路抢劫，我的父亲为防不测，还经常随身携带一支"拉七"手枪呢！只是到家乡解放后，这只"拉七"手枪，才成了公家的东西。

其实，在"赶小街"的历史天空里，真要遇上土匪，仅靠一支"拉七"手

只缘身在哀牢山

枪，根本不能摆脱危险。也许遇上一二个土匪，还能勉强应对；如果碰上群匪，弄不好还会因被发现拥有武器，丢了性命。所以在那时，自己有枪不行，没有枪则更不行。

"赶小街"的生涯，让父亲脑海里装满了：沙滩上的街子"夏洒街"，李润之老家所在地"河边街"，产盐重镇"按板井"与"磨黑"，茶叶之乡"普洱"，森林遮天蔽日、虎豹经常出没的"十里河山心"，时常有土匪抢劫的"鹦哥坡"等，这样、那样耳熟能详的地名。我也常常在听父亲摆谱时，从父亲口中听到，许多关于这些地方的风土人情和优美动人的奇闻逸事。

现在的许多人，只知过去的北方有丝绸之路，却不知过去的南方还有与北方丝绸之路如出一辙的茶马古道，更不知在过去南方的茶马古道上，除了有"山间铃响马帮来"的风景，还有像父亲一样南来北往、用肩挑担，哪家马帮大就紧跟在哪家马帮后面，靠"赶小街"过日子的人。

但在有时，他们还不得不独自挑着担子，穿行于崇山峻岭之间，并在听到口哨声等联络暗语传来后，预感土匪即将来临，吓得屁滚尿流、丢掉肩挑的货物，匆匆潜藏于密林之中，以逃避匪患侵袭和保全性命。那时的父亲，可是能在躲避匪患的情况下，肩挑一百多斤（古时的重量）的东西，一天走上几十公里的山路。

虽然我不知道过去的"斤六两"，也就是1市斤有16两，以及"老秤18两"——等着，也就是1市斤有18两——与现在的新秤1市斤有10两有何关系、如何换算？但我想来，过去的一百市斤，绝对不会比现在的一百市斤轻吧！不要说让我负重行军，即使让我空手一天走上几十公里山路，也够我好受的了。想想父亲过去走过的那些陡峭的山坡，小腿也会像"弹三弦"一样颤抖。但在这样艰苦危险的环境之中，父亲还是一个心甘情愿、容易满足和乐此不彼的人。因为父亲明白，他是在干自家的活计。

但就是在这样赶小街的日子里，我的父亲还与母亲紧密合作，像结南瓜一样，依次产下我的大姐和二姐，也许还有大哥。因为家乡解放稍晚，他们三人，一个与一个相差不过三至四岁，确实让母亲很难记清，哪一个具体是哪一年哪一月出生。但在这样艰难的岁月，我家却开始有了原始积累，并实现了家庭经济和人丁增长的双赢。

这时我的母亲和奶奶真是"疯了"，硬是把自家辛辛苦苦积攒起来的四十块银圆，借给所谓亲戚，用于买骡子做生意。可到头来，换回的却是亲戚赔还的四十万圆金圆券。虽然当时，一万圆金圆券抵一圆现大洋，结果没过几天，物价就一阵飞涨，几十万圆的金圆券，也不能换回一圆现大洋。让家里收回的四十万圆金圆券，像拿去打了水漂一样。为此，父亲一直耿耿于怀、颇有微词，抱怨母亲非要把钱借给亲戚，让亲戚坑了。

这时，父亲和母亲，同样还是"疯了"，偏要在解放前夕、纷纷有人出售土地之时，把自己多年的积蓄拿回家乡桂山镇，并买了几亩田地出租给他人栽种。其结果，到家乡解放以后，我家就被划成"小土地出租"，且还差点被划成"小土地出租"兼"小商、小贩"！其实，所谓"小土地出租"，大概相当于人们常说的"上中农"的阶级成分！

要知道，在那越穷越光荣的日子，阶级成分不同，所受的礼仪，却有本质区别。如果是"地、富、反、坏、右"，可是要随时接受群众管制，且每年要在自我检查的同时，接受群众和组织的评议与鉴定。稍有闪失，就会有被拖去批斗的危险。即使下中农、中农或上中农，也同样会受到贫雇农的冷嘲热讽，毕竟历史上他们没有他们穷！

新中国成立时，我的家乡接受"云南王"龙云的号召，宣布和平解放。但后来却大军压境，进驻了解放军追击国民党残匪和征粮剿匪部队。那些部队官兵，在进行剿匪和征粮同时，也和当地的乡亲鱼水合欢，这让父亲，有了给解

只缘身在
哀牢山

放军挑东西和了解解放军的机会。

家里人清楚记得，有一年大年三十晚上，父亲被解放军请去送东西到二十多公里外的地方。这可让不争气的哥哥姐姐，像盼星星、盼月亮一般饿得直淌"清口水"。因为家乡传统，主心骨没回来，不能开饭，也不兴家人在大年三十晚上到别家吃饭。但因为这次给解放军挑东西，让父亲感受到了解放军的可爱可亲。因为解放军不但支付给父亲挑东西的工钱，还把父亲切称呼为老乡或同志。

可是好景不长，在解放军大部队从家乡撤离后，也就是当地最大土司和匪首李润之，上缴部分枪支、弹药，并接受和平解放到昆明受训期间，他的侄子们，不知听到什么风声，还是提前早已预谋，一时间在家乡大地上四处兴风作浪，弄得家乡鸡犬不宁、民怨沸腾。

他们还于一天夜里，聚集众多匪徒，从哀牢山老巢，下到红河谷、渡过戛洒江，并于拂晓前把父亲的老家"蒿芝地"村，像铁桶一般包围起来，让驻扎在"蒿芝地"村的解放军的几十名男女征粮剿匪队员，没几个得以幸存。有几个被抓了活的，到后来也是被枪毙的枪毙、被"放江"的"放江"。特别是有一二个年轻女革命者者，还被土匪剥光衣服，并用大针头戳穿奶头，再用绳子拴着奶头，将她们高高挂到竹子树上，让她们像荡秋千一样受尽折磨后，又残忍杀害。并将其遗体，沉进戛洒江喂鱼。

有人说红河水是红土地的杰作，也有人说是烈士的鲜血染红，在此无须得出结论。但却可以说，殉难于"蒿芝地"村的革命烈士，其遗体却是父亲和父亲的乡亲，眼含热泪并一抔红土、一抔红土亲手掩埋的；也可以说，他们的灵魂曾经受过父亲和父亲的乡亲的关怀护佑。

其实，烈士的鲜血根本不会白流，土匪暴动不久，家乡又迎来解放军二次大军压境。然后盘踞家乡的上千名土匪被纷纷剿灭，或纷纷受到人民审判，并最终迎来家乡真正的解放。

这之后，父亲就扶老携幼，离开戛洒街，回到母亲的家乡五桂山下，与母亲共同过起男耕女织的生活；也让母亲于共和国成立初期，像母鸡孵蛋一般，接连产下二哥和五姐；同时还和全国人民一道，先后加入互助组、初级社，高级社，并端起人民公社的大碗，开展超英赶美的大跃进活动，接着就是一天、一天放"卫星"，跑步进入共产主义。

我的老伙计

不知人们是怎样称他们父亲的，我将我的父亲称为老伙计，是因为我高兴、我喜欢如此，感觉这样的称呼更加亲切，或者更方便我和父亲的灵魂能够自由行走、自由交流。

天晓得，为什么人人都会做梦、人人都爱做梦。想来，活人与逝者之间，能在梦中相见，应当算灵魂的邂逅和交流了。前几天，我在梦中与逝去的父亲照会，从老伙计口中略知其生前的前半生经历。这几天，突然心血来潮，并在年迈母亲鼓励下，又想起一些老伙计后半生的生活场景。

母亲说，昨天她又在梦中与沉睡地下的老伙计相遇，并告诉他家里发生的一切。当老伙计从母亲口里得知，自己的儿孙在世间个个安好自在时，老伙计说只要儿孙幸福快乐，他在天堂的日子就称心如意了。只是希望母亲，不要再破费钱财，去买那么多冥币和纸叠的金银财宝，烧给他而增添家庭经济负担了，因为那些东西到了阴间，是不能流通使用的。并且告诫母亲，不要再"泼水饭"给他了，他在天堂，想吃什么，都可信手拈来。他还说，无论"烧冥币"还是"泼水饭"，都是劳神费力"活人整给活人瞧"而出力不讨好的活计。

并且，老伙计还多次托梦母亲，说阴阳之间相通的只有亲情的纽带和微笑的桥梁，以及心有的灵犀。只要亲情相通、心情怡悦、心有灵犀，他在天堂所过的就是不用花钱的自由自在的神仙日子。

他还说，无论现在和过去，他都非常羡慕和欣赏喜欢舞文弄墨的人，也非常敬佩那些人的风流倜傥和才华横溢。因为他在人间的日子，实在没有走进学堂的机会。虽于新中国成立后，匆匆进了几天扫盲班，却只学到屈指可数、少得可怜的文字，根本不能在正式场合派上用场，至今想想，仍追悔莫及。因此，他现在就读于阴间老年大学，也加入阴间老年诗书画协会，目的在于要把过去他在人间失去的许多美好东西重新夺回来。并且他还说，他已学有所成，已能用如小蝌蚪一般自由游动的文字，自由和儿孙进行情感交流了，所以他也希望儿孙，个个能以天上的白云为纸，经常书写一些有关亲情的文字给他寄去，那他在天堂的日子就更加幸福快活了。

常言道："百善孝为先。"母亲快九十岁的人了，老伙计已入土为安二十多年，作为父母最小的儿子，又怎敢不听老人言，吃亏在眼前呢？所以，我只好又继续向老伙计谈起我那"刚开头、又煞了尾"的心得体会。

家乡解放初期，我的老伙计被群众推选，当上生产队队长。据说，这与他是群众公认的烘烤烟叶和"夯筑"土墙能手密切相关。因为在那百废待兴的日子，群众不喜欢做"用石头打天"等于事无补的事情，也不喜欢牛皮吹得满天飞，大事做不成、小事不愿做的主。他们喜欢的是像老伙计一样，言语不多、勤劳朴实并讲求实效的人。

但就是在这样一个"模范不模范，从西往东看，东头吃烙饼，西头喝稀饭"时期，也就是在那讲求"人多力量大"的年代，我的老伙计和我的母亲，于1954年、1955年和1957年、1958年期间，又先后产下我的二哥和我的五姐。可惜了，我那年幼的哥哥姐姐，在母亲给人民公社大食堂煮饭的时候，因不能私下给儿女悄悄喝上一碗米汤，或捏上一个饭团，被饿得饥肠辘辘、面黄肌瘦；可惜了，我那与我未曾谋面的五姐，在老伙计参加完大跃进大炼钢铁之后，因不能找到可吃的东西和凑不起钱来对其进行及时医治，就于三岁那一年，被活活饿死和病死了。

据说当时我们国家，一是为战争赔款，二是遭受三年自然灾害，才使我的家庭和其他家庭一样走进艰难岁月。也就是在这一时期，我的老伙计，曾两次被请去做了某工厂和某林业局工人，但都因他经不住生产队老党员劝说，并担心远离家乡不能对家庭给予照顾、微薄薪水不能养活家人，在回家养病之后，就再也没能返回工作单位。按老伙计后来的话说，如果当时坚定一点，那早已领着退休工资、吃退休饭了。只可惜，世间没有后悔药呀！

下放（解散）伙食团和推行"三字一包、四大自由"之后，母亲的身体，像市场开始复苏一样有了青春活力，我的老伙计，又开始做起春梦了。他梦见自己，过上一个幸福安康的日子，梦见滚滚的浪涛之中，有一条小龙正在翻江倒海。于是，在母亲四十岁、老伙计四十六岁那一年，在一个荷花盛开的季节，一个属小龙的人唱着生命的赞歌降临到了人世。这时老伙计和母亲又开始担心，我这个排行第六的人，会因最后一个来到人世，被人们嘲笑成长不大的"僵巴佬"。

但不知什么原因，在我出生以后，我对三岁以前的生活场景，却没有丝毫记忆。稍有印象的是在我三岁那一年，一家人围着奶奶的遗体和奶奶睡进去的棺材"号丧""绕棺"等。

自此后，我渐渐有了新的记忆，也能记住身边发生的一些人和事了。感觉印象最深的除了红色的天、红色的地之外，那就是我的老伙计了。那时的哥哥姐姐，除了死去的五姐，即便最小的哥哥，也大我将近十岁。他们工作的工作、读书的读书，都有自己的向往和追求，这就大量减少了我和他们共同玩乐和舞蹈的机会。所以，那时的我，除了和小伙伴一道举着小旗子，上街去听敲锣打鼓和燃放鞭炮的声音，去欣赏满街的红旗和标语，去喊叫打倒谁、打倒谁的口号，去参加群众集会和群众游行，去批斗地、富、反、坏、右，以及到了晚上去观看革命现代京剧——"样板戏"之外，其余就是经常屁颠、屁颠跟在我的老伙计身后。

有时也会出现，因老伙计急着去办事，自己拼命追随，被恼火的老伙计，用土团子袭击的情况。这就像一个路人，途遇一只给人看家护院的狗，结果被那狗紧追着狂吠、撕咬，一时没辙，就转身踩脚、并去进逼那只狗，而做出要追打那只狗的样子，但却在把那只狗逼迫得退回一段路而正要离开时，又被那只狗紧追不舍，气得他只好弓腰伸手，拾起一个土团或石块，向那狗用力砸过去，直把那只狗吓得进行紧急躲避。

每逢出现这种情况，虽然我也胆战心惊，虽然我也知道，我的老伙计是在吓唬自己，但我还是要泪流满面，尾随我的老伙计，不肯罢休。毕竟我不是那看家护院之狗，老伙计也不是那从其他人家家旁经过的路人，这时我的老伙计见执拗不过我，就会关切地把我拉到身边，用衣袖给我擦去未干的眼泪，并从他那打满补丁的口袋里，艰难掏出用龟裂书纸包裹的一小坨红糖，或者油枯之类的东西硬塞给我，以作为补偿我的甜头。

老伙计有时也会，在一家人坐在正堂屋里闲话桑麻的时候，悄悄给我使一个眼色，或隐蔽对我做一个动作，示意我似懂非懂地跟着他进到他的房（卧室）里，将他不曾舍得吃的一块又香又甜的"团结糖"，悄悄塞到我的手里。但这样的时候，老伙计那神秘的举止，往往会招来哥哥姐姐的猜疑，让他们跟随我和老伙计进到房里看个究竟，使老伙计不得不表示，不偏袒任何一个儿女，而把这块"团结糖"拿给大家一起品尝和分享。

好多时候，老伙计和母亲，经常在我面前说起，他俩都是"睁眼瞎"，只会出"憨力气"。虽然一人一天做到黑，也能挣得十来分工分，但一年到头苦苦累累，却不能从生产队上分得多少红利，搞得不好还会出现超支等情况。所以他们对我没有过多奢望，只希望我能在上学以后，学会看看《工分本》，以免在让人给记工分时，不致被误记或漏记。因此我清楚记得，在我六岁多一点，并第一天上学之时，我的老伙计像给小女孩梳妆打扮一样，精心给我洗了脸和梳了头，并亲自把我送入小学学堂，让当时和我一起上学的小同学见了，非说我像一个漂亮小姑娘，而成了他们的笑柄。

但从我步入学堂，我便开始渐渐明白，读书是一件非常艰苦的差事，就像苦行僧一样，需要不断修行。当然这也与当时教师无心教、学生无心学，甚至知识越多越反动的社会风气有关。虽然那时我还不能明辨是非曲直，总让大人牵着鼻子走。大人说"封、资、修"，就是"封、资、修"；大人让"批林批孔"，就去"批林批孔"；大人让打倒谁，就去打倒谁。但我还是在"三天打鱼，两天晒网"的求学之路上，渐渐懂得读毛主席的书，听毛主席的话，照毛主席的指示办事，做毛主席的好孩子等做人的道理。并使求学之路，延伸到粉碎"四人帮"和"文化大革命"结束。记得那时，老师让写作文揭批"四人帮"的滔天罪行，我们小孩子怎知道"四人帮"有哪些罪行呢？所以只能人云亦云，让大人找来报纸，并照抄照搬了一大堆。

就在这样的日子，我和老伙计，除了经历"文化大革命"，同时还经历两次"农业学大寨"呢！

第一次农业学大寨时，感觉自己只有五六岁或者六七岁。老伙计被生产队上叫去"农业学大寨"，我也跟着去学大寨了。虽然当时还干不了农活，但我所看到的所谓的"农业学大寨"，就是许多人到一个乱坟岗上开荒种地。虽然我知道老伙计，曾经在"蒿芝地"村，掩埋过烈士们的遗体；虽然老伙计知道，在那个乱坟岗上，掩埋的只是一些平民百姓，但老伙计却认为，挖人家祖坟违背伦理道德并丧尽天良。可是由于形势，我的老伙计不参加还不行。但于我而言，没有谁来强迫，却还要执意前往。因为我坚持认为，去那里玩，比留在家

只缘身在
哀缘
牢山

里守家更加有趣。

可在我多次去了之后，所见的总是热火朝天去掉乱坟岗上的杂树、杂草，将一座一座坟墓挖开后使之夷为平地，并从被挖开的坟墓中，刨出一口口滥棺材、一具一具死人骷髅和一颗一颗死人头颅，以及死者的破衣烂裳与随身小物件。有胆大的小朋友，还用木棍穿着死人的头颅四处张扬；有胆大的男子汉，还悄悄将死人的未朽的发辫，缠到正在干活的妇女的脖子上，把那些妇女吓得惊声尖叫起来；也有人将从坟墓中挖出的少量金银玉器和首饰聚集起来，统一交给另一个人保管，最终没了踪影……所以，从那时起，虽然我被锻炼得不再惧怕死人，但却未能找到，如何面对那些死者的答案。

此时我发现老伙计，一个五十多岁的人了，还能不太费力地挑着一百五六十斤（市斤）的担子，走上几公里山路，并从这个乱坟岗上回到家里。也从此时起，老伙计就被生产队领导照顾到这个乱坟岗上，以看护从这块红土地上长出的红薯和玉米，这也为老伙计，提供了给埋葬于这块红土上的死者安抚灵魂的机会。

于是老伙计就为这块红土地上的红薯和玉米的安全，以及死者的灵魂的安宁，天天起早贪黑或早出晚归。所以，一旦有空闲时间，我就会寻机到这块红土地上，与老伙计为伍，去为我那梦中的天堂或心灵的港湾筑巢铺路。

没上学时，要么和老伙计一起共同前往；要么在老伙计前脚离开家门不久，自己就后脚独自一人慢慢跟上；而当我和老伙计共同踏上这块红土地后，老伙计便会想方设法，为我提供一切快乐、幸福的机会。

没有颜面了，便用山间的清泉给我洗脸；嗓子眼痒了，便捧上几捧山泉给我润喉；老"肠"家和老"肚"家吵架、打架了，要么爬到桃树上扯下一把"毛屎桃"，并用刀去皮后一个一个送到我的嘴里；要么到曾种过红薯的荒地里，查找遗漏在红土地里的红薯为我健胃。但无论如何，每逢看到放荒的红薯地里有红薯嫩芽长出，他都会用肩扛的锄头将红薯刨出，并拿到清水里洗净后让我充饥；或者干脆将刚刨出的红薯，放到衣袖上擦净，再递到我的手里让我甜蜜。

在那里，我俩感觉累了，就一起挤进窝棚里乘凉或避雨；精气神养足了，又共同走出窝棚四处巡游；下暴雨了，则又跑到没有被挖过的大坟的墓檐下紧急躲避。

有书可读的日子，也会于周末或中午放学之后，以上山砍柴的名义，去那块红土地寻找老伙计。此时他要么把我领到附近山上，帮我把木柴砍好，让我担着木柴回家；要么在我把木柴砍好后，让我等他到该收工时，再帮我挑着木柴往家赶。但就是在这样的日，我的老伙计，还常常能够收获一些山珍和野味。假若收获的是野鸡、野兔等，我就不需他陪衬，直接将野味拴到扁担上，独自担着柴火一路风光地回家；假若收获的只是猪吃、人也能吃的山茅野菜，我就等着他并和他一路走回。

如果有人问我，一生中吃得最多的是何美味？我会毫不夸张地回答：野鸡、野兔、鸡枞。因为在老伙计所看护的玉米地附近，经常有成群结队的野鸡飞起；且一阵雨水之后，又会有许多鸡枞等山菌，从红土地里探出头来。那时只要老伙计支上几个扣子，或者用几只"油子"勾引，就会有野鸡和野兔自投罗网，并使之不能成为玉米、红薯的克星。日子久了，地形熟了，老伙计则能把哪里有一窝鸡枞、何时该长出，预料估计得八九不离十。但有时也会让母亲担忧，盼到天黑都迟迟不见老伙计归来，原来那是老伙计为收获一窝能下酒的蜂蛹，才以故如此。

到我能用手推车拉东西之时，我也会按老伙计的吩咐，推着手推车到老伙计坚守的阵地，把过去开荒种地遗弃下的树桩头和制作精美的坟碑石拉回家里，并用于生火煮饭和建设猪圈与花池等，这也让我从中体验到了"向前水秀山明，座下龙盘虎踞"的美意。

第二次农业学大寨之时，我已是能挣几分"工分"的人了，且还亲自参加学大寨运动，并学唱了"学大寨，赶大寨，村村寨寨动起来……"的歌儿。当时是我和生产队的其他社员一起，到离家十多公里之地，砍了一片灌木林，翻卷起了一片土地，然后在这一片土地里种上了一些红薯和玉米。

那时圈围家乡的五座山的山腰上，还用石灰清清楚楚地挥洒着"农—业—学—大—寨"五个刚劲有力的大字。只是让自己弄不明白的是，这么大的五个大字，究竟出自何人之手，又是如何挥就。不过，当时却偶然听到，去"昔阳"参观回来的人，于私下议论："学什么大寨？还与荒山要粮呢！老子们随便用脚踩踩，也能种出比他们好的粮食！"

第二次农业学大寨不久，"文革"结束了。我的家里，也在"哑巴水库"之下，有了几小块自留地。那时我除了开始学习A、B、C和接受十年制全国统编教材教育外，就是和老伙计一起，到那个水库之下"挖菜地"和"浇菜水"。此时我也可像少林和尚提水一样，用两手各提一桶四十多市斤的水，给那些小白菜浇水了。可是这样的日子，过了不到两三年，家里种的那些小菜，却又被割去"资本主义尾巴"。眼看那些半成熟的辣椒和其他蔬菜，被砍得"尸横遍野"，实在让我和老伙计痛心不已。

直到有一天，我认识不久的高中历史老师，拿着刚在报纸上刊登的《实践是检验真理的唯一标准》的文章，激动地向我们作了介绍，并大胆预言这将是未来发展的信号和转折点之后，家乡的市场就有了松动迹象，也有人胆敢试探着把家里的大米等，于过去禁止买卖的东西，拿到市场上交易了。

眼看别人把过去禁止买卖的东西拿到市场上交易，没有被打成搞资本主义，老伙计和母亲，就想着自己年纪大了，也许别人不会拿他们怎么样？于是，也不甘落人之后，就拿出自家祖传秘方，使出看家本领，尝试着重操"泡豆芽菜和做豆腐卖"的旧业。

自此之后，我家的家庭经济渐渐有了改观，我也开始逐步懂得"读书应试是正道"的道理。于是，我家院子里，便有了父母担水给豆芽菜反复换水的影子；我家厨房里，也有了父母推磨和用"酸浆水"或石膏水点豆腐的样子；我家"土掌房"的房顶上，也有了我手捧"活字印刷术"不断移动的情形。当然我也会在读书应试间隙，时不时前去帮父母提水、推磨，并在反复提水推磨之中渐渐悟出："卤水点豆腐——一物降一物"；给豆芽菜换水，是为了它长上天等，于我而言却非常适用的生活哲理。

有耕耘，就有收获。几年后，我就被人量了身高，称了体重，并送到一个"警坛"里收获美丽了。并就此成了公家人，走向不归。这时的大姐、二姐和二哥，则早已有了自己的家，并在各自工作岗位上奋斗了许多年。即使是生活在农村的大哥，也是鸟枪换炮，由开拖拉机给人送货，发展到重走父亲"赶小街"的"长征路"，用农用车、蓝箭车和更好的汽车，往返夏洒街，做起了土特产生意。

所以老伙计到了这时，没必要再为哥哥姐姐的生活担心，更没必要为我这个小老儿子是否会成为"僵巴佬"发愁。他想不到，我也想不到，我这个靠吃死者灵魂所化的"毛屎桃"、"卯红薯"、"山鸡棕"、"山蕨菜"、玉米饭、野鸡肉长大的人，我这个靠吃父母汗水浇灌的豆芽菜和臭豆腐、水豆腐、新鲜豆腐长大的人，还能成为一个追求和体现公平与正义的人。

在后来的社交和公务活动中，我也学会了喝酒和抽烟。用母亲大人的话说："我最瞧不得你家父子两个了，一天就是你'看'（敬）过来、我'看'（敬）过去的样子。"可惜了，我的老伙计，一生辛劳，这样的好日子，仅仅过上十来年，就力不从心了。

在我成家不久，在他的孙子、也就是我的儿子出生以后，其言语中总流露出，想到过去曾经生活过的地方重新走走的念头；总在我的耳畔不时提起，"今

只缘身在
哀牢
山

年是本命年，如果能挺过去，将再活上十二年"等话语。我也只好不厌其烦地向他解释："有的是机会，我一定会带你去；你身体这么好，活到一百岁没问题！"可是，我那刚出生不久的儿子却不争气，总在老伙计将他轻轻抱起之后，号啕大哭起来，让老伙计寒心地皱起眉头、添了心病。

家乡有一种不成文的说法：如出生不久的婴儿，总看着抱着他（她）的老人啼哭，则预示这个老人将不久于人世。我想老伙计是不会不清楚这种说法的。每当出现这种情况，我则不断敷衍："没事，没事，那是骗人的鬼话！"可是，我哪里知道，老伙计相不相信我的托词呢？

天公不作美，恰巧在这时，把我安排到一个"燕子过路要掉毛"的地方，去磨炼意志和锻炼身体。但就在我拖儿带母到那里与妻子团聚不久，便传来我的老伙计病危的消息。于是，我就随母亲之后，返家守候和照顾了他几天，并在感觉他的身体突然好起来后，又回到新近的耕作之地。谁知刚回到工作岗位，又传来他离我远去的消息。于是，我只好于匆忙之中，回家奔丧。这时我才意识到，父亲病情的好转，原来是人们常说的回光返照；这时我才发现，老伙计虽然停止呼吸、停止心脏的跳动，但还没把这个精彩的世界看个够。于是，我只好用手轻轻一抹，让老伙计瞑目而去。

老伙计的病故，让全家人慌了手脚。不知如何才好？有人建议，赶紧请风水先生为老伙计选择新居。我听了后，对他们说道："不用你们操心，我知道他的心思。"看着家人的表情，一猜就知道他们都很奇怪，为何我会知道老伙计所要安家的地址！但我却不作解释，只是轻轻说道："我带你们去看好了。"其实，在我还在上小学之时，老伙计就专门把我带到山上，并将他将来不在人世之后，所要安家的家庭地址指点给我了。并且，他还怕我记错，特别向我说明了那个地方具有的特殊标志。家人听了我的话后，立即领悟过来："死者为大，只能遵从老大人的意思。"

于是，我便带着家人和负责"安埋"父亲遗体的人，上山给老伙计看坟地。一路上家人发起牢骚："父亲也是，老高神天的，跑来这里干什么？让我们将来想看他一眼都不方便。"我说："父亲是懂风水的。这里的树林多么茂盛，当时他还向我说明，偏左偏右都会断了龙脉，以及背靠什么山，面对什么峰的好处。"其实，我心里非常清楚，老伙计最担心的是，再来一次农业学大寨，让他的灵魂不得安宁。并且，也非常明白，这就是视死如归？

　　走着、走着，我们翻过一个土坎，到一个较为平坦之地，我就手指前方五六米的区域说："喏，那就是父亲的家园了！"话音未落，就有一只像小黄牛一般模样和大小的山麂子，从我手指的草丛中蹿了出来。此时我才突然反应过来，这就是所谓："旧的不去，新的不来；死的不去，活的不来。"也许，那只狂奔的山麂子，正是老伙计的"游走的灵魂"。

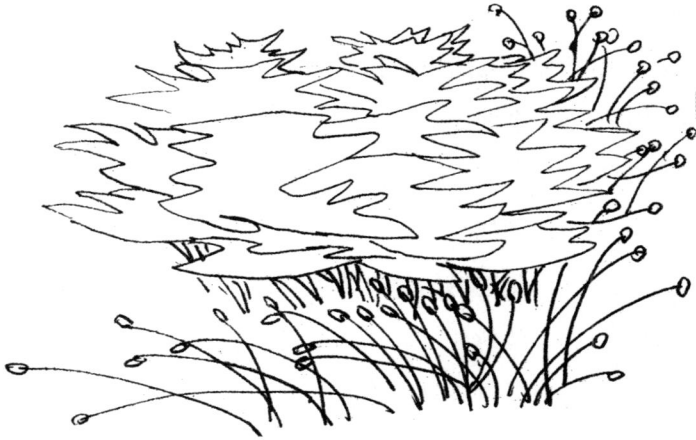

想念蒿芝地

早就想去"蒿芝地"看看，那是革命老区，我的根也在那里。但人们更多是听闻征粮剿匪时，发生在"蒿芝地"的惨烈战斗，才知道家乡新平有这么一个小山村的。

有人说，当时解放军之所以驻扎那里，是为更好观察和监视，盘踞在戛洒江对岸哀牢山上那李润之匪巢的动向；也有人说，完全是胡编乱造，从"蒿芝地"绝对不可能观察到李润之匪巢。无论如何，驻扎在那里的解放军被暴动土匪包围，并与之发生惨烈战斗，以至牺牲不少解放军战士，却是一个不争的事实。可是，让我始终感到迷惑的是：如果真能从"蒿芝地"那里，观察到李润之匪巢的动向，那么多的解放军，却为何还会被土匪包围而牺牲在那里呢！

很小听说"蒿芝地"，则是因为我的父亲就生长在那里。就是说，"蒿芝地"是我的另一个祖籍地。

与父亲相处的日子，父亲除向我提及"蒿芝地"战斗和曾经参加掩埋烈士遗体，也常常提到"他在家中排行末尾老七，二三岁失去父母，五六岁失去所有哥哥，七八岁开始给地主家做长工，十多岁有了渡过戛洒江，并到戛洒街为地主打酒、买油等机会，二十岁左右经人介绍，到奶奶和母亲在戛洒街所开的豆腐和豆芽菜店里帮工，并帮成上门姑爷"等话题。

当然与我说得更多的还是，他成上门姑爷后，也就是解放前和解放初期的一段时间里，经常冒着豺狼挡道和被土匪抢劫等危险，靠双脚走路、双肩挑担，在茶马古道上尾随成群结队的马帮走南闯北，并经常途经"蒿芝地"等地，赶小街和做小生意的辛苦经历。

也正是这些久远和琐碎的事情，不但深刻铭记在我的记忆里，并还深远影响了我的许多言行。

牢记历史，不忘过去，于公于私，都应当去"蒿芝地"看看、走走。既可感受父亲曾经生活与烈士曾经战斗的情景，又可认真祭奠牺牲于"蒿芝地"的先烈，以及没有过过多少好日子的父亲，还可给现已九十高龄的母亲一个心灵慰藉。至于能否从"蒿芝地"，观察哀牢中那李润之匪巢的动静，也可以顺带加以考究。

于是终于决定，在今年春节长假期间，带上家人和朋友，去"蒿芝地"作一次亲历，以告慰逝去的父亲和那些牺牲了英灵。

大年初三刚过，也不管哥哥姐姐和侄儿、侄女，能否完全聚拢和是否愿意同去，找了几辆车，买上许多礼品，叫上能去、愿去的亲人、朋友，一大早从县城出发，先到戛洒达哈村，找到唯一存世、比自己大将近十岁的父亲哥哥的孙女，并让其引路进入戛洒集镇，越过戛洒江，依山而上绕了十多公里山间水泥公路，于中午时分抵达现今戛洒大田村委会"蒿芝地"村。

刚到"蒿芝地"，很快发现，充满传奇色彩的"蒿芝地"村，处在一个至今交通也还很不便利，并被青山环绕的小山坳里。现今的大田村委会驻地，距"蒿芝地"村也不过两三百米。从村头向村外望去，既不能看到红河水或戛洒江的悠悠流淌，也不能看到常年云遮雾绕、葱茏叠翠的哀牢群山；由村头向村中俯视，虽然村中也停放几辆摩托车和拖拉机，但却很难让我们找到一块能同时停放几辆车的理想场地。

由于人地生疏又正值中午，村中行人稀少。费了好些周折，我们才将车子停靠妥当。之后，边观察边欣赏、沿着用不太规整的石头铺就的蜿蜒巷道依村而上，以打听村中是否尚有老钱家后裔。

村子不大，最多不超过三十户人家。既有几十年前遗留的残垣断壁，也有建盖于上百年前，并还在继续使用的老土掌房屋，还有始建于二十世纪七八十年代的瓦顶石墙和瓦顶土墙民居。几幢刚建起不久、还不能算作别墅、在村中显得非常显眼的钢混结构的水泥平顶房，也在那里彰显新陈代谢或新老交替的规律。在石头或石块垒起的高坎上，站立着的一两棵柿树或石榴树之类的果树，为整个村庄进行美丽点缀；在树杈旯下，用爪子耪土、用翅膀扇地或用尖嘴啄食虫子的公鸡、母鸡、大鸡、小鸡，以及在家门口或蹲或站或卧的、见了来人就摇头摆尾，或狂吠不止的本地土狗，也给整个村庄增添了活力。

这就是家父曾经生活和烈士曾经战斗，以及现今的"蒿芝地"人，生活的真实场景了，我于内心作出明确肯定。

随后，我们顺藤摸瓜，摸进一个充满喜气并正在过节的人家，主人热情招呼我们，在他家那较为宽阔明亮的客厅和天井边坐定后，忙于为我们端茶送水。问明来意，时隔不久就有一位姓钱的约有七十多岁的老年男子，被主人家请到我们身边。与他攀谈一阵，却因家父名字总是与他所认识的老字辈对不上号，找不到与我们是亲戚的依据。多方打听，才知家父曾使用过几个名字。也终于弄清身旁这位老人，就是家父堂哥的儿子。

"蒿芝地"那里，没有比他更亲的亲人了。他热情把我们领到家里，我也把该送给他家的东西都作了亲切表示。看着家父曾经居住的地方，于二十世纪八十年代时，拆旧建新而建起的瓦顶房屋，以及他家现今的摆设和家什，知道了他家的日子并不宽裕。虽然屋檐下挂着腊肉之类的美味，虽然园子里跑着长满漂亮羽毛的鸡鸭……但他家顶多也只是一个温饱之家。

得知老祖坟就在不远处，正意欲前往时，他和他的家人，也就是刚认识的

只缘身在
哀牢山

大嫂和侄儿，以及还在读初中的外孙女，非常主动地给我们引路。那些不愿继续前往而陪同我到"蒿芝地"的朋友，在村人的带领下，去看历史遗迹和村内、村外的风景。

到了老祖坟那里才知道，老祖坟至少有几十座，且地处好几个区域，并有好多年没人料理了。眼看荒冢一堆堆，早被草没了，很多都没有坟碑的老祖坟，问谁是谁的，他们却不能说出其所以然；问每年清明之前，是否前去看看，他们却说心有余而力不足。

原本打算，一定要看看烈士曾经生活与战斗的遗迹，并考证一下能否看到李润之老巢，但我的老祖尚未看完，却已过了吃饭时间。因此，许多问题只能带到饭桌上或留待第二天进行解答。

在农村，喝酒是一件快事；在"蒿芝地"，能吃到"竹鼠"肉则更是稀奇。据说，这是他们像过去将野猪饲养驯良成家猪那样，将山上的"竹鼠"挖回家后，饲养进化并繁殖出的后代。农村人就是这样客气，总是把能吃的、好吃的都翻出来招待我们。他们在追求文明，我们又能为他们做些什么呢？

情到深处，朋友向我吹起，在村子里看到的庙宇和烈士曾经战斗的事迹；村人们也向我说起，地处茶马古道上的"蒿芝地"，过去如何繁荣，以及解放军如何与土匪进行殊死战斗的情景。当有人告诉我，从"蒿芝地"山梁上，用望远镜能观察到李润之老巢动静时，我却始终不能相信。因为我不是一两次在李润之的土司庄园那里，看到土司庄园的大门正好被一棵棵大树遮挡。除非，当时其周围根本没有树，但现在哀牢山有了公路都还绿葱葱，于过去则更不可能了。酒席间，我对村人悄悄议论的"这家人可能发了。要不然，隔几十年了，怎么现在才想起来到这里"的话充耳不闻。原因是，不要说我对村小组长，借着酒意向我提出帮助村民解决吃水困难问题爱莫能助，即使我想对老祖坟进行修缮，同样无能为力。

原本不该将父亲与牺牲于"蒿芝地"的烈士相提并论，但我却始终认为，解放军和老百姓鱼水情深。看了现状，知道过去有许多客栈的"蒿芝地"，现今却很难让我们在那里过上一夜。因此，我们只好于酒足饭饱之后，匆匆结束我们的祭奠方式，并最终选择离去。

　　回家路上，突然听到村中传出"叮咚、叮咚"的四弦伴奏的声，扪心自问："什么时候了，此地还有人唱歌？"

我到瑞丽的赌石经历

　　瑞丽，早于七八年前去过了。印象里，那里的商品琳琅满目，亚热带风光秀丽，各种名木制品、玉石玉器、名贵茶叶，以及"树化玉"最具特色。那时虽同去的人不少，但玩法却不尽相同。我呢，却因顾此失彼耽误了购物的机会，以致到德宏瑞丽一场，没能购得任何一个物件作为念想，给家人和自己留下小小的遗憾。

　　时过境迁，物是人非。意想不到，我们却因采风，再次去了德宏的瑞丽。可瑞丽今非昔比，曾经认识的一些景点和街道已记忆不清。好在此次出行，去的人不多，同乘一辆车，共住一幢楼，围起不够一桌，吃、住、行都很方便，观光之余，还有许多相互交流和购物的时间与机会。

　　有人喜欢玩玉，大伙一同去鉴赏；有人想买茶具，大伙一道去参考；有人尚于品茗，大伙也一起去感受，在了解当地旅游文化的同时，也选购一些商品带回家。

　　开始时，去了几家玉饰商店，看了标价，问了底价，都是标价与喊价相距太大。标价三四万元一件的玉饰，商家所喊的最低价还不到千元，感觉只要商家愿意出卖，就能卖到好价。至于能赚多少、利润多大，都被蒙上一层神秘的面纱。

　　之后，我们到"姐告"玉石、玉饰的交易市场，并在其中溜达和停留了很长时间。虽然里面的玉饰多半明码标价，但只要是被同事看好的，尽管软磨硬泡却很难将价格大幅度讲下来。我就没有那个耐性了，在看同事选购玉饰时，正好看到有人正在"赌石"，便好奇走了过去。

对于"赌石"，我只是在电视里看到过。据说，有人花几十万元，买到的却只是一个三文不值两文的烂石头；有人同样花几十万元，却换回价值上千万元的美玉石。所以说，"赌石"既可以使人倾家荡产，又可以让人一夜暴富。要紧的是，要有一定经济基础和一双聪明慧眼，以及很好的胆识。

到了"赌石"那里，看到的是那些"赌石"的人，抬着或抱着石头左瞧瞧、右瞄瞄，或者拿着一只小电筒，贴着石头照来照去；听到的是这个或那个石头，要几百元、给几百元的讨价还价声。当然，也有喊到或给到几万元的，总的感觉是交易额不大。

人们常说，黄金有价，玉无价。就是说玉是通灵的，也是讲缘分的。一件玉饰，处于何种自然条件之下，亮度和色泽如何变化；佩戴在何人身上，是否得体，或物有所值，都是因玉、因人、因环境而异的。虽然我在"姐告"玉石、玉饰的交易市场里，也看了不少好的玉饰，却感到没有一件适合自己和家人。当中原因，很难说得清楚。思来想去，不如赌一个石头试试，正好许多石头喊价不算太高。

随后，我抱起石头，看似在行地翻阅起来。偶然之间，便发现一个碗大一般的石头，较其他一般大小的石头重了将近一倍，随意问道："这个多少？""八百。""三百五。""最低五百。""就给三百五。""加一点，四百。""一分不加。"老板稍作犹豫："好，卖给你。"几句话下来，就成交了。紧接着，老板又拿起小电筒，贴着我已购买的毛石反复照射几次，并有些悔意地说："这是麻卡，内有绿斑。"

我原本知道，玉石的密度和比重很大，可却因反复看了这个毛石不像玉石少了底气。但转而又想，即使输了，也只当输一场小麻将而已。因此，我对所购买的这个毛石的石质和优劣并无太多兴趣。同事们看了，却比我还急，催促着要去将之切开看个究竟。

之后，我们驱车赶到当地的一个玉石加工厂，并将石头切开来看。同事看了，却一个个沉默不语。问帮忙切割的师傅和身旁的一些人才知道，它的确是一个玉石，且玉质还不错，只是裂纹太多。当有人说出，我的玉料可以加工一只手镯和十多个挂件之后，我便当即决定，把能做的玉料全部加工成玉饰。可在了解了加工价格之后，我却临时改变主意，只决定先做一只手镯、一个"福禄（葫芦）寿"和一片"玉树叶"看看。因为仅仅是这三件工艺最简单的玉饰，其加工费就要一百、三百和四百元，更不要说工艺复杂、每件加工费要八九百元甚至一两千元以上的玉饰了。

没有讨价还价余地，厂方填好加工清单，让我签字付款，我却连单据内容都懒得看一眼，直接问何时能够做好。当他们说最快也要到下午六点时，我却说要在那里等候，直到加工好后再付款走人。同事看我执意坚守，就去采购他们的东西去了。

同事走后，我忙前忙后围着为我加工玉饰的师傅转了一个下午，并把整个加工流程用相机拍了下来。且在加工间隙，巧遇一位拿玉料来加工的从新疆到云南做玉石生意的客商，顺便把我的玉料拿给他看了。他把我和他的玉料作了比较后说，他的是透亮型的，我的是温润型的，都是很不错的料子。当我问起将我的玉料加工成玉饰的价格，他回答说："大概一件一两千元吧！"

时间过了下午六点，为我加工手镯的师傅，终于把加工好的手镯拿来了，我看后相当满意。接着，另一个师傅又把他为我加工的"福禄寿"和"玉树叶"拿来给我看，我看后则很不高兴。问他为何粗糙，说没有抛光；问他何时抛好，说需要几天；让他把老板叫来，老板没来，却来了一位管理员。

她来到后，二话不说，叫我把已做的和准备继续做的加工费全付了，等过几天再来取货；我说不能在瑞丽长久停留，她又叫我把款付了、把地址留下，说过一些日子再发货给我；我说无第三方保证，她却说他们是如何、如何一个大厂，有多少、多少工人和客户等，一大堆想让我信服的理由。我说他们不守信誉，她却说他们只答应六点以前雕刻好，却没有答应抛光好。我也不和她辩驳，只问她另外那两件玉饰，最快可以什么时间取货。当她说到要到次日中午十二点后时，我却说要即刻付款并带着货走人。于是，她就左一个先生右一个先生，反复对我说："不抛光怎么行呢？"我想想也是，就叫她把账结了，并说次日早上八点就去取货。随后她拿起加工清单，给我算起账来："手镯加工一百元，'福禄（葫芦）寿'和'玉树叶'雕刻三百元和四百元，六点以前三件加急各一百元，今晚到明早两件加急各一百元，抛光各一百元，共一千五百元。"我听后，一下火了，说他们从未向我提及加急费和抛光费，她却说他们说过了，是我没有听见。因此，双方不断争执起来。

　　当我气愤地吓唬她，要将给我下套的全过程曝光时，恰好我的同事也赶到了。看着我那一个个肩挎着数码相机的同事，她的态度开始软化，并且左是一个叔叔长、右是一个叔叔短地问我，要怎么做才能让我高兴和满意。我转而又想，退一步海阔天空："加工费全给，六点以前的加急费只给一百元，当晚到次日早上的加急费全免，抛光费二百元照样给。"这样说后，她显得非常客气和更有礼貌。

　　次日一早，我们准时赶到玉石加工厂，也取到了抛光好的两件玉饰。深有感觉，好事多磨：人和玉石一样，不磨不成器。也不知道，我那年轻时的棱角，何时被磨掉了。

　　对于玉石，我只是略知皮毛而已。虽然于过去也读过鉴赏玉石的书，或亲眼看到一些真假玉石和玉石优劣的例子，但交易起来却发现这潭水太深了，更不要说那似是而非、似非而是和神秘莫测的"赌石"买卖了？

好在此次瑞丽之行，又让我增长新的见识：在"姐告"那个玉石、玉饰的交易市场，之所以很难将价格讲下来，是因为那里所卖的玉饰，比较开始时在一些商店里所看到的玉饰，应当更要货真价实；至于那些"赌石"的人，为何能将一两个石头喊到或给到一个几万元，主要原因则是从那一两个石头的表面，就可以明显看出它就是一个玉石。也就是说，他们所要赌的，仅是玉石的内在优劣。

人无三称心，百璧也微瑕。虽然我在瑞丽加工玉石时遇到不愉快，但这就像瑞丽这块美玉总会有一点瑕疵一样，可谓瑕不掩瑜。因为在那里，我们既领略了旖旎风光，又感受了浓烈的旅游文化氛围，还于细心观察和讨价还价之中，揣摩了商家的心里，辨别了一些商品的好坏、优劣与真伪，并时不时将一些如意的商品，收归己有而满载而归。以至我把在瑞丽加工的三件玉饰带回家后，夫人喜欢，儿子满意，我也高兴。

古人云："君子比德于玉焉！"我始终坚持认为："积金积玉莫如积德，问富问贵还须问心。"

只缘身在哀牢山

《花腰女儿红》拍摄记

曾几何时，相识天衣无缝。印象的天衣，为天女身着的花衣。不用针线缝制，也没有任何缝儿。人们将之比喻事情、事物完美无缺、不可挑剔，也有人将之理解为神秘莫测、充满幻景。

中影集团前来家乡拍摄《天衣无缝》电影，是一件值得高兴的事儿。初以为这是一部侦破方面的片子。于我的心中，真正意义的天衣并不存在。即使完美无缺的事情、事物，感觉与家乡扯不上关系。了解行情才知道，电影要说的正是"鲜花女儿"的衣服，像天衣一样美丽。

来之前，摄制组走了一段弯路。有人带他们到邻居峨山县那里，热情接待他们。当他们探听到峨山县并没有"花腰傣"后，便直奔新平而来。

有人宣传家乡，本土搞文化工作的人自然闻风而动、积极响应，我也不甘寂寞。为什么呢？一是职责所在，二是好奇心使然。一个刚被划为文化人的人，能多长一点见识有何不妥？至于上司，应酬、应对的事情多，授意之下，就以使者的身份奉陪下来。

开拍前，没有开机仪式，也没有宣传造势。制片方认为低调为好，个人以为是为节约开支。作为一部民族题材电影，应讲究小巧玲珑。无须巨资打造、宏观巨制、大导演神来之笔及追星效应，更不可能冲击奥斯卡金像奖。形式的东西，于制片方无多大好处。

拍摄场景，主要集中在新平县漠沙镇的一个叫大沐浴的村子里。它是新平县的民族文化生态村之一。久远过去，这里就是周围村寨傣家卜冒、卜少"赶花街"、吃"秧箩饭"、"照电筒"找情人的心仪之地。当地人常把它自诩为"东方情人节"的诞生地。不尽如人意的是，这里海拔低、气候热、小黑虫多。小黑虫欺生，爱叮新来之人。它像猪鸡牲口一般，要和它越处越熟，才能相安无事。但气候热了，水土好了，人勤劳了，物产自然丰富了；果子熟得早，人也熟得早，美女自然少不了。好在村寨周围长着许多槟榔树，树上结着许多槟榔，人们可以凭本事"谁先爬上，谁先尝"！因此，如果向往这方水土，最好把根留住。

摄制组人员食宿，多半集中在漠沙集镇的宾馆和酒店里。从漠沙集镇到大沐浴村子有几公里路。早上7点前起床，7点半前吃早点，7点半准时乘车，进村后即刻投入拍摄。中午12点后就地快餐，稍许休息开始工作。傍晚7点左右在大沐浴村或返回漠沙集镇晚餐。如果拍晚景，总要拍摄到次日凌晨1点多甚至2点左右。活动规律，几乎两点一线。

一天，一位摄制组成员吃早点时临近发车时间，结果被制片方负责人转着弯骂了："你要去就去，不去拉倒！"锣鼓听音，说话听声。此等外地人，表面说话温文尔雅、态度和蔼可亲，骨子里动不动用炒鱿鱼吓人，弄得我这个不归他们管的人，也不好丢三落四。当然，此类情况不止一次，但对主要演员例外。

摄制组人员、群众演员、主要演员都很辛苦，但辛苦程度各有不同。

别看那些负责灯光、音响、服装、道具、摄影、监控和录音的摄制组人员长得不怎么结实，却个个有着令人敬佩的耐力、体力和技巧。在拥有聪明才智及敬业精神的同时，简直不亚于长年累月从事生产劳动的人。做起事来，噼里啪啦，雷厉风行。力量到位，动作到位。要什么设备上什么设备，要什么道具找什么道具。一位三十多岁的少妇，几分钟工夫，就被化妆师的巧手变成六十

只缘
哀身
牢在
山

多岁的老人。初次拍摄桌上没有香烟盒，重复拍摄发现桌上多了香烟盒，就被立马撤下来。用"道具王"的话说，就是"别给厂家做广告"！还有那些放在摄影架上起平衡作用，而让摄影师像荡秋千一样飞来荡去自由拍摄的铁疙瘩，在搬来搬去、放进拿下时很是费力耗神。有时看到其中的年轻女子提着大包，怜香惜玉上前帮忙，结果包裹很是沉重，让自己提着非常尴尬。问他们制片工作苦不苦、累不累？得到的回答是："最烦躁的声音是无休止的'准备—开机—开始！'最动听的音乐是导演'OK！OK！'的连珠妙语。"问他们报酬如何？回答讳莫如深。自我抱怨，不该提这样的问题。个人想象，一定收入颇丰，毕竟艺术价值无限，都是为艺术献身的人。但拍摄间隙，他们很随便地坐在拍摄现场旁的石头上，手执一元钱一面与当地"老弥涛"买的用槟榔叶做的简易扇子，不断往脸上扇；或是用随身携带的风油精、清凉油、花露水等往手臂、小腿上抹，却有目共目睹。

原以为这些人，过去都是搭档，都是混得很熟很要好的朋友。怪不得，一切都靠市场运作。他们就像当地人"吃汤锅"、"打蘸水"一样，是临时拼凑起来的。即使是拍摄所用的器材和设备，少部分从北京带来，大部分从昆明租来。就是说，他们来自五湖四海，为一个共同目的才走到一起来。至于饮食，几乎天天干盒饭了事。别看电影里那些大鱼大肉，它们是专门用来做给人看的道具。想吃，做梦去吧！好在他们走南闯北惯了，能客随主便。当看了《大沐浴村简介》后，有人感叹："你们这里'糯米饭、干黄鳝、腌鸭蛋，二两小酒天天干'的生活习惯，与我们那种'苦一阵，累一阵，忙一阵，养一阵'的生活方式真有天壤之别！"这不奇怪，一方水土养一方人！

而群众演员就不一样了。当地漂亮妹妹这样问我："大哥，何时才是尽头啊？一个舞蹈重复、重复地跳，一个动作反复、反复地比。一天开那么一点工钱，什么时候了，都还不收工。哼！"

我说："这些人的生活节奏挺快。于他们而言，时间就是金钱，效率就是生命。哪像你们傣家的一些人那样，只要有酒喝，天掉下来管不着。拍摄计划是事先定好的，当天的事肯定要当天了。估计今晚至少要拍到夜里一点多，只有多辛苦一下了。你们要多从宣传家乡、打造'花腰傣'文化品牌的角度考虑，不要老是为个人得失叫苦叫累、斤斤计较！"

"哎！真没办法。简直就是天衣无缝！"

主要演员更不一样了。没到他们出演时，可以在宾馆休息看电视。到他们出演时，有车专程接送。如果三两天不需出演，制片方会按他们的要求订好机票，让他们像飞鸟一样自由飞来飞去。也许他们真的很忙，也许有着特殊的原因。不过，作为这部电影的主要演员，其相貌是难以挑剔的。一个姐姐（洪雁饰）、一个妹妹（佟丽娅饰），线条流畅，脸蛋"爱人"。天生就是一对与"花腰傣"少女体貌相似的美人坯子。一个哥哥、一个妹妹，简直就是一对活生生的彝家帅哥和靓妹；还有那位从城市到农村为父寻根的年轻小伙，长得眉清目秀、机灵过人。作为他们的演技，本不该妄加评说。但那种叫哭就哭，让笑则笑，哭时如死考妣，笑时天女散花的表情实在令我折服。作为他们的为人，虽不得全知，也可从多日交道中窥见一斑。

有的吃好吃的问你要不要，或是在自己抽烟时，也给你递上一支烟，时不时还和你聊上几句剧里剧外的话题。感觉你哪里做不到位，也想着法子帮忙指点。此时，我也可顺便查一下户口、玩笑几句或询问一些不太清楚明白的问题。

"老家在哪儿？演过哪些电影电视？这般肤色、此般体魄、这身毫毛，没有姑娘不喜欢。这种身段、此等相貌、如此眼神，没有伙子不丢魂。"

"大哥呀！莫夸了，夸得我飘飘然了。"

"你是否会像演电影一样对待生活、对待人生？"

"具体指什么呀？"

只缘身在哀牢山

"譬如，喜欢一个人，故意装成很讨厌？讨厌一个人，有意装成很仰慕？"

"不会的。为什么要那样呢？"……沉思片刻："噢！应当会吧？"

有的演员，对你的存在根本就是视若无睹，就像上厕所不想分清男厕、女厕，不想知道方便不方便一样。当然，这并不是指正在上镜的时候。不要说不和你说话，就是其使用的日用物品，旁人也是不能随便碰的。其看你碰她东西的那种眼神，能让你像"打摆子"。这样的人，只能敬而远之。

话得说回来，他们也很辛苦。一句台词，不能有任何一个字说错，不能有任何一处结巴（该结巴时还得结巴），但可用不同的更好的语言表达同一个内容；一个动作，不能有一点不到位，但可按生活实情加以完善、改进；一个表情，不能有一丝不够传神，却尽可展示个人风采和魅力；现观现学傣家、彝家的原生态舞蹈，不多一会儿就学会了。看得出来，除了个人天赋，他们平时是下了苦功的。"台上三分钟，台下十年功"的结果，就是如此。但愿他们辛苦之后，能像家乡的红河水一样一路飘红，红得发青、红得发紫。

其实，看拍摄电影，是能从电影"拍摄花絮"中看出一点门道的。只是没有亲眼看见、亲耳聆听、亲身参与直截了当。不要看他们东拍一物、西拍一景，"东'一棒棒'、西'一榔头'"，其实都是围着剧本团团转，并按现场指挥和导演的指令行事。所以，若想电影拍得好，要看剧本妙不妙。剧本的好丑，是制片方选材的事情。于演员和工作人员而言，扮好自己的角色、尽好自己的职责就行。

制片方选择了导演，导演和制片方选择了演员及工作人员，拍摄班子就搭起来了。拍摄班子搭好了，就可"兵马未动，粮草先行"，准备灯光、音响等拍摄设备和用具。拍摄设备准备好了，人员就位了，就可像搭台唱戏、鸣锣开道那样开机拍摄。

大致情况是：充分研究剧情，将剧本分割成不同场景；围绕场景变化，制订拍摄计划和方案。围绕计划和方案，各司其职、精心准备。负责外调的积极对外联络协调；负责灯光音响的，调制好灯光音响设备；负责服装道具的，准备好服装道具；负责场景的，联系好需要拍摄的现场；负责摄影的，选择好方位和角度；负责监控的，分辨好声音和画面……

拍摄时，有时看到一个漂亮小姐，手拿一块写有1、2、3等字样的纸板，在摄影机镜头前晃来晃去，那是像用兵打仗的旗语一样，专门用来提示某一场景开机拍摄的标志；有时看到一个少女，像读天书一般，手捧天书在监视器前转来转去、看来看去，或记录什么花言巧语，那是为记录所拍摄的某一场景或某一片断所用的时间。好在她们没有演员漂亮，不然就不是在看拍电影，而是在看她们为男人招魂。

不难理解，为何"安静了，不说话了。准备——开机——开始！……再来！再来！OK！OK！"的声音，成了电影拍摄现场的习惯用语。也不难理解，为何要不断记录下每一片断、每一场景所用的时间？毕竟一部电影容纳的内容有限，一部电影需要用有限的时间反映最佳空间。

综观电影拍摄，只要摄制出动感实足、柔情似水的画面，只要录制出人与自然和谐之声，只要师傅们不担心丢了吃饭的饭碗，只要后期制作中音乐、字幕、剪辑、配音等天人合一，只要用一双巧手针过得来、线过得去地穿上一根红线，再用这根红线像缝制漂亮衣服那样巧妙地将各个场景和画面串联、并联起来，一部电影就像一件新衣服那样缝制好了。也像一个新生儿那样，有血有肉、有声有色、像模像样地，带着吃奶的本领、带着呼吸新鲜空气的声音呱呱坠地。

但不可否认，导演像电影中的主旋律或主题曲一样。可以说，没有文人，就没有社会的灵魂。没有孔老夫子，就没有孔孟之道。没有文艺人才的众星捧月，就没有令人轻松活泼与快乐幸福的人间仙境及朗朗乾坤。也可以说，没有

只缘身在哀牢山

导演，就没有电影的灵魂。就像一篇文章没有中心思想，一个家庭没有掌门人，一辆车没有发动机、一个人没有心脏一样。为什么呢？导演的个人风格和人格魅力、导演对事物的认知深浅，及对电影拍摄的宽严程度，直接关乎电影的健康长寿和命运成败。

请看，导演在布局谋篇中，打破剧本内容先后顺序，将同一场地需要拍摄的不同场景，尽可能地安排在同一时段拍摄。请听，导演在指挥拍摄中，对灯光音响等方面的严格要求，以及对演员每一个动作的协调连贯性、每一个表情的合情合理性、每一句台词的语感，所提出的添花妙语。是不是可以节约时间和金钱，节省心力和体力，提高电影的艺术效果。所以，于公于私，除应感谢制片方提供展示"花腰傣"文化的平台，感谢摄制组辛劳的汗水，还得特别感谢导演的制导作用和"OK！OK！"的激昂之音。

有言道：人各自私也，人各自利也。不可否认，自己是容易激动而私欲膨胀的。一来借工作之便满足了猎奇之心，二来依靠导演的片言只语成就了夙愿。

在当初制片方物色当地演员友情出演时，一位去应聘扮演知青返城后成为人父的，导演爽快留下了；一位去应聘当族长的，导演婉言谢绝了；另一位去应聘当族长的，导演看中了，本人也答应下来。麻烦是母亲这一角色。第一位去应聘当母亲的，导演很满意，本人却担心上当受骗，借故以不演最终死了之人推辞了；第二位被指派去当母亲的，导演觉得可以，多次挽留，本人偏说演不来；第三位去应聘当母亲的，导演认为不错，本人虽对出演最终死了之人有所忌讳，却是乐于奉献。强扭的瓜不甜，世间坑蒙拐骗的事情不是没有，哪有吃饱了撑着，带着一帮人、拉着一批设备，抱着钱跑来家乡乱甩、乱丢的？该走的走，愿留的留，三位配角演员最终还是敲定了。

临近族长登场时，演员借故不来了。导演恼火地对我说："你演族长好啦！"

"恐怕不行罢？我可从没上过台呀！"

"敢演就行，不敢演就不行。赶快答复，也好另想办法。"

"……好，我演。""真是逼着'牯子'下儿！"我于心里想道。

事实上，初来乍到时，导演就让我出演族长了。只是叶公好龙，担心没有演出经验。出现此种意外，怎好再次推辞呢？只有鼓足干劲、力争上游、硬着头皮上了。

既然决心出演族长，少不了研读剧本、了解剧情、了解自己所扮演的角色。

剧本是反映"花腰傣"人现代精神风貌的，当中涉及傣族的族长不合时宜。个人认为，族长地位建立在解放前，新中国成立后，族长就灰飞烟灭了。个人建议，将族长改为村长，导演采纳了。想象的族长，应当是一位长者，是一位有知识、有文化、有权威的人士。但剧本里，族长首先要面对的是，三十多年前就到过傣寨炼过红心的人，并且是以长者的身份出现。将族长改为村长后，村长却要反而比过去当过知青的人年轻了。如果三十多年前就当村长，三十多年后，狗都啃不动，怎能继续当村长呢？继而我又向导演建议，导演也修改了相关的剧情和台词。身份变了，台词当然要变，演员的感情色彩也要跟着变。所以，在电影拍摄中，族长在当地至高无上的地位不复存在了；在后来的出演中，我也把知青称为老方，知青也将我称为小白，那些小年轻，却只能喊我村长了。

剧本是反映年轻人情感生活的，当中涉及"花腰傣"妹妹与彝家小伙、汉家子弟与彝家山姑的爱情纠葛。拥有爱情，就拥有爱与被爱的权利和义务，也要有爱与被爱的场所和方式。剧本里提及的让他们相知、相爱的"蒙面情歌晚会"，系邻居元江县"花腰傣"中的"傣仲"人的土著产品，与家乡"花腰傣"中的"傣卡、傣赛、傣雅"人的民风不相吻合，也很难找到适合的群众演员出演。于家乡的"花腰傣"而言，最时髦的恋爱方式就是"照电筒"，也就是用电筒发出约会信号，去寻找心爱的伴侣。我向导演提供思路，导演就把"蒙面情歌晚会"改为在槟榔园里"照电筒"。彝族小伙看上傣家小妹后跟踪追击，被电筒光一射，两眼昏花，把人跟丢了、跟错了，聊了半天，错将姐姐当成妹妹，并引起误会。

第一天出演村长，真有些胆战心惊。面对眼前的铁疙瘩，面对叮呤当啷的设备，面对什么师、什么师挑剔的眼光，面对美女勾魂的眼神，感觉自己无地自容，感觉自己将被杀吃、被生吞活剥，感觉自己人老心不老，面红耳赤、心儿在跳，感觉自己还想老马吃嫩草。特别是当美女站在面前或坐在身边，整个人就像被猫抓屁股、浑身有蚂蚁爬一般。

开拍前，美女看我忘情地抱着"小老婆"亲吻，好生奇怪："你这是做什么呀？"

"抱小老婆。"我故作镇定地回答。然后又装模作样地比画着说："嘴对着嘴，手搂着腰，爱情的火焰在燃烧！"

开拍后，我老是进不了角色。美女生气了："让你看着我，是让你以一个村长的身份骂我，不是让你看我好不好看、漂不漂亮！"

我自打圆场："当然要看你美不美丽、漂不漂亮了。有美女在身边，饭都要多吃几碗，酒也要多喝几杯！"

副导也生气了："喂！怎么你的眼神总是飘浮不定？"

不足为奇，当我以为拍摄完了之时，拍摄并没有完结；当我"淌虚汗"之时，也想悄悄逃避一下眼前的责任。要知道，导演面前那监控器，可是能监测到几百公里以外事物的。只要自己稍稍有一点差错，就很容易被他发现。再说，这也与我过去从警多年、喜欢一进门用目光扫视全场、喜欢月余光看待周围世界有关。要不，在过去与朋友一起在茶室正对窗外聊天时，怎会发现沏茶少女翻了朋友的包而差点把朋友的几千元钱偷走了呢？

我知道，制片方所拍的是数字电影，不存在浪费胶片问题。演不好，可以再来。好在自己能及时调整心态、稳定情绪，并在导演等人的引导下，终于把村长与村人及漂亮妹妹，在大青树下拉水烟筒、喝茶水时，聊起漂亮姐姐在城里生产"机器花腰服"骗人、漂亮妹妹跑到村长面前告漂亮姐姐到村里招工，影响制作传统"花腰服"的刁状，这两个场景接连演完了。只是待导演操着香港普通话、说着"OK！OK！"等话语，迎上前来和我握手时，才发觉自己腰都直不起来，才发觉地上已留下七八个为演电影，自己拉水烟筒时所遗留下的纸烟蒂。

第二天、第三天出演村长突遇三十多年前要好的知青、村长送村里的姑娘们上城里漂亮姐姐的花腰服装厂打工以及村长与那些帅哥靓妹们共进晚餐以真诚感谢知青多年对村里的支持时，就轻松自如多了。即使有的地方做不到位，只要在重复拍摄时留意纠正就行了。至于后来村长作为观众，参加"花腰傣"服装、服饰展演，则就再简单不过了。叫你拍手你拍手，喊你欢呼你欢呼，让你行注目礼，你行注目礼，好一派兴高采烈的景象。

当真正从演电影中找到一点乐趣时，自己扮演的角色演完了，摄制组在家乡拍摄的场景也拍完了。回首送别姑娘们上路打工那动人的情景，姑娘们回答"知道了！"那清脆响亮的声音，以及对城市向往所表现出的高兴劲儿，总觉自己的心儿已追随姑娘们而去，灵魂也在随姑娘们游走。虽然留下一点点遗憾，虽然在告别晚宴上，导演操着酒意浓烈的香港普通话对我说："这次让你演村长，下次给你当省长好啦！"但我却不敢有非分之心。人生在世，知足常乐。不图朝朝暮暮，只在曾经拥有。也对得起人们说我像电影《地下游击队》里的中尉，而给我取了"中尉"的绰号，并因这个绰号，让自己产生上一次电影的童年梦想了。

看了拍摄过程、演了几个片断，自己对电影也有了肤浅的认识。

为人一生，如演电影一般，无论何时，都要把握好自己的人生坐标和航向、

只缘身在哀牢山

都要扮演好自己所扮演的角色。做丈夫的要懂得疼爱妻子，做妻子的要多关心丈夫，做儿女的要知道孝敬父母，做婆婆的要明白……事理，做媳妇的要清楚……关系，做亲戚的要……做邻里的要……做朋友的要……做同事的要……做……要……大家都要仁者爱人。人与人之间是需要互相帮助的，就像导演指导我哪个动作、哪个表情、哪句台词，该如何如何一样。人与人之间是应当相互尊重的，就像导演让我如何如何演，我怎样、怎样提出见解，应相互达成默契和共识。人和人之间是要相互理解的，不能把原本和谐的事情，转化成不和谐的问题。不能因来迟一点，就说"拉倒"二字。喧宾夺主、越俎代庖的事情可不能做哟！喧宾夺主、越俎代庖，不但不能锦上添花，相反却要添乱了。看见别人的妻子，就去霸王硬上弓；见到人家的老公，就去扮演双飞燕；认识漂亮姑娘，就用几颗糖果哄吃；发现座座金山，想方设法据为己有，这不成了战争的导火索吗？就像自己在演电影中，让骂人时没有骂人（角色内），不让骂人时把人骂了（角色外）；该看的不看（角色内），不该看的看了（角色外），给摄制组增加麻烦和负担一样。这正是"人生如戏，戏如人生；不求形象，但求神似；形神兼备；角色意识要强"的道理所在。

演戏和演电影不同。演戏直接面对台下观众，可充分体现戏情、体现个人演技和风采，可依据的观众情绪变化，随时调整自己的状态。常态下，不能因演员表演不到位从头再来。从头再来，容易闹出笑话、容易授人以柄、容易被喝倒彩。演电影不直接面对观众，不需要现场调动观众胃口，演不好可随时暂停、选择再来。即使有凑热闹、看新鲜的，也必须听而不闻、视而不见。一切要围绕角色行事，一切要像生活里那样自然而然，一切要以真人的身份做真人真事（必要时，可以假乱真），甚至比真人真事还要入木三分。这可得讲好普通话呵！南腔北调，容易混淆视听、容易误己误人，也不好依据口形配音。因为电影不是地方戏种，不仅是面对地方观众。但在生活中并没有绝对的人，也没有绝对的事。在电影里有时讲上一些家乡普通话，更能体现浓烈的乡土气息和纯正的地方色彩，但观众可要费力听了。电视剧《我的团长我的团》，给人的感觉就很不错。

"艺术来源于生活而高于生活"，可不是文化人胡说乱讲的。发源于生活的事情，不经艺术化处理，就不能成为电影。不讲艺术地对生活进行翻版，不仅不能产生艺术感染力、震撼力，相反却可能倒了观众的胃口。所谓茶有茶道、门有门道、柔有软道，与拍电影不就是一回事吗？

"像而不是，是而不像"，形容电影，恰如其分。真实不是电影，电影不一定真实。就像我演村长，我却不是村长，电影有我的形象，我却不是电影所表现的那个村长。管他呢！只要我演的村长，神似生活里的村长，别人演的角色，神似电影所要体现的角色就行了。不然，也就没有电影这门艺术了。

电影是一门遗憾的艺术。对于同一部电影，可谓仁者见仁、智者见智。对于不同的电影，更是众说纷纭。多好的导演、多大的导演，就像多好的厨师、多大的厨师一样，于热衷电影的观众而言，也是众口难调。即便"庖丁为文惠君解牛……砉然向然，奏刀騞然，莫不中音"，也会狗嘴里出姜、猪嘴里冒蒜。你认为拍得好、演得好，他却认为破罐子破摔。你认为不好、不怎么样，他却认为太阳将心儿照亮。当然，很大程度与观众的个人志趣、人生修为及欣赏水平有关。不管怎样，只要某一层次的观众满意、电影牛气旺就行。要不，倒了观众胃口，亏了吃饭买卖，还不成倒贴黄瓜两条？

天衣有没有缝我不知道。如果上天没缝，为何传说女娲炼五彩石以补苍天？如果上天没缝，为何繁殖了那么多楚楚动人的星星？如果大地没缝，为何将大地比为母亲？如果大地没缝，为何长出花草和森林？如果石头没缝，为何精美的石头会说话？如果鸡蛋没缝，是谁孵出了鸡儿？如果人体没缝，为何汗流浃背、被小黑虫叮咬？如果人体没缝，为何他和他"一个鼻孔出气"。如果人体

只缘身在哀牢山

没缝，为何上嘴动了下嘴动？如果事物没缝，为何黄狗不抬黑狗抬，黑猫不抬白猫抬？如果衣服没缝，怎能见缝插针？又何谈"新三年，旧三年，缝缝补补又三年"？如果《天衣无缝》，为何要更名为《花腰女儿红》？所以，无论"花腰女儿"的衣服如何漂亮美观、如何经久耐用，都是有经有纬、有缝可插的；无论"花腰女儿"的人品如何高贵，神态如何动人，都是活灵活现、有血有肉、能吹毛求疵的。在此，只能预祝"花腰女儿"能像我养的那些"基"（基金）一样，早日见红！

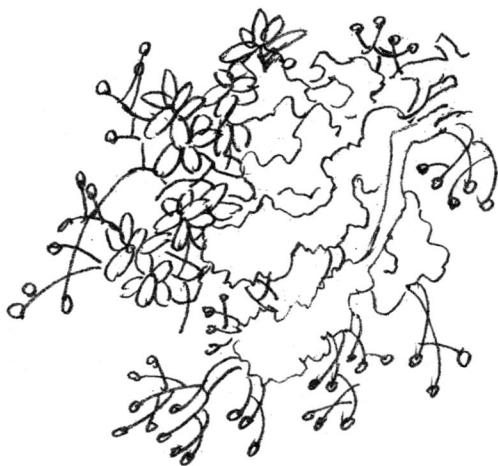

鲁奎山紫芋

在家乡，有"高不过鲁奎（山），大不过磨盘（山）"的神话。办案在鲁奎山上，"鲁奎（山）大王勒昂"的子民们，凭借高山的寒意，燃起温暖的火塘，摆上烟火熏黑的哈腊肉和亲手种植的鲁奎山紫芋款待我们。跳动的火焰，映红人们的脸颊。当我用筷子揣起一个鲁奎山紫芋时，我立刻很想将之一口吞下，但仔细观看了它那可爱的紫色与光滑圆润的小模样后，却又让我连咬一口也舍不得或不忍心。那些大爹、大叔和兄弟、老表们，在看了我迟疑面对鲁奎山紫芋的神情后，还以为嫌他们的饮食不卫生呢！可当听我讲述了几天前的巧遇后，就自然消除心中的误会。

那是第一天到鲁奎山脚下做小警察的日子，恰逢集镇赶集，尚且年轻并愣头愣脑的我，刚听了群众报案，不管三七二十一，就带上联防队员仓促赶往。在我们进入集贸市场后，很远就看到一群人正在像观看江湖艺人耍猴表演那样围观着什么。人们看到警察到来，自觉让了道后，又重新聚拢起来，并一个个静心观察和等待事情的结果。

待我现场询问了围观群众，基本弄清是眼前之人行窃之时，并问了他而一问三不知后，就职业敏感地去搜查那个人的身体。其目的在于，看是否能从"他"的身上搜查出赃款、赃物、作案工具、凶器等物证，以获取破案线索，或预防意外事件发生。

可是，正当我面对那人，并用双手自上而下在其身上不断游弋时，却突然感到有两个硬邦邦、圆滚滚的小东西轻轻滑过自己的掌心，让自己立刻意识，其身上一定藏有稀奇"玩意儿"或秘密。于是，不假思索，自下而上、异常快速地掀开那人的上衣，却突然发现，先前所摸到的那两个小东西，原来是两个圆润透亮的紫色肉球。这不但让我非常尴尬地很快意识到，那人原来是一个女人，同样还让我意识到，自己的身边正有许多人围观。于是，我又只好再一次自上而下、迅疾异常地将那人的上衣拉下来，并在故作镇静环顾四周之后，就以将其带去派出所审查为由，和联防队员一起将那人带走。

事后想想，当时自己是何等利索与滑稽。原以为瞒天过海了的事情，却在试探性地问了同去的联防队员后才知道，自己的一举一动或给那人进行的脱衣秀，并没有逃过他那敏锐的眼睛。于是，我只好自圆其说地说道："谁叫她剪了一个儿子头？谁叫她穿了一身男人衣？谁会料到那黝黑的皮肤和'平板玻璃'上，还会镶了一对精巧的'小芋头'？"

因此，在我第一次上鲁奎山，并亲自见识鲁奎山紫芋后，我就牵强附会地将它与那圆润透亮的紫色肉球联系到一起。并且在这以后，每当自己听到、看到和吃到，以及与人们谈起这鲁奎山紫芋，便会自然想起那一件往事；而每当想起那一件往事，想起那一位妙龄少女，自己也同样会想起这生长在鲁奎山之上、并小巧玲珑得圆润透亮的鲁奎山紫芋。

其实，鲁奎山紫芋与家乡所产的核桃或荔枝大小几乎相当，最大的充其量也只有土鸡蛋一般大。如果去皮后将之装点在男人的身体上，却可以作为艺术形象进行欣赏。如果一个少女黝黑的身体上，仅长有一对像鲁奎山紫芋一般大小的紫色肉球，那就非常容易混淆人们的视线，也将令人感到非常悲哀。只不过，煮熟去皮后的鲁奎山紫芋盛在盘里，则似用紫色的葡萄玛瑙重叠垒成的山峦，而张开蓄势等待飞的翅膀；煮熟、捣烂、再油炸后的鲁奎山紫芋，又似那紫色的雪、紫色的"炒冰"或紫色的水晶；亲口尝一尝，则会让人感到情意绵绵和清香润滑与细腻。若用当地酸腌菜作辅料，将之煮成汤或踏成糊状，那种集甘、酸、香为一体的味道，则更能调起人们的胃口……

我与鲁奎山紫芋结下不解之缘，则源于曾帮助了一位来自鲁奎山的彝族兄弟。他曾对我说："既然爱吃，就让你吃个够。"所以，每逢鲁奎山紫芋收获的季节，居家的菜篮子里，往往装满了来自鲁奎山的紫芋。如有亲戚来往或有朋友前来相会，我就会炒上一盘鲁奎山紫芋，并斟上美酒，与之共享。让亲朋好友高高兴兴地来，再高高兴兴地走。并和我一样，永远忘不了那些居住在鲁奎山上的彝族兄弟。如有多余，我还会盛上一些让他们带走，也使他们的家人知道，世间还有一种美味叫鲁奎山紫芋。

习惯是一种癖，也是一种瘾。日子一久，则常常思念起那位迟迟不曾谋面的鲁奎山上的彝家兄弟，思念起那些小巧玲珑的紫色的山之精灵。

那时，我仿佛看到遥远的鲁奎山上，依恋着一片片紫色的祥云；看到鲁奎山上的彝族兄弟姐妹，正在篝火与星光的交融下，手挽着手，跳起四弦，踏起黄灰，圈围成一圈圈环环相扣的紫色水晶；看到鲁奎山紫芋的子子孙孙，在鲁奎山上载歌载舞并进行欢乐聚会。隐约之间，还能依稀听到那四弦、三弦、牛角二胡发出的声响，以及那"哟色儿——哟色儿——哟、哟色儿"等以声助力的呐喊或狂吼。深感自己整个身心早已飞到鲁奎山上，并与那些彝家兄弟姐妹和鲁奎山紫芋一起，拍着掌、合着脚，酣畅淋漓地狂舞。脸上的汗珠，如珍珠一般一滴一滴滚落地上；五个脚趾，也撑破了皮鞋探出了头……

不知山风吹拂、白云素裹、红日衣妆之下，那漆黑泥土里结出的鲁奎山紫芋，如何滋生漫长，如何母生子、子生孙、孙生子、子子孙孙其乐融融；不知鲁奎山紫芋的体内，为何流着紫色的血液。是鲁奎山的阳光和空气更有灵性；是其泥土里富含了大量的铁；或是冷凉山区的气候，使鲁奎山紫芋生长发育缓慢，导致它个头虽小，却有顽强生命力与无穷魅力，并较之早熟肥大的品种，又另有一番风味。

饮水思源，许多人说不清、道不明鲁奎山人的传奇人生和鲁奎山紫芋的传奇故事。人们常说：云南十八怪——鸡蛋穿着卖。他们哪里知道，在新平的扬武镇还有一怪，那就是"'升子'装着芋头卖"。早在许多年以前，"一升"鲁奎山紫芋，就能卖到十五六元的好价钱！真想不到，"升子"作为始皇帝统一度量衡后的工具，至今还有如此顽强的生命力。

近日到鲁奎山观风，听说有人赋予鲁奎山紫芋一个多情浪漫的名字——"迷你洋芋"。我以为当中的"洋"字并不贴切，给人的感觉就是一种舶来品。其实，这鲁奎山紫芋，正像印第安人种的红薯一样，原本就是鲁奎山先民劳动和智慧的结晶。

之后我们先是听说，世代居住在鲁奎山上的彝族同胞，将因实施扶贫攻坚，集体搬迁至鲁奎山脚下。高兴的是，他们找到了新生活源头；遗憾的是，人们将很难再吃到鲁奎山上的紫芋。继之又听说，人们将对他们就地实施扶贫，而又让我感到非常庆幸。因为我又可以再吃到鲁奎山紫芋，并咀嚼到记忆中的美味。并且，在品尝鲁奎山紫芋时，还会想起，鲁奎山上的另一种佳肴——鲁奎山腊肉。

由于鲁奎山属典型的冷凉山区，植物和动物生长发育非常缓慢，生长期较长。那猪肉的密度也很大，人们将其放到锅中不断水煮，却不能使之漂浮起来。其味道细腻甘香，但却因产量少而重金难求。不难解释，为何有人放着集市里的大块的猪肉不买，而非要买上一头小猪，并拿到鲁奎山上让亲朋好友饲养。

从人与自然的角度观察，山里人的肤色与山体的颜色极为相似，但山外的人却很少知道，世居在鲁奎山上昏暗土掌房里的山里人，付出是如何之多，收获是如何之少。虽然山里也有，鲁奎山紫芋与鲁奎山腊肉等美味和精品，但却很难使他们的生活，发生根本性转变。因此，无论留居山野还是流经城市，我都会默默祝愿他们，能够收获更多的快乐与幸福。

只
缘
身
在
哀
牢
山

雷　楔

—— 一个美丽的神话

题记：辞书云，"楔子"为插入木器榫子缝里的木片，可用于加固接榫的地方。从古人造字可看出，在久远的过去，"楔子"与金属无关。但在这里，所要表述的"楔子"，不但与金属有关，而且与雷神相关。可以说，它既是当地的一个神话，也是当地少数民族自然崇拜和视死如归的一种表现。

长期以来，砍柴、砍树就是居住在哀牢山中和红河上游人们的一项重要生产生活活动。并且，在砍柴、砍树过程中，常常遇到一些又大又粗、又干又硬或又绵又纽，并难以劈开的柴块和树桐。于是，人们就想法找来"黄梨树"和"牛筋果树"等坚硬树种的树枝和树干，做成为木"楔子"，用于辅助破开那些难解的柴桐或柴块。

在制作木"楔子"时，人们往往先将那"黄栗树"和"牛筋果树"的树枝或树干，分别砍断成十多厘米长的木节，再将这些木节用刀斧砍削成小斧头形状。

需要将那些难解的木柴或树桐劈开时，人们就依着木柴或树桐的纹缕，先用斧头将之劈开一个缺口，再把已制作好的木"楔子"紧紧插入木柴或树桐，并用斧头等工具，用力将这些木"楔子"沿缺口打进去，那些木柴和树桐就很容易被木"楔子"崩裂和刀斧劈开了。人们常说"十个大汉子，不如一个烂楔子"，说的就是这个道理。既节约时间，又节省体力，何乐而不为呢？

此外，家乡石头的纹理比较直，人们也常常采用淬火加钢的办法用一些铁块打制成铁"楔子"，并在需要将石头破开之时，先顺着石头的纹理，用铁錾子间隔錾出一些石孔，再将铁"楔子"并列插入石孔内，又用铁锤分别均匀用力将铁"楔子"打进石头内，也能将石头打破成条块状，作为良好的起房盖屋等用材。

听说"雷楔"是小时候的事。那时老辈人常讲，每逢雷雨季节，如看到雷击现象，只管扛着锄头到发生雷击之地用力挖，就能像在红薯地里挖红薯一样挖到"雷楔"。但是，如果雷击被"四眼人"（怀孕女人）看到，那伴随雷击从天而降的"雷楔"，就会在打到地上之后，又被重新收回天宫里。此时，人们若想再挖到"雷楔"，就不可能了。

据说，"雷楔"状如斧头，在打雷时其威力就如"开山之斧"一般，能够轻易将房屋击垮或将大树劈成两半，更不用说能将人和动物击毙了。

家乡农村，不时发生雷击现象，也常听说人畜被打死的情况。有人说，雷击是蜈蚣撒尿冲天得罪天公所致；有也人说，是人们对天公的不敬造成。众说不一，莫衷一是。但如果有谁做出违背天理之事，那些老辈人则会对他说道：多行不义，当心天打雷劈！在过去，山里孩子不懂事，为显示威力，不时会对着天空冲尿，也常被大人责骂：你这个小背时鬼，对老天不敬，要遭天打雷劈！

对于雷击，我虽没有近观，但却远看过。

记得那是一个雨季天，我和玩伴上山拾菌子，并于雨过天晴后，高兴地谈论着一天的收获匆匆往家赶。谈论之余，却突然听到了一声炸雷，吓得大伙都回首去看。只见在那离我们只有一二里许的山腰低凹处，有一根如簸箕一般粗壮的柱状烟雾，不知是从天上插到地下，还是从地上直撑到天里。并且，于数秒之内，那柱状烟雾，就慢慢消散在周围清风里。等大伙缓过神后，就有玩伴对大伙说道："走，我们挖'雷楔'去！"但在目测和想象之后，我们却是一笑置之。

虽然当时大伙年纪尚小，却还稍懂一点自然常识。也根本不信，打雷就会伴有"雷楔"出现。并且，那被雷击之处，不仅离我们较远，还山高林密。即使真有"雷楔"，也很难让我们找到获取。但至今想起当时听到和看到雷击的情景，还心有余悸。

初见"雷楔"，是很小时候的事情。

那时，家里有大人得了肝炎病，"寡鸡蛋"（变质的鸡蛋）生吃过了，鲜活的鳝鱼装进芦苇管里用火烧熟也吃过了，就是不见病情好转。后来听人说，只要把"雷楔"放到水里煮，或将"雷楔"用火烧红后再沏入水里，并喝了那些煮过或沏过"雷楔"的水后，就能将此病治好。于是，全家人立即行动起来，并纷纷前去打听和寻找"雷楔"来治病。结果"踏破铁鞋无觅处，得来全不费功夫"，最终邻居家得知我家在找"雷楔"用于治病后，将自家的"雷楔"送到我家的府上。

记得那邻居家的"雷楔"通体黑漆漆的，其形态如生活中常用的用于砍柴的斧头一般，但却是体积很小，还不到生活用斧的十分之一。看那被摩擦后露出的痕迹，感觉它就是铜铸的。并且，在当时家中大人喝了用"雷楔"煮过的水后，那肝炎病的确好了。只是当时针打过了、药吃过了，该医的医了，该治的也治了，却不知大人的肝炎病，是不是用这"雷楔"治好的。

到自己长大成人，并能感觉到那"雷楔"确实非同一般时，再想目睹它的芳容，那邻居家的人则说："早就不知打失到哪儿去了！"但听着其说话的语气，看着其说话的表情，却让我猜测到了，他家对"雷楔"的是否存在，肯定有所忌讳。

十余年前，当我调到一个新的工作岗位时，则亲眼看见一位和我一起刚刚调入的朋友，手上戴着一枚精美的戒指。好奇地向他打听，才得知他所戴的戒指是用"雷楔"打制。

并且，当时他还对我说，身戴"雷楔"戒指，不但具有有病治病、无病防病的功效，且还是观察身体是否健康的晴雨表。如果所戴戒指颜色变黑，则说明身体不佳，需赶快去看医生；如果所戴戒指颜色又红又亮，则又说明身体健康，尽可放心地吃、放心地喝。并且他还对我说道，身戴用"雷楔"打制的饰物，可消灾避邪，保佑自己一生平平安安。

虽然当时不信这个邪，但却有一点可以肯定。那就是身戴一枚"雷楔"戒指，就像手里捧着一本历史教科书，踱步于历史的长河，背诵着子曰诗云。既能给人以古色古香和地老天荒的感觉，又能彰显一个人的生活品位。

出于好奇，也为自己争一点风光，我开始走向寻觅"雷楔"之路。

问了身戴"雷楔"戒指的那位朋友，他说他家仅有一丁点"雷楔"，被他的父母打成戒指，分给他的兄弟姐妹了。

找了经营和打制首饰的老板，老板说他有"雷楔"，我就专门请他用"雷楔"打了一个戒指，戴在了自己手上。可不知何故，那位老板打给我的戒指却是越戴越黑，并如用木炭擦拭过一般，其不但不能显示华丽高贵，却反而让人感到失去了雨过天晴的希望。况且，自己也没有感到身体有何异样。

回问老板，老板则回答说："是啊！我就是用'雷楔'给你打制的呀！"再问朋友，朋友说："你上当受骗了。'雷楔'虽会变黑，但在其变黑之后，是不需作任何擦拭也能自然转亮的。可你这戒指，在变黑之后却不能自然转亮，看来他只是用一般的红铜给你打制罢了。"后来想想也对，那天老板就是用一

只缘身在
哀牢山

些细碎的"铜状物"混合熔炼在一起，给我打制戒指的，不假才怪呢！

对于此戒指，我是至今不曾将之丢弃。这并非要将之当作美丽欣赏，也并非要将之作为古董传世，更主要的则是为了，既可用之作为以后的参考和比较，也可以通过睹物思想，牢记这次上当受骗的教训。

自此以后，家乡戴"雷楔"首饰的风气越来越浓，且有的人还戴上用"雷楔"打制成的大手镯。并且，大伙也经常探讨和议论，你的"雷楔"是假的，我的才是真的，你的怎么样，我的又怎么样，你的是怎么得来的，我的又是怎么、怎么得来的，也闲聊出了许多神秘离奇的故事。

有人认为，比实际生产生活用具小型化了的铜器物才是"雷楔"；有人认为，只有像斧头状的小型铜器物才叫"雷楔"。其共同之处在于，"雷楔"是古朴而又有刃的小型化了的铜器物。而那些与实际生产生活用器相当的铜器，是不能称为"雷楔"的，即使它们的材质和颜色与所谓的"雷楔"相同。并且，还有人把"雷楔"列为金子范围，按颜色将金子划分为黄金、白金（铂金）和"红金"等种类。说黄金、白金容易从市场上买到，"红金"却难遇难求，甚至比黄金、白金还珍贵。问其何谓"红金"，原来指的就是"雷楔"。

一次在乡下期间，从朋友处听到，有一位"花腰傣"老人收藏着"雷楔"，便怂恿朋友到其家中看个究竟。但说了许多好话，那老人却总是说他家没有"雷楔"。直到后来，是朋友将我的个人简历向老人作了介绍，他才慢悠悠地摸进黑房，拿出一个红布包，在我们面前轻轻打开，而将包内东西呈现给我俩看的。

我俩看了之后，才发现原来那是半把砍刀。其型制和大小，与当今的当地人砍柴所用的弯刀极其相似。通体翠绿，其表面因锈蚀严重，呈现出许多小孔。在产生划痕的地方，则显得非常鲜红和晶莹，一看就知道，其包含了许多生命的记忆和悠久的时光。

问他是不是"雷楔"，他说他也不知道是什么东西；问他东西从何而来，他说是祖传的，传到他的手上已经有好几代；问他价钱如何，他说与钱无关，祖上留下的东西，要留下传给后代。

当时看了此物，虽不能确定其是否为"雷楔"，但却可以判断，它一定是一个古董。原本我是有意收购的，但在听了老人家并没有卖的意思后，只好话到嘴边而没说出来。

后来我在乡下，又结交了一位在乡镇流动赶集，并专门给人打制首饰以维持生计的朋友。日久生情，他送了我一枚"雷楔"戒指，满足了我那一心拥有和佩戴"雷楔"戒指的心愿。

但这"雷楔"戒指佩戴在自己身上后，也许是受空气干湿和体表温差变化影响，其外表颜色也随时间的推移，不断发生变幻。感觉它有时黑、有时红，有时暗、有时亮，有时色深、有时色浅，就像佩戴着的古玉"活"了起来一般，充满灵气。

问他"雷楔"丛何处来？他说从老乡手里收购；问他怎么知道这是"雷楔"？他说人家拿来加工时，都说这东西就是"雷楔"；问如何判断真假？他说只要看它的大小、款式、材质和颜色就行。

后来，不待继续追问，他就情有独钟地侃侃而谈起来。

"'雷楔'虽然是铜做的，但与一般的铜不同。'雷楔'的材质较为坚硬，其颜色也与一般的铜有所差别。红铜的颜色是红了发紫，'雷楔'的内在颜色却是红中带亮，有的还渗透着一定的金黄色。'雷楔'被切开或被打磨后，其质地显得非常晶莹细腻，也比较柔糯和美观。通常人们所说的'雷楔'都是一些小件，什么刀啊、斧啊、锛啊、'犁嘴'呀等都有，比实际用具小多了。作为这些小东西，是根本不可能作为工具使用的，也许真像人们所说，是从天上掉下来的。但也有一些大件，其大小和形制也与实际的生活用具非常相似，其材质和颜色也和那些小件的'雷楔'基本一致。虽说都可用来砍、劈、挖，但

只缘身在哀牢山

毕竟没有用钢铁打制的工具管火。并且，有好多人拿'雷楔'来加工，还不允许用火熔化浇铸，非要像打铁那样，一边火烧、一边'蘸水'地进行打制，并说那熔铸出来的首饰，会失去灵气或散失避邪功能……"

我没有捡拾宝贝的运气，却有幸遇上一位智者。

对于"雷楔"，他如此解释："'雷楔'并非人们想象的是天上掉下之物，傣语叫'懂干发'（天铜），系青铜铸制，为古代青铜器。老人认为，其有一定药用价值，对一些病症具有良好的疗效。至于能医治何病，在古彝文书籍中，也有相关记载。据了解，'雷楔'之所以能治病，其原因在于，铸'雷楔'用的青铜，经过长期氧化能形成附着物，附着在'雷楔'表面，而这些附着物，又恰好是治疗一些病症的良药。一般的铜的氧化物，对人体有百害而无一利，其铜元素的化合价要么二价，要么四价，化学性质非常稳定。青铜的氧化物，化学性质则比较活跃，其铜元素的化合价能从二价和四价转变为三价。这就像决定人们性别的染色体多了一根或少了一根一样，使一些人成为不男不女的'阴阳人'，并让他们既可以显出男性特征，也可以显出女性特征。这就是青铜的氧化物，能用于治病的原因所在。"

临别，他还向我传授了鉴别青铜的方法，以至让我在后来寻找"雷楔"过程中，走上一条捷径。

闲暇之余，查阅相关资料，对雷电成因和与铜有关的问题，作了一些粗浅了解。

雷电是一种自然放电现象。地面的水受热形成水蒸气，水蒸气上升形成积雨云，积雨云的水量越积越多时，云层逐渐向下漂移，并在移动下降过程中，与空气中的一些微粒发生摩擦带上正负电荷，这些正、负电荷又具有相互吸引的用。当云层中的正负电荷越积越多，带大量正电荷的积雨云，就会与带大量负电荷的积雨云发生相互吸引，直至产生相互碰撞，并在碰撞的霎间释放巨大的能量，即发生放电现象或产生雷电。雷电发生时，伴有耀眼的光芒和巨大的声响，因光速比声速快，人们则先看到闪电后听到雷声。同时，由于积雨云中的大量正负电荷，能在周围形成较大磁场，磁场又容易使地面上的一些高大突出建筑物，因静电感应带上正负电荷，并使这些正负电荷，又能与云层中的正负电荷产生相互吸引，最终导致雷击现象。这也是为什么一些高大突出的建筑物，需要安装防雷设施的原因。

按当地人的说法，"雷楔"为发生雷击时的伴随物。试想，在摄氏温度为4度的情况下，纯水的比重为1克每立方厘米，纯铜的比重为8.9克每立方厘米，那么在积雨云中又将如何承载这样一个金属物体？

向许多人作过了解，许多人也相互了解过，谁也没有亲眼看到，有谁在发生雷击之后挖到"雷楔"。想毕，如果真有人在发生雷击之处挖到"雷楔"，那也一定是先前遗存在那里的，或许正好是古人的遗留物，至多也是在发生雷击时，正好让它起到导体的作用。那些被雷击之物，则正像电闸的保险丝一样，在发生雷击时，因电阻太大被毁灭了。

书中说，铜有美丽金属光泽，有较好延展性、导热性和导电性，是良好金属导体。纯铜又称为紫铜，因红铜经过氧化变为紫色而得名；黄铜是铜与锌的合金，用黄铜制作音响器材，所发出的声音较为柔和；白铜是铜与镍的合金，用白铜制作的器皿光亮闪闪，不易产生铜绿；乌铜是铜走银、走金的结果；斑铜分为生斑和熟斑两种，"生斑"采用天然矿石加工而成，"熟斑"经过独特冶炼加工技术加工而成；青铜是铜与锡、铜与锡铅、铜与锡锌，以及铜与锡铅锌的合金，青铜受冷容易膨胀，具有较强耐磨性。

这就不难解释：为何乌铜和斑铜器物在市面上价格高；为何有的青铜器带有金黄色光泽；为何青铜的硬度和熔点比一般的铜偏高；为何青铜造像圆润而丰满；为何在没有铁器或少有铁器的时代，人们采用青铜冶炼技术制作生产工

只缘身在
哀牢
山

具、生活用具、作战兵器以及祭祀礼器。

至于白铜，祖先早在汉代之时就能进行冶炼和加工，其冶炼与加工技术，随着中西文化交流的深入，才逐渐传播到欧洲诸国。古代也好，近现代也罢，人们以铜为主，将铜锡铅锌等金属进行不同配比，加工制作出不同形状的器物，满足了不同时代、不同阶层、不同人们的实用、崇拜和审美需要。

然而铜的化学性质，也是随外部条件的变化而变化的。纯铜经过氧化，能转化成红色有毒物氧化亚铜；氧化亚铜经过高温，又可转化成黑色氧化铜，而氧化铜却能使铜器的表面变成黑色。并且，铜还可与二氧化碳和水蒸气发生化学作用，转化成绿色有毒物碱式碳酸铜附着在铜器表面，即产生铜绿。另外，铜与锡等金属形成合金，并以此合金所制作出的青铜器物，不但具有不易受酸盐等腐蚀的优点，而且它还具有防毒的功能。

这就可以解释，为何那些所谓的"雷楔"：有的呈现黑色，有的呈现绿色；有的为世代流传物，有的为现实出土物，有的又由过去的出土物转变成现今的流传物。也可解释，古人为何要用青铜制作生活用具，又为何要用青铜器皿烹饪食品；今人用所谓的"雷楔"打制成的戒指，为何变黑后又能自然转亮。所以，"雷楔"为青铜铸制，也是青铜器，系生活所用青铜器的小型衍生品。

据骊道元《水经注》记载："商周时期，'濮水'（红河）上游（元江县境内称元江，新平县境内称'戛洒'江和'漠沙'江）有'濮人'居住。"《新平县志》也有如此内容："1968年，戛洒曼贵村出土青铜锄一件，鉴定为战国时文物；1969年，漠沙索普村出土铜锛一件，鉴定为战国时文物；1972年，漠沙拉那村改台地时，挖出青铜斧一把，鉴定为秦汉时文物……"以今而推古，新平、元江一带，也曾经拥有灿烂的青铜文明。

一片片青铜片的召唤，让我那灵魂的云朵和执着的思绪，默默浮现出镌刻在龟甲兽骨上的文字，并无数次历数了结系在一根根绳索之上的一个个记忆的疙瘩。从中尽情猜度了古人的收获，飞越千山万水，来到殷商遗址、四川三星堆、晋宁石寨山、江川李家山等地。然后顺手捡起那一枚"庄蹻王滇"的"古滇国"金印，依葫芦画瓢，找到殷商时期那一个"司母戊"大鼎。继而燃起熊熊的烈火，用"司母戊"大鼎，烹制出馨香的牺牲，并戴上三星堆的青铜面具，加入古人的化装舞会。直至在江川的"牛虎铜案"上，摆上一个让我获得快乐的天平，并驾驭起北方的"马踏飞燕"，穿梭于时光隧道，以切身体验和感悟，大鼎的庄严肃穆、青铜面具的神秘莫测和"马踏飞燕"的飘逸空灵，以及那"牛虎铜案"的动静和谐之美。

青铜器为今人把握古人脉搏、嗅闻古人气息、聆听古人声音、观看古人形象，铺上一条快捷的天路，装上一道透视的天窗，也为自己找到一条脱胎的脐带和包裹的衣包。

依智者所言，"雷楔"系青铜制品，其铜元素的化合价能因阴阳变化，从二价和四价分别转变为三价，并能给人用于入药治病。其有无科学依据，自己不得而知，也无法进行科学考证。但究其如何产生、用途何在，却是一个长期隐藏于自己心中而求之不解的谜团。

近日，偶然从电视画面上，看到"徽江金莲山"古墓葬发掘情况，并进而看到一些刚出土的青铜器物，在大小和形制上与自己所接触过和见识过的"雷楔"有着诸多的相似之处，于是则突然悟出，新平当地人所指的"雷楔"，其实就是古代死者的一个个随葬品。也就是说，它们是一个个冥器。

在我国，历来就有视死如归的传统，古人也经常将一些死者生前生活与使用过的器物用于随葬。只是到了后来，才慢慢演化成用仿制品替代，这就像古人用泥塑的钱币替代真钱，并用于随葬死者一样。也就是说，这所谓的"雷楔"，其实就是古人为敬重死者，有意仿制的意象化、缩小化了的生产工具和生活用具，绝非被人们神化的雷击附属物。它正像人们烧给死者花费的"纸钱"（冥币）一样，也是一种象征。

至于当今发现的大件青铜器物，和材质形状与其基本相似的"雷楔"，其实就是古人的生产工具和生活用具及其仿制品。只是人们在其终了后，有的将之作为随葬品随葬，有的没有将之作为随葬品随葬。因此，就出现了世代沿袭的青铜器物和后来出土的青铜器物，以及小型化了的青铜器物"雷楔"等情况。

虽然真实意义的"雷楔"子虚乌有，但它却是仿制当时生产工具和生活用具，随葬给古代死者的随葬品。因此，可以说"雷楔"作为冥器，几乎是与死者同时代的产物。但"雷楔"作为一种文化载体，人们仅把它作为消灾避邪、调节审美情趣之物，打制成戒指和手镯等进行佩戴，其愿望虽好，却未免有些令人可惜了。

在此，我只想借苏东坡先生《石钟山记》中的名句与读者共勉："事不目见耳闻，而臆断其有无，可乎！"

只缘身在
哀牢山

养猪过年

养猪过年的习俗，不知沿袭了多少朝代。事到如今，只要一听说有人喊杀年猪吃，心里仍会异常奋兴。

印象里，家里能养猪过年，始于二十世纪七十年代初期。虽然当时自己只有八九岁，家里却有两三个哥姐工作了。开始是哥姐出资，让父母买本地尖嘴猪来养，后来发展到从江川买拱嘴猪。这主要得益在乡下工作的姐姐，可以从粮管所廉价买上一点米糠；在单位搞采购的姐夫，较先从江川引进了仔猪。

那时，父母的责任是，去哑巴水库脚的自留地里，栽一些猪食叶，或于出工做活、收工回家之余，把猪食叶切好煮好和将猪喂好。哥姐的职责是，随时保障有米糠来喂。不然，仅靠生产队分给的那点粮食所碾磨出的米糠与麦麸等，如何能将猪喂饱和喂好。我的任务，就是四处找野猪食，或按大人吩咐，去烤酒厂买上一点酒糟。

每逢读书放学，或星期六、星期天，我则会经常约上一些小伙伴，一起去野外找野猪食。许多猪能吃的，如指甲菜、小米菜、竹叶菜、灯芯菜、鼻塞菜、民国菜、蓝靛花叶、丁香花叶、水葫芦、水浮萍，以及苦刺花、仙人掌、芭蕉根等，都是在那时了解的。

可找野猪食却是既辛苦又麻烦的事。于我而言，最惧怕的是讨苦刺花，最乐意的是捞水浮萍了。春暖花开，我们常去山脚的坡地边讨苦刺花，但苦刺花蓬刺多，容易戳手，每去一次，无论自己怎样努力，至多只能讨得那些心灵手巧的女孩的一半。捞水浮萍则不同了，我可以在水田的水口之下，用解放草等堵起，使从水口流出的浮萍不断堆积；也可以借助长长的细竹竿，把分散于水田里的浮萍，像风吹云彩下雨一般慢慢赶拢，要么直接用粪箕捞，要么用泥巴轻轻围起，然后既捞水浮萍又拿小鱼，并满载而归。至于稻田里的浮萍，则不得不用漏瓢一瓢一瓢慢慢捞之。

人们常说，用酒糟喂猪能给猪催膘。每当猪长到半个架子之后，家中大人就会让我去酒厂买上一些酒糟。虽然要去求人并用谷箩尽力挑，但为了能吃猪肉，我却不与大人斤斤计较。

当时的养猪政策是，哪家想杀猪过年，必须于杀猪之前，先平价交售一头肥猪给国家；或于杀猪之时，将所杀年猪剖成两半，一半交售国家，一半留给自己。并且，所交售肥猪，还有一等一百多市斤、二等九十市斤以上、三等七十市斤以上之分。其收购价格，一般三等七角、二等九角、一等一块多一市斤。至于所收购的所谓肥猪，则由当时的食品公司宰杀之后，再按鲜肉七角一市斤左右，凭票供应非农业人口。

那时我家养猪，每年至少都在两头或两头以上。保证了，能在交售一头给国家的同时，至少再杀一两头留作自己享用或变卖。刚开始那一两年，家里养本地猪，本地猪嘴尖毛长、架子小、不肯吃不肯长，往往要养将近一年，才能达到两百斤左右并进行宰杀。到后来，发展到直接从江川引进拱嘴猪。那拱嘴猪架子大、肯吃肯长，吃食时嗒嗒作响，就像骏马奔马一般，只需半年多，就可长到两百多市斤。若能养上一年，更是可长到三四百斤，着实让家人高兴了一阵子。并且，因我家猪圈就在上县医院的公路边上，常引来过往行人围观和夸赞。到后来，养拱嘴猪的人家多了起来，才不足为奇、不足为怪。但当时却有人说，拱嘴猪的肉没有本地猪的肉好吃，我的感觉也是如此。但那时，能吃

只缘身在哀牢山

上猪肉则不错了，哪还能挑肥拣瘦。

只不过，我家虽连年杀猪，却没有一个会杀猪的人。尽管大姐曾经尝试，也仅是将猪杀得嗷嗷直叫，却不能将猪杀死。因此，只要我家杀猪，就得请人代劳。将猪杀好之后，还要请其吃饭喝酒，并割上一块猪肉让其带走。但我家杀猪也有讲究，就是在杀猪之前，同样要像交售肥猪给国家那样，将猪喂好喂饱，让猪不枉来到世上。

通常情况，杀猪头天，要在我们三眼井井旁及我家的竹棚树下，将灶挖好；杀猪当天，早早起床，将水烧好；然后是捆猪、杀猪、拔毛、刮毛，并开膛破肚等，其情景极为壮观热闹。

猪杀好后，家人往往要把猪身上最好吃的部位留下，并就着新鲜现实整吃。至于吃法，可说千奇百样。当中就数用煮熟的三线肉，蘸葱花、芫荽、大蒜、老姜、辣椒以及甜酱油做成的蘸水吃，最为得意和爽口，且每一次，我吃了近半碗都还不过瘾。在自家吃的同时，还不忘街坊邻居，年年都要将煮熟的猪肉，每家一碗送到三眼井的十多户人家手里，以表邻里团结和亲切。然后才是炼猪油，将下闸肉、肋条肉以及前后腿挂成腊肉；将猪骨头罐腌成腌骨鲊；将大肠、小肠装成豆腐肠、香肠晾干；将猪头肉腌成萝卜丝；……而连年有余。

到后来，自家的猪肉，除了该腌、该挂的以外，还出现了大量结余。于是，家里人说，还是银钱好使，就拿到了街上变卖。并因有文化、有工作的哥姐出面不方便，而让没读几年书的我去算账收钱。有时还会在猪肉卖完，并回家点钱之时，受到哥姐说我少算少收的责怪。

古时造字就知，不养猪，难以成"家"；如今农村，更是几乎家家养猪，并有许多养猪专业户和专门收猪、杀猪卖的人。但却是，好吃难长的土著猪，已断子绝孙；喂熟食的猪，大多自家养了杀吃；街上所买的，却怎么也没有现实所杀的喂熟食的猪的猪肉好甩。

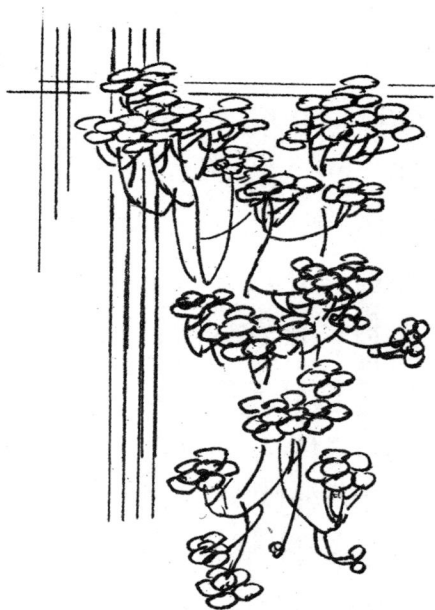

只缘身在
哀牢山

舂粑粑　过年了

身处寒冬，冷气迎面袭来，只要想起，小时过年舂粑粑的情景，全身也觉暖和起来。

临近年关，一听说舂粑粑，小伙们就异常兴奋。不用大人吩咐，也会自觉上山，如小猴子一般，一个个爬到一棵棵小松树上，一把一把将舂粑粑所用的松毛提前撕回家里。

那时，街坊邻居有石碓的人家不多。过年舂粑粑，几乎集中于同一时期，若想舂粑粑则不得不进行排队。此时，没轮到舂粑粑的人家，除在家做好淘米和蒸煮米饭等准备外，如有多余劳力，就会去舂粑粑那里帮忙。小伙伴们则不用大人安排，都会自觉集中到舂粑粑那里守候。名义上去看何时轮到自家，实际上想趁热贪上几口口福。并且，在大人热火朝天舂粑粑之时，要么手托两腮蹲在碓窝旁，定睛观看如何往此起彼伏的碓嘴上，快速拨弄又黏又烫的粑粑；要么站没站相站在桌子旁，静心观察如何将粑粑搓揉成形；或在大人踩碓舂粑粑之时，有意无意插上一腿。让大人既嫌我们绊手绊脚必须进行打发，又觉可怜勤快应当给予奖励，并随手捏上一团尚未搓揉好的粑粑递给我们。也让我们如猫叼干鱼一般，在手颠、嘴咬而快速离开的同时，还要回头看看，生怕到手的粑粑被什么动物或什么人给叼走与抢走。直至狼吞虎咽将粑粑吃进肚里，被烫得冒出热泪，方觉酣畅淋漓与心情快慰。

当快轮到自家舂粑粑时，我们就飞速回家。告知大人赶快将甑蒸米饭抬去舂粑粑的同时，还忙于将家堂板、家堂桌以及长长的舂凳收拾干净，并在上面铺好垫粑粑用的松毛后，又飞快跑去舂粑粑那里守候。然后就是用筛子、簸箕等工具，将已舂好、揉好的一大块、一大块的糯米粑粑、紫米粑粑，以及一大筒、一大筒的香米粑粑，抬回摆放到铺好的松毛之上。

隔一两天粑粑被阴干，家里的大人就会用松毛将之捂起，并待其被捂了生花之后，再用刀子刮洗干净而用清水泡起。并且，在大人翻弄粑粑时，常常听到"生红花，红米好；生白花，白米好"那期盼一年更比一年好的话语。

但在过去，生活条件比较艰苦，不是家家都能舂上粑粑，也不是户户都能舂上许多粑粑。因此，吃粑粑也要像其他好吃的东西那样省着吃。并且，也能不时听到，你家舂了几升，我家舂了几斗，我家今年没有舂等，向人摆谱和诉苦。

可我们小娃娃，却不管这些。只要粑粑一舂好，就会如烧粑粑等不得熟那样，隔三岔五催促大人不断整粑粑吃。但在吃的时候，还是要在心里暗自内定吃粑粑的先后次序。一般情况是，先吃手塑的糯米小粑粑，再吃用案板压制成的有着各种好看图案的香米小粑粑，然后才吃那大圆盘形的大糯米粑粑和圆筒状的香米粑粑。至于紫米粑粑，则相当金贵，始终要放到最后，当中或许包含了，我们也想让生活从头香到尾的意思。仅说那被压制成各种形状和图案的好看又好吃的小香米粑粑，就很让人难以下口，毕竟所舂粑粑终有吃完的时候。

吃粑粑的传统习惯和方法很多，且各有讲究和各具特色。最简单的是蒸吃，但渗透进的水分，却让香味明显下降。如用火烤，虽香气实足，却容易上火，吃多还会出现牙痛等毛病。因此，在烧粑粑吃之时，人们常常将刚烧熟的粑粑随手丢在地上，以落落地气，并待其稍稍冷却后，再捡起食之。且在吃的同时，还一边嘴吹粑粑、一边说着"粑粑掉地不沾灰"的话语，进行自我安慰。至于粑粑烧熟之后，既可不加任可调料就吃，也可用红糖、白糖、酸腌菜和老人所做的面酱等进行下之，那味道则是一种比一种更加美妙。如用红糖、白糖煮吃，其味道不仅非同一般，且还能给身体提供大量热量。所以，人们煮糖粑粑吃时，大多选择在较为寒冷的时节。此外，还可将粑粑用油煎后，放上少许盐巴进行食之，也可将粑粑拌上鸡蛋小粉并用油炸后，再蘸白糖吃之，那也是另有一番风味。

若说家乡新平，最得意吃法，莫过于将粑粑炒吃了。如何炒呢，一要锅"辣"（很烫），二要油多，三要辅以各种原料和调料。炒之前，要将所需的各种原料和调料准备好。粑粑要切成厚三四毫米的方块形的片状，蒜苗要切了有两厘米左右长，本地酸腌菜要进行切碎，本地香腊肉要切成厚三四毫米、宽一厘米、长两厘米左右的条状；炒之时，将锅烧"辣"，并放入大量食用油，在油快沸腾之时，先将腊肉倒进锅里进行搅拌，再将粑粑、蒜苗、酸腌菜混合倒进锅里，并在加入适当味精、食盐和酱油之后，又用锅铲进行不断搅拌和滚翻，待将粑粑炒软，就可全部铲出进行食之。所炒出的粑粑，既可当饭，也可当菜，那味道相当特别，简直是妙不可言和难以形容。

现如今，生活条件好了，社会分工也越来越细。春粑粑不一定非要在过年，吃粑粑也不一定要到过年才能吃到。什么时候想吃，都可以上街去买。若买回后一时吃不完，还可用塑料袋紧紧包好和扎起，并沉到清水之下与空气进行隔绝，也省去了上山撕松毛捂粑粑的麻烦。但不知是嘴吃腻了，还是其他原因，去买粑粑时，家家都说他家的粑粑是用真正的本地粑粑米（香米）、糯米和紫米春的，可在买回来吃了之后，那味道却没有从前的美好。

只缘身在
哀牢山

最后的祭祀

艰难行程

2014年农历二月十三，是一个春暖花开的日子，新平文联美术家协会部分会员，应扬武镇丕且莫村委会之邀，参加了在鲁奎山马腊依旧村的祭龙仪式。

几位美术家早上八点多出发，九点多抵达现今扬武镇丕且莫村委会。原指望即刻上鲁奎山，却因车子底盘太低，只好想法更换车子。但一等就等到吃过中午饭之后。

过去保养得光滑平整的柏油马路，已被历史车轮辗压得凸凹不平，坐在车里总是不断摇晃和颠簸。还不能随便打开那没有空调的车窗，稍不留意，就会有车子扬起的灰尘扑面而来。尽管车内非常拥挤，我们却别无选择。

车子在弯曲的山梁上爬行十四五公里，才上到鲁奎山山峰下的马腊依旧村。昔日鲁奎山上那热火朝天、机声隆隆、人声鼎沸的采矿景象已不复存在，留下的只是山体上那遍体鳞伤和倒塌房屋的残垣断壁，以及那覆盖大部分山体的废弃沙石……

村里物景

身边的一位村干部介绍，祭龙就在马腊依旧村后山侧面的一个小山包上。问为何要在那里，他说约定俗成。并说祭龙仪式还没开始，可以先到马腊依旧村办公室休息。

在他引领下，沿进村道路，穿过残垣断壁旁，步行到办公室门外。

站在门外往里看去，却是一片狼藉。久已没使用的桌椅板凳上，糊满了一层厚厚的尘灰。见有人正忙于打扫，我便天真地问村干部："小时听家父说，解放前马腊依村炼过钢铁。用'马腊依钢'打造出的菜刀等工具，相当地坚韧锋利……至如今，是否还有当年炼铁的炉子和锻造工具？"

"哪里还有！"

话虽如此，但我们还是选择四处搜寻原始遗迹和返璞归真的东西。

穿行村中巷道和残垣断壁，仅发现一些烂磨、烂瓦罐等破烂玩意儿。爬上"土掌房"后，却看到远处美丽的风景：山上、山下和山外，被一条条公路连接，鲁奎山下，河的这边属新平，河的那边是石屏……

不久，村干部站在村后山坡上大声叫唤："祭龙开始了，上来看吧！"

神秘祭龙

听到喊话，我们就向着村后山爬去。没爬几步，就看到一个成年彝族男子，正坐在树林低凹处并正用山草悠闲自在地搓着一根已堆成了一圈又一圈的粗绳。

问他有何用途？他说："要将那一小块祭龙的核心地团团围住，以防邪魔侵入。"问他有何讲究？他说："一般年份搓十二'排'，闰年年份搓十三'排'。"

将它留作纪念，我们又继续向上爬行。继之，又看到两道用树棍做成的简易之门。门上三根直插树棍的根部和顶部横梁，分别用山草捆绑着。其中两根直插树棍下方，分别摆放着两个装有清水的小碗。若想进入祭龙圣地，务必要躬身先从右门进入并绕过左门，再从左门绕过右门。且还必须用手指分别去轻蘸那树棍下的两碗清水，以示洗净一切污垢和尘埃。

成年女子是一概不允许进入祭龙圣地的。如有稍大一点且还不谙世事的女孩非要闯入，那一定会受到大人训斥。纵然无法阻止，也要被指令在那两个小碗的清水里涮手，并让其到龙树下方，虔诚地向着龙树连磕三个响头。

进入祭龙圣地，每一个人都要到龙树下方，向着龙树跪拜与磕头。且在磕头之后，还要从砍来的树枝上，摘一片叶子塞进衣袋，以祈求吉祥如意。

随后，人们分工合作忙碌起来：有在祭坛上插植物枝叶，并摆放五谷杂粮等祭祀物品的；有宰鸡并将流着血的鸡抱去，用鸡血蘸涂祭坛旁的树木的；有杀猪并将猪身上的脖颈及内脏等，拿去敬献树神的……

最为精彩的是将猪杀倒后，猪毛也不刮，大伙就齐心协力，在那猪的右肩胛骨处用尖刀开口，并不断将猪肉挖空和割开，而用手不断将猪肉掰开，然后又生拉活扯地将猪的右肩胛骨上的"扇子骨"取出，最后又将这"扇子骨"用牢实的线拴起，并系挂到龙树的一根枝条上，以祈六畜兴旺、风调雨顺和五谷丰收。

负责祭龙的人讲，每年祭龙都要将一个"扇子骨"系挂到这一根龙树的树枝上，如果历年积累，这些"扇子骨"没被松鼠等动物叼走，则预示彝家人的生活更加幸福甜蜜。

祭龙快结束时，我们开始下山，没走几步，又看到有人正用一种树木削制尖尖的木器。问其原因，则是于祭龙结束后，要将这些木器用绳索拴起，并系挂到各家各户的灶台上，以阻止邪魔进家。我则妄加猜测，祭龙的最后礼节，无非是人们再一次分别向龙树磕头，然后就一起忙做吃的活计。

最后的祭祀

回到马腊依旧村办公室，发现那办公室已被打扫得干干净净。深有感触，房屋要有人住才成样子。村中那些房屋的倒塌，则是没人管理的原因。

见人们祭龙回来，办公室外的场院中，立刻响起来自石屏"花腰彝"那走圈拍掌和唱歌舞蹈的旋律。

受异域风情吸引，我借题发挥问道："这里的烟盒舞不是很好看吗？为何要请石屏的'花腰彝'？"

"你不知道啊！自从我们搬到山下定居后，村民们是外出打工的打工，包地栽的包地栽，特别是那些能歌善舞的年轻人，更是很难召集回来。"

"这么说，源自鲁奎山的烟盒舞将难以传承了？"

"怎么会呢？'墙内开花墙外香'，你不是不知道。扬武镇和新平县城的民族广场上，不是天天晚上有人在跳烟盒舞吗？"

继而他又感叹："可惜了，最后一次到这里祭龙了。明年就要在新村重新选址。"

"为什么呢？不是约定俗成吗？"

"上山祭龙实在太不方便。"

"这么说，若想再吃可口的鲁奎山紫芋和哈腊肉，已不可能了？"

"现在不是照样有人返回鲁奎山栽种和养殖吗？"

家乡新平，向来有"高不过鲁奎，大不过磨盘"的神话。想当年，鲁奎山红火的时候，这里可是一派欢乐繁忙的劳动景象。鲁奎山集团，也走出一条带动当地致富的"鲁奎山之路"。世居在鲁奎山的部分彝族村民，也因打工或捡矿石卖等，开始逐步摆脱贫困并富裕起来。可是，近三十年的不断开采，却使铁矿由"露采"转变成坑采。也使当地彝族村民渐渐失去了靠矿石致富这一重要经济来源。

虽然有人曾不断为他们的生计出谋划策和想尽办法，包括自己耳闻目睹的在高山修建蓄水池等措施，却不能根本改变鲁奎山古往今来山高坡陡、严重缺水和"栽'一皮坡'，收'一箩多'"的无情事实。

为此，有人另辟蹊径，正在有计划、有步骤地对鲁奎山山民实施整体搬迁，并有意将他们搬迁到交通便利和生存环境较好的扬武集镇。

在此，不想说"有阳光就会有雨水"的道理。只想说，此行的目的，是要将源自鲁奎山的丰富多彩的民族民间文化，不断地展现在丕且莫新村的墙体上。不求流芳百世，只求民族文化发芽生根。"最后的祭祀"，就是一幅最好的历史与现实交替的画卷。

只缘身在
哀牢山

只缘身在哀牢山

青山环抱家乡

很小的时候就知道砍柴。因为砍柴，结识家乡不少山水。深有感觉，家乡就像被装在一个青山环抱而成的大盆里。因为家乡周围全是山，可以说家乡就是一个由高山圈围起来的小盆地。虽然它不能和四川盆地等大盆地相提并论，但就是这么一个小小的盆地，不仅仅容纳我的家人，也能容纳家乡的几万父老乡亲。

家乡习惯，坐北朝南的日子已经很长，家乡的人们也习惯将家乡对门之山，于过去叫大旗山，于今日称照壁山。称它为大旗山，因为它像一面旗帜，向着东方迎风飘扬；称它为照壁山，因为它像过去那四合院里的影壁，既能挡住屋外人看到屋内人的规律，也能阻止屋里人看到屋外人的精彩。

家乡背靠的山，名叫五桂山。但与其称之为五桂山，不如称之为"五跪山"。原本它是由五座连绵的山峰组成，就像人的五个弯曲手指，被有序排列起来。只是家乡的人们图的是一个吉利，也希望家乡能像桂花那样香飘万里，所以才取了一个谐音，让家乡的山水有了一个五桂山的名分。正因为家乡有了"五桂山"，家乡才有桂山镇这个因山得名的姓名。

家乡西面的山，名叫五花山。称它为五花山，系传说里的荷仙姑向王母娘娘献寿时，路过家乡撒落的五色蒸糕所至。至于家乡西北面的凤凰山，西南面的文笔山和小团山，东南面的光头山，正东面的小横山、大横山和老伍山，以及后来才知道的磨盘山，都是家乡的一个个美丽景象，当中的传说故事，能装满一个个很大的箩筐，很难让人一五一十说完。并且，当中还有许多传说形象地说，家乡的这一座山和那一座山，就是很久很久以前，这一位神仙和那一位神仙从这里或那里背来的。我呢，正是在这一座山和那一座山之间，以及它们的神话故事里不断成长。

山有了，水在哪里呢？于家乡而言，那就是山有多高、水有多长。因此，家乡便有一条发源于磨盘山的"清水河"与一条发源于文笔山的"昌源河"，汇合成悠悠平甸河穿城而过；也有了河水东流、绕过山梁，并通往大开门的美丽风景。

世间没有不透风的墙，也没有不漏水的盆地。一切因为家乡有了大开门的方便，家乡的群山怎能阻挡山里与山外的交往？

心仪哀牢山

上山的日子，心里常常感叹，也爱奇思妙想。家乡怎会有这么多大山呀？虽然"爬惯的山坡不嫌陡，在惯的家乡不嫌丑"，它们并非高不可攀，但也是道路坎坷、行路艰难！我不知家乡的人们，为何非要开门见山。学习愚公移山，是何等困难？谁能像神仙一般，开山劈水、移山填海？将眼前的一座座大山悄悄挪走，让家乡的土地变得更加美丽宽广？

下山想想好笑，能开山劈水、移山填海，只不过是在神话和传说里出现。好多时候，人们在大自然面前，只能讲如何适应大自然、保护大自然，而不是变着戏法去改变与战胜大自然。倘若人们真能力所能及、心随人愿，改变和战胜大自然，那却应另当别论。只是也常听人说，家乡除了周围群山之外，还有许多山外山、江外山，这又哪是谁想挪走就能挪走的？再说，有山有何不好？山中出灵芝，山中产美女，说不定山肚子里还蕴藏了许多金娃娃呢！这都是那些无山和少山地方难以比拟的。因此，作为一个人，应当量体裁衣、看菜吃饭和顺其自然。不然，怎会有"到什么山唱什么歌，上什么山砍什么柴"的说法，也不会有"松下问童子，言师采药去；只在此山中，云深不知处"等美妙诗篇流芳。

直到有一天，和朋友观山望景，首次于朋友口中听说哀牢山的名字，并得知了哀牢山主峰"大雪锅山"在自己的家乡，是如何、如何美丽漂亮。并且他还说，哀牢山是云南的一个分水岭，山脉横跨几个州县，家乡的照壁山、五桂山、光头山等，只是它的一个个小小的片断和风光。

我知道朋友是道听途说和个人猜想，也知道山外有山、山上有山、一山更比一山高等，美好事实和真实愿望。还知道家乡的光头山，是自身长不出高大植物，远看像一个人被剃了光头一样。却很难想象，"大雪锅山"因何得名，是一个何等美丽模样？

神游美丽傣乡

千里之行，始于足下。成行，需要时间准备思想。

高中的闲情时光，有哥哥在几十公路外的戛洒坝里忙活，不假思索搭上顺风车，风尘仆仆、顺风顺水前去探望，经历平生第一次下乡。

目睹戛洒江的悠悠流淌，达哈河与南恩河的情意绵长；目睹热情似火的木棉花开，"傣乡·欢腾"的田园风光；也目睹以戛洒江为标识，被人们称之为江外山的山……

有风韵成熟的"弥傣"，在秧田里收获泥鳅和黄鳝；有"小荷才露尖尖角"的傣家"罗卜少"，在南恩河里光着屁股戏水冲凉；有糖厂三个一伙、五个一群的年轻男女职工，在南恩河里风言风语调侃和漂洗晾晒衣裳；有较早工作、未成年的初中毕业或未毕业的非农业的女同学，与外地州姑娘和当地傣家"罗卜少"一起，好奇追着因羞涩躲避的曾经的同学小伙，到宿舍里进行集体围观，让这一个叫同学的小伙，脸红得无处躲藏……

哥哥解围："她们以为你是新来（工作）的。将来有一天能工作，最好选择戛洒，顺便在这戛洒街上，找上一个傣族小姑娘，让年迈的父母早日心安。这些'罗卜少'，个个长得像刚刚水碾出的大白糯米一样。"哥哥越说越添乱，让我深感颜面如火烧一般。

一切因为地理好啊！戛洒街才会有这么多人来来往往；一切因为山水好啊！哀牢山中才会出现戛洒街这个风景迷人的沙滩！好山育好水，好水酿佳人，戛洒街才会有这么多穿红戴绿、银铃叮当的漂亮傣族小姑娘在花街徜徉。

那时不知傣家人为何喜欢"干黄鳝、腌鸭蛋、二两小酒天天干"，也不知木棉花为何开得热情奔放，更不知秧田里的黄鳝，为何容易受骗上当，总是往傣家大嫂在田埂下布好的黄鳝笼里钻。风景能够让人情痴迷，美丽能够让人心飞翔。当时心想，一个农家子弟，找一份工作，确实不易。真有那么一天，戛洒街则应当是首选的地方。

虽然后来，未能如愿到戛洒街工作，也没能找到一个傣家小姑娘天天守在身旁，但却因在县城拥有稳定工作，获得亲密接触戛洒的机会。

于是，我不断用旧瓶添加新酒，多次深入戛洒后山，仰望"南恩大瀑布"的宏伟壮观，目睹"岩旺土司府"的精致大方，痴情神游金山垭口原始森林的秀丽苍茫，流连忘返石门峡风景的一道道天门洞开和一幅幅醉人画卷，以及茶马古道上，山间林响马帮来的天籁之音和海市幻影。久久回味春夏秋冬，哀牢山的山、树、花，总是那么青、奇、香；哀牢山的水和雾，总是那么冰清凛冽与神秘莫测……

后来，又多次亲临距戛洒十多公里、同样有"花腰傣"伴水而居的水塘，近赏了同样源自哀牢山的"大春河、棉花河"等美丽河流，并远观了哀牢山上的大帽耳山。想来，当地人称之为大帽耳山，是发挥了丰富的想象，将它理解为哀牢山的耳朵。我的美好印象，这大帽耳山，其实是哺育家乡的乳房上的乳头，让我非常向往。

盼来星星，想盼来月亮。很小的梦想实现了，很大的梦想则诞生了。

意想不到，参加工作近三十年，会有那么一天，领导让我们陪同市里的专家学者，进哀牢山中的大山心里考察。并当场追问："上不上'大磨岩山'？"回答则是："只到'大雪锅山'。"如此追问，是因为过去存在一个错误判断，说"大雪锅山"为哀牢山最高峰。后经专家精确测量，才认定"大磨岩山"是哀牢山最高峰。其海拔3166米，比"大雪锅山"高出29米。我虽然对不能上"大磨岩山"感到遗憾，但"大雪锅山"，却同样让我神往。

亲近大帽耳山

一个春天的日子，一行二十多人的队伍，穿越情人谷，蹚过峨德河，巧渡戛洒江，进入水塘。在水塘集镇上吃过中午饭，听取简单情况介绍后，就匆忙一路盘山而上，而到了水塘大帽耳山。

刚下车，人们兴奋起来。面对周围美丽景象，有的眼观六路、耳听八方，慢慢欣赏；有的鸟飞鸟语，跑去围着火红的马樱子花照相；有的迫不及待、手忙脚乱，去亲近那一座高不过几百米、并由许多奇石天生成就的大帽耳山。虽然大伙都是吃惯见惯、见多识广的人，但此时此地，他们就像一群刚刚下课的小学生，由严肃紧张变成轻松活泼。我也不甘寂寞，忙去给他们不断添乱。

一阵欢快和嬉闹，我则收拾野性，用审视的眼光和冷静的思想，去慢慢解读现实的人文风光。不知不觉，步行到大帽耳山前，并发现一串石级和一道院墙，猜测到石级之上、院墙所圈围的应当是一座庙宇。

目睹院墙门外系在山茶花树上的一条条纷纷飘舞的红丝带，既让我想起山东泰山顶上的庙宇和殿堂，也让我联系起河南登丰嵩山之下的少林寺。能感觉出这里常有人来，也感觉到这里地广人稀，来人不会太多，是一个偏远和安静的所在。但地广人稀之地的山里人，与地窄人多之地的城里人一样，都在共同追求幸福和吉祥。

进入院门才发现，庙中有庙，或者是庙中有妙。

眼前有一个上百吨重的大石头，仔细观之，却有鼻有眼，像一条大鱼身体的前半部，且腹下悬空，被一个上吨重的小石头支撑着。心里暗自感叹，真是千钧一发、"直力"能顶千斤。与北方马踏飞燕和江川牛虎铜案相同的是，它体现了动中有静、静中有动的平衡之美；不同的是，一方面充分显示人工技艺的精巧和人文之美，另一方面则完美展示天地造化之神奇。站立其下，自下而上或自上而下，将之与大帽耳山整体联系起来观看，整个大帽耳山就像是一块，被一条大飞鱼背来安放在这里的镇山之宝。

这时，一位身背小孩、手提香纸的少妇，从院门外走了进来。近而观之，皮肤虽然微黑，可那正值哺乳期的轮廓分明、性感成熟的身体和凹凸有致、微黑发亮的脸蛋，还真耐人寻味。问了同行，说是附近的彝族村民，为求如意平安到这里烧香。好奇心使然，我就尾随身后，向"大飞鱼奇石"右旁的庙里走去，并身前身后围着她转，用我的眼睛和相机，将她的所作所为，及其美丽倩影收拾干净。虽然没发现她有反对意识，但却能从她的行为之中，以及身体和脸上，及时捕捉到她对神灵的一片虔诚之心，还有那因为我的出现，有时所表现出的不太自然，或更加美丽迷人的羞涩之感。

我不知道人们是如何看待美女的，凭个人审美经验：前观脸、胸和大腿，后赏颈、腰与高臀。是这位彝家美女的出现，让我联想到水做的傣家小妹的柔糯、美丽与清纯；并让我感觉到山野的扑朔迷离和山里人的朴实厚道之心，以及粗犷豪放之韵；且还让我联想起了我的家人和一个个亲戚与朋友。我也是结过婚的人，我也有年轻的时候，我也有我的家庭，我也有我的亲戚和朋友，我也希望我的家庭家和万事兴，我也希望我的亲戚和朋友永远幸福吉祥如意。有道是：有缘千里来相会，无缘对面不相识。正如今天一样，如果没有此次哀牢山之行，我就不可能与身边的这些老师一同前来和一同前往，也很难与他们当中的好几位结识，成为朋友和兄弟。相逢是一首歌，相识和相知都是一种缘分，许多美好的机缘与运气，也总是那么容易与人们擦肩而过。

其实，这所谓的庙，仅是一个山洞。虽没有山外庙宇大方，却比山外庙宇神奇。

庙外既没有正式命名的名称，也没有显著的识别标志，但在洞口的左下旁，则斜躺着一块既破旧而又很小的石碑，碑上还阴刻了一些不古不今的文字。在洞口右旁的石壁上，不知何年何月何人，用何颜料随意涂鸦了几个让我们既看不清爽也读不太懂的象形图案。但从洞口下那不太平整、却很光滑的人工踩过和摸过的痕迹则能看出，有人来此的历史悠久。洞内非常简单，充其量不超过二十平方米。光线很暗，却有十几根如意蜡烛昼夜不灭照亮；地面高低不平，却因有那十几根蜡烛的照明，让进去的人们有了很好的方向感；也让人们能够因势利导，在那些高低错落的石包上，摆上让他们没完没了进行跪拜的心中神灵和偶像；虽然我们察言观色依次揣摸了对方，还是分辨不出，这些粗劣的轮廓不是很分明的高矮不过几十厘米的所谓的石像，是哪一路神仙和究竟长成何等模样；既让我们因为得不到世上高人的诠释和指点，抱着一个个不能释怀的谜团，也让我们不知道这个所谓的庙宇究竟还有没有人管。

走出洞口，我开始想象，这大帽耳山的人文和自然景观，与其他地方相比，还真是有着许多不一般，会不会还有更加美丽的景象？于是，我又拉开相机变焦镜头，对着大帽耳山的山体，依次反复搜索和观赏，并于偶然之间在山体顶部的东南端，突然发现一个千古形成的巨石奇观。即一个自然天成的巨石雄狮头像，正在那里对着西南方向瞻望。随之，我就机不可失地反复将之收入相机进行反复欣赏，并左看右看都感到它是那么雄奇和自然。不知我是不是第一个发现者，但是与不是，我都要把它拿给那些想看而看不到的人尽情欣赏。

开始时候，听人们传说，我知道大帽耳山，就像哀牢山的顺风耳，能够听到天籁之音和一切时光回响；后来日子，到水塘作了远观，我想象大帽耳山，就像美女乳房上乳头，能够给人们带来幸福美好和希望；快乐今天，力所能及近赏了眼前的奇观，我思索大帽耳山就是哀牢山的守护神和迎宾者，非常清楚什么人只能到此止步、什么人可以深入摸索打探。所以，我把大帽耳山，说成是哀牢山的石敢当，却一点也不夸张。

一同前来的老师介绍，在过去参与李文学反清起义的一支新平当地农民武装，曾因遭到清军追剿，爬上这大帽耳山的山顶，坚持与清军进行顽强对抗，并终因弹尽粮绝毁灭在这大帽山上。现在虽然有山道上山，但有些地段却需紧紧抓住大铁链脚蹬手攀。并且登顶之后，既能看到曾经的战争遗迹，也能听到历史足音的回响。现在想想真是好笑，过去的那些人怎么这样头脑简单？哪里跑不行啊！非要跑到这大帽耳山的山顶？即使一夫当关、万夫莫开，即使在过去的冷兵器时代，面对这一狭窄的空间和地段，人家根本无须和你刀枪对抗。只要把这小山体紧紧一围，断你粮草和水源，叫你亡，你就不得不亡。

虽说一切历史功过，自有人们前去评说。但我却很想上去看看，只是由于行程安排和时间紧迫，只好选择了回头观望。

只缘身在哀牢山

食宿在哀牢山上

站立在哀牢山中的大帽耳山下，快餐了大帽耳山的美丽、雄奇和壮观，即使刚吃了下午饭，也还要及时赶路，一路西行继续我们的西行漫记，以深入哀牢山腹地，收获哀牢山上的更多神奇和美丽。

一路前来的老师和朋友，三个一伙，五个一群，身感疲倦的等着乘车，精力充沛的徒步先行，有的抄小路和近路而走，有的沿崎岖的山间公路前行，一路侃侃而谈，一路神秘吹嘘，一路用自己的眼睛和相机，收获身前身后的一个个风景和一片片风光，感觉都是那么身心愉悦和心情舒畅。到了相互走不动和吹不动的时候，就搭上前途等候的车子，与先到的老师们一起，鸦雀无声地继续向深山老林里行进，让清爽的山风悄悄把我们疲倦和困意带走。

车子越往里钻，身边的森林就越密，到天快黑尽之时，我们所乘的一辆辆车子在山野间的一条背风的深箐旁停了下来，带我们前来的哀牢山新平管理局的同志说："今晚在这里宿营，明早早起，上山去听了长臂猿叫唤之后，再回到这里吃早饭。"刚开始大伙听说要去听长臂猿嘶吼，相当兴奋，到后来天黑尽了，人们才感到在山上过夜，有着许多不如意和不方便。

在山上吃饭，我不知吃过多少；在山上"打野"，却是平生第一回。虽然很小时，常因玩性太大、归家太晚，被母亲叫成"小打露鬼"，但那不过是母亲思儿心切，出于一时气愤的话语。可是，没有吃过猪肉，却也见过猪跑。

许多年前，在过去部门工作时，我就曾和同事一起，带着市花灯团的艺术家们，到过距县城二十多公里的磨盘山国家级森林公园里游玩。当时他们就很聪明，在山上玩得差不多以后，于傍晚时分来到山下美丽的森林湖畔，先是在森林湖畔的棠栗树上挂起电灯，然后用事前准备的小型发电机发起电来，并于电灯闪亮起来之后，在那些大树、小树的树下，搭起一个个夜宿的帐篷。待一切布置妥当，他们又游兴未尽聚集起来，在那青青的草地上，又是唱歌，又是跳舞尽情狂欢，惹得当地的彝族村干部，也情不自禁加入其中，与他们共同欢乐起来。这让我在观赏之余，深深感悟了作为一个艺术家的多情和浪漫。

此时此地，面对眼前的黑暗，若真想用电灯照亮，简直就是奢望。在我们前行的路上，既不可能有任何道路平坦，也不可能有任何车辆通往。仅是那些山里生活的必需品，就让人够呛，会有谁上山情愿将那笨重的发电机身背肩扛。

山风吹响，天色越来越暗，身边有这么多老师和朋友做伴，我还是渐渐心虚起来。胡思乱想，在这伸手不见五指、山高林密和"老高神天"之地，会有什么三长两短和山高水长？这时，大伙开始发现光明的奢侈了。预备电筒的，赶忙摸索着打开行囊，找电筒进行照亮；没有预备电筒的，则将有电筒的人呼来唤去，让他们这里照照、那里看看。我和同行的老师们手忙脚乱，将砍来的树枝和树叶有选择地铺在了乡土公路上；并用准备而来的塑料布，完整地盖到铺好的枝叶之上；然后抽出和固定撑杆，打开帐篷将帐篷"严丝合缝"罩到撑杆之上；最后才是打开睡袋，将睡袋丢进帐篷里，以守候睡觉的时光。

夜一步一步深入，虽然正值春天，大伙却开始明显感到高山的冷凉。有不甘寂寞和不知寒冷的摄影师，忙前忙后用那高级的相机，并借助高科技的闪光灯，那如公园里的彩灯此起彼伏的连续闪光，给宿营地和宿营前的准备情况纷纷照相；有穿多了衣服也觉得凉或者衣服穿少更感觉寒冷的老师，高一步低一脚走向那窝风的山箐，去到山箐里水塘边的篝火旁，与那些过去是猎人、现今是向导等，能够知人冷暖的人们，一起聊天和共同取暖驱寒；有准备睡觉不知寒冷的老师，到山箐里洗冷水脸和洗冷水脚，彻底感受山箐水的刺骨和冰凉……我呢！则火大人开，围着那堆山箐里的篝火，体验歌里所唱的"火烤胸前暖，风吹背面寒"那诗意感觉和岁月艰难。也理所应当地与老师们、森林保护者，以及当地的向导，会说不会说地聊上几句简单快乐的话语。

既听他们讲了哀牢山里的各种奇花异草、奇石、奇树，也听他们说到许多可爱、可怕，或可恶、不可恶的野生动物。初听时，还相当好奇，而当听到豹子、黑熊等凶猛野兽，如何伤害人畜时，却又有些害怕和担心。直到听到凶猛的野兽也很怕人，只要不去招惹它们，它们就不会轻易伤言人的时候，多余的担心才得到缓解。

"目前，已远离大帽耳山许多公里，过去为何要把公路修到深山老林里？为修这条公路，一定毁掉了许多古老名贵的树木？"

"这哪是公路，这是一道防火线。"

"防火线怎成了公路？真发生山火，这防火线怎能防住？"他们听了，一笑了之。

过去搞法律工作时听说，因在哀牢山里砍防火线之事，曾引发乱砍滥伐木材的官司，但却不知什么原因不了了之。我知道他们很难回答这个问题，只能付之一笑。

"这原始森林里怎么有一小片、一小片的松子树？何时栽种的？"

"可能是飞机飞播或空气传播。"有人笑了起来。

我又和他们商量，如在路上见了"红豆杉"、"鹿啃木"、"梭椤树"、"红花木莲"之类的珍稀植物，千万不要让我们错过。虽然他们答应了，但从表情就可看出，好东西不容易保护，无关的人知道得越少越好。所以说，该你知道的你自然会知道，不该你知道的最好不要由着性子。

虽然还有许多讲不完的故事，虽然离我们平常入睡的时间尚早，但大伙都感觉累了。

没有帐篷的向导们，在篝火旁铺起简单的铺盖就卷曲着睡觉。我们，却是两个人一个帐篷，各自钻进各自的帐篷和睡袋，并枕着头下坚硬的土坎渐渐入睡。这时，还有睡觉不守本分的男老师，竟然大声喊着一个美女老师的名字，叫她去和他同睡，但却有那个贼心，没那个贼胆。有一些人，虽一时改不掉睡觉乱动、乱摸的习惯，却又让自己的睡袋束缚了手脚；还有一些人，则根本改变不了睡觉打鼾的习惯，不得不让悠扬的鼾声，给这寂静的山野增添了几分情趣。

眼睛未睁，就听到森林保护者的吆喝声；眼睛睁开，则看到眼前的一片光明。一觉醒来，人们相互问好，并意识到大伙都安然无恙。

稍作梳洗，就向着二道梁子方向爬去，都说那里最能听到长臂猿的叫唤。下山之后，没上山的向导和厨师，已为我们准备好饭菜。全身困乏的我们，眼看如此美食，早已迫不及待。

童年时光，利用周末上山去砍"一挑早柴"，或者是于中午放学，去挑一挑小柴回家，无须在山上吃饭；少年之时，学会拉手推车，则有了在山上吃饭的机会。并且经常去砍"两三挑"木柴，用手推车拉着回家，而不得不在山上吃饭。经常天不亮就起床，炒了早饭吃了之后，将透气性较好的竹篾饭盒拿来，装上冷饭和腌菜，或是填进有少量油盐的饭菜，带到山里食之。稍有不慎，这些盒饭，就会遭到饿蚂蚁袭击，而让我们食之不爽。所以我们常在将手推车推到目的地后，小心地把盒饭寄存悬挂到荫凉而不显眼的树枝上，让那令人生怨的蚂蚁望尘莫及。

真是一个爽啊！渴了，捧上几捧山水饮之；饿了，扯下几把橄榄果腹；或者在把一两挑柴挑到手推车旁后，就打开盒饭尽而食之。那时的身体，好得即使不小心吃喝错，也不会有肚子疼痛等不适。谁会想到，今天却为寄情山水，来到这茫茫原始森林，嗅闻着热气腾腾的山芋与香腊肉混成的"锣锅饭"，以及刚烤熟的干巴、烤鸡等美味佳肴，所发出的阵阵馨香？很是感叹，这小日子啊！一年更比一年好、一年更比一年强！

长臂猿的呼唤

夜宿在哀牢山上，原想将会在鸟儿欢快的歌声中醒来，但醒来之时，却只听到一阵阵吆喝。匆匆洗漱之后，我们就追随向导和森林保护者，由南向北，朝二道梁子山梁攀爬而去，目的只为听那长臂猿的叫唤。

人们有说有笑，总有说不完、道不尽的话题和话语。爱说的用心说，总想把自己所知说完道尽；爱听的专心听，不时搭上一两句幽默和风趣的话语；既不爱听也不爱说的，则选择沉默，在沉默中积蓄力量。

由此，嗅着清新的空气，脚踏湿滑的泥土和石头；迎合挂满露珠的山草，进出于一片片清凉的世界和光明的前景。所能感觉到的是，这支队伍，与昼出夜伏的野生动物不同之处在于，当中的许多人都清楚，自己正穿行于一个植被相当完美、野生动物经常出没的巨大氧吧，收获一个个现实的美丽。

"如果夏季来就好了！那时有充沛的雨水滋润哀牢山山林，山色将变得清新秀丽。野林苍翠欲滴，野花四处盛开，山菌之类的山珍，纷纷从泥土里或枯树上探出头来……不像现在，有的刚刚花开，有的正含苞待放，有的……但现在有现在的好处，冬眠的'麻蛇'或其他野生动物尚未苏醒，也不至受山蚂蟥的烦扰和侵袭。若是雨季，仅现在这条山箐，不出十米，就有一两条'麻蛇'出现。过去的赶马人，于雨季穿越原始森林，而不得不在山上露宿时，往往要在空地里烧上一堆篝火，并用烟锅水在篝火旁浇上一圈，才能围着篝火安然睡去。"

听着一套一套的讲解，知道他们懂得的东西很多。但说到"麻蛇"和山蚂蟥，自己却并不糊涂。

水塘发生"8·14"滑坡泥石流时，就曾在现刀村的一条山沟的不足百米之处，相继看到好几条"麻蛇"，吓得我不得不蹑手蹑脚绕道而行。并且，在回村路上，还看到一条手腕般粗的"麻蛇"，用腹部支撑身体，从距我三五米的地方横行霸道穿过。虽然时值炎热夏季，却把我吓得不寒而栗。想想过去在磨刀村，一位傣族青年，在我身旁，三步并作两步、一把就抓住一条有手腕一般粗、正在草丛里游走的"麻蛇"的脖子，并将之轻松装入"蛇皮口袋"的场面，也让我心有余悸。

至于山蚂蟥，在戛洒"金山垭口"旁的原始森林里就曾见过。并且，在省美术学院的美女老师，脚丫让山蚂蟥叮上，被吓得大呼小叫之时，还是我用树叶包着山蚂蟥，将它依法拿下。并且我知道，被山蚂蟥或水蚂蟥叮上，虽不会太疼，却不可忽略不计或小视。若不小心让其钻入鼻孔或吸进嘴里，则后患无穷和麻烦大了。这也是小时上山砍柴，大人反复交代，不要对着山箐里的水直接喝的原因。并因山蚂蟥比水蚂蟥更加细小，不易被人发现，更具危险性。因此雨季时，最好不要往原始森林里乱钻。非去不可，也要求教当地人，并采取有效的措施防范。

"不要拿'麻蛇'和山蚂蟥来吓唬，还是多讲讲山里的飞禽走兽吧？"

"不是吓唬，事实的确如此。"

"世上之事，有美就有丑，有好就有坏，有利则有弊，是相辅相成的。"

"如今最大的麻烦，就是人与野生动物争夺生活空间和食源，将野生动物的生存环境挤压得越来越狭小。并且，过去只有野生动物才能吃的许多东西，现在却成了人们的美食。比如松茸，就是在二十世纪八十年代之后，才知道它的食用、药用价值的。飞禽嘛！这里的确很多，红腹锦鸡、白腹锦鸡、白鹇都有，一时说不清楚。老虎早已消失得无影无踪了，谁也不知还有没有。豹子倒是有一些，老熊也有许多，但最多的是野猪，还常发生野猪糟蹋庄稼的情况。为此，我们还给庄稼被糟蹋的农户粮食和经济补贴。"

"大伙奔长臂猿来的，说那么多无关的干什么？"

"长臂猿嘛！是人类的近亲,也是在我国生存的唯一类人猿。现有三属六种,其中黑长臂猿,即西黑冠长臂猿,主要分布于云南。并且,云南又数哀牢山区的种群和数量最多。思茅景东境内有26群,其数量是双柏、镇沅、楚雄和南华四市县的两倍以上。新平,则是黑长臂猿最为集中的地区,其资源非常可观。国家级自然保护区内有85群,国家级自然保护区外围有7群,县级自然保护区内有30群,县级自然保护区外围有2群,种群数量高达124群。也许是宣传不到位,还让有的人误以为,景东是我国的'黑长臂猿之乡'。其实新平才是名副其实的'黑长臂猿之乡'。并且,在新平的石门峡、茶马古道,陇西世族庄园、南恩大瀑布等景区景点周围,就有少量种群分布。主要原因是,新平境内适宜黑长臂猿生存的半湿性常绿阔叶林和中山湿性常绿阔叶林面积最大、植被保存最完整。"

"这么说,可以一睹长臂猿风采了。"

"能听到叫声就不错了。黑长臂猿也很怕人,还未等到你接近,它早就逃之夭夭了。很多时候是,只能听其声,不能观其影。"

"看不到算了。还不是像公园里的尖嘴猴腮。"

"难看到,不等于没有人看到。它虽然体重只有5到15公斤,体形较小,没有大猩猩等类人猿高大,却身手敏捷、体态轻盈,并姿势优美。成年雌性体背多为棕黄色或淡黄色,头顶之上长有一块明显的黑色冠斑;成年雄性,其双目炯炯有神,全身黝黑,头顶之上长着的却是一簇直立的冠毛;它们的新生儿,多与母亲相似,非常漂亮可爱。"

"一群黑长臂猿,会有多少只？"

"一般两三只,三四只,最多不超过七八只。"

"我以为,一般都有几十只呢！"

"怎可能有野猪那样的繁殖能力？它们一般在固定领域,像一家人那样,一夫一妻，也有一夫两妻，靠采摘野果、特别是无花果等食物共同度日。并且夫妻、妻妾能和睦相处，兄弟姐妹常在一起嬉戏玩耍。"

"你们见过了？"

"没见过，能在这里瞎吹？它们不仅能用纤长的前臂，双臂一起或单臂独立，将自己轻松自如悬吊于一根根树枝之上，并且能依靠前臂交替摆荡前行，在一个个树冠之上，飘来荡去、归去来兮。有时，仅靠单臂就能将自己荡出六七米，那种在空中飞越的姿势，令人惊叹不已。纵然有美女在秋千上荡来荡去或有体操运动员在单双杠、高低杠上翻来翻去，也不见得比黑长臂猿的动作和身姿好看。还没必要担心，它们会因爬高上低、飞来荡去受伤。"

"它们天天待在树上？"

"多数时间在树冠中活动，有时也有到树下饮水等。并且，它们还能仅用下肢独立行走。"

"树上疯长了，却不忘到地上潇洒？"

"你们知道黑长臂猿在树上生活和靠采摘野果为生，却不知道，它们在取食野果同时，还吞食植物种子，并通过粪便将种子传播远方，而非常有利于森林植被的完善。"

"不是来听黑长臂叫唤的吗？怎么……"

"特别是清晨的叫唤声，很让人激情亢奋。也许不久之后，我们就能听到它的叫唤声了。可能还能听到，以夫妻或妻妾方式进行、雌雄配合默契有序的二重唱或三重唱。"

"是不是就像赶花街的日子，一群花腰傣姑娘小伙，来到这古木参天、沟壑纵横、流水潺潺的原始林，意味深长、一唱一和对唱山歌、小调那样？并感觉到，现实处景与'两岸猿声啼不住，轻舟已过万重山'的诗情画意，既那么不同，又那么相似。"

只缘身在哀牢山

"如果……"

"不要'如果'了，赶紧爬吧！"

蜂拥上到二道梁子时，虽山岚很大，却感眼光被放远许多，心胸也突然变得豁达开朗。

有人遥指远处的两座山峰说道："那就是有名的哀牢双峰。"

他说有名，我从来没有听过。大伙听了，也开始议论起来。

"哦！这么神奇？"

"哦！那么美丽？"

"哦！像诱人的一对……"

"小声点。再乱，黑长臂猿就不敢叫了！"

大伙顺着向导的手势，向山下那大山坳里追踪看去。感觉所指区域，距我们至少四五公里。可是，无论我如何将相机镜头伸出来再缩回去，就是不能看清"哀牢双峰"是被金包玉、还是玉包金。也没能在徜徉等候中，聆听到黑长臂猿的片言和只语。

"时间不早了，下山吧！这时听不到，就再也听不到了。"

"为什么？"

"也许是来迟了，也许是风不顺，也许……"

"这样下去了？"

"不这样，能怎样？"

"以后，还有没有机会？"

"我们设想，能够利用两三年时间，在哀牢山景区景点周围，在黑长臂猿经常出没的区域，专门安排几个工作人员，穿上统一的服装，对其定期投食，并慢慢与之接近，让它们渐渐熟悉人类、亲近人类，对人产生好感，人们就能听到它们叫唤，并一睹其迷人风采了。"

"说得好听，谈何容易？"

"会有这么一天。不然，《动物世界》如何拍摄？"

遗憾回到营地，我心有不甘，叫上同行的森林保护者，让其将录有黑长臂猿叫唤声的录放机放给我听。听后的感觉是：新欢固然兴奋，旧爱也能燃情。

静静的平河

在山箐水塘边，我们烤着惬意背风的太阳，有滋有味吃罢香甜可口的早餐或午餐，熄灭了让我们吃上熟菜熟饭的火塘，带着没听到黑长臂猿叫唤的遗憾，离开了宿营地，继续西行并向着哀牢山深度行进。

大伙沿山间公路，在一座座的大山山腰间行走。常常是没走出多远，就有人折回再看个究竟。行进速度，无法加快。

此时却以有一辆车子，在爬一条陡坡时，因排气管被刮塌，发出非常难听的声音。让走过它身边的人，不得不边开玩笑、边动手脚，安慰那位生气的开车老师，一定帮他处理好他的排气管脱节问题。虽然大伙尽了力，却由于缺少工具，只好不去理会那难听的声音，直接把排气管拆下扔到车里。

后来有人抱怨，出行不太顺利，但大家都为不久能在一个弯道旁聚集，兴奋不已。

"车子只能到此了，各自带好行李，随我们下山。"向导说道。

来时，行李都是车子承运，现在却要负重行军。至于那些帐篷、食品和锅碗瓢盆，自有民工负责承运担待。自己要操心的，是如何更方便地带上自己的行李。

思前想后，便左肩挎睡袋，右肩挎相机专用包和水壶，脖颈挎相机，从弯道旁的小岔路口起步，追随着人们沿东南方向山间小路下山。

自我感觉身背的东西不重，但在这深山密林里穿行，却是累赘。

肩膀和脖子被勒得不舒服，要不断用手指宽松一根根背带的松紧。停下休息时，是将之一个个取下，还是继续背在身上，也是两难选择。取下来，还得在离开时一个个重新背上；继续背着，又难以得到放松和休整。特别是在穿越山林时，往往因为包袱体积过大，常被树枝和荆棘挂住、挡住，不得不回过头去想方设法将之尽力解脱。有时一时解脱不了，却又气愤得很想将之放弃和抛之野外。但这时，更需要冷静对待和细心处理，没有必要为磕磕碰碰而过分烦恼和生气。也许，一同前来的女士，会将一些东西拿给体质较好的民工帮其携带，但作为一个男人，却怎么好意思。

就这样走啊走，从这一山下到那一山，从这一山坳下到那一山坳。这脚下之路越来越窄、越来越模糊，且越来越滑、越来越陡。既让人很难看清路面，也让人想走又不敢走、想站却站不住。好在前面有人引路，不至于迷途；身旁也有许多东西可抓，让我们跟在身后走一步算一步。只不过，还得保持一定距离。不然，跟在后面的人，很容易被前行的人，触动树枝打到脸上。

此时，我既感觉到所到之处人迹罕至；也感觉到，所穿的旅游鞋，还不如当地人穿的解放鞋管用。有好几次，我要么因不慎踩塌，一屁股坐到地上、顺着山路往下滑；要么因刹不住身体直往下冲，也惹得同来的老师们好心奉劝："小伙子，当心点嘎！"这时，也有人提出给自己分担负担，但自己却还要"死要面子活受罪"。于慌乱之中，不停摆手说着那"不消、不消"的上气不接下气的话语。

不久，下到一个山下的小山包上，抛开身旁茂密丛林阻挡，对着山包之外的风景，尽情观望起来。让我们不但开门见山，而且一目了然。

有人手指山下说道："这就是平河了。"

面对眼下美景，我真想像年轻时练倒立那样，将之翻一个底朝天，而当作夜空尽情观望和欣赏。

"青山，像湛蓝的夜空；青山包围着金黄的草甸，像两片很大、很大的祥云悬浮于夜空之间；两片金色的草甸中间，有一条绿色的翠带，与夜空中的银河一样，从两片祥云之中轻轻飘过……"感觉那形如飘带的河流，不是一般的河流，而是一条连接天空与大地的情感之河或登天之路；自己也不是置身人间，而是身处通往天堂的路上。可以尽情猜想，金色草甸的下端，一定有一座座秀丽的青山和一个个美丽的城池；河流的上方，也一定有一个个令人神往、人神都能相互交流与和睦共处的驿站与天堂。

"走吧！我们下山再看。"

我们又蜂拥一起，依山而下、向着平河方向走去。原本尚有好几百米，但我们却尽想三步并作两步抵达那里。可是，没走多远，当我们下到一片手拇指般粗的翠竹林里，却发现翠竹林间的小路上，有许多前人开辟小路遗留在泥土里的小竹桩，让我们想快却快不起来。既要注意不要被小竹桩戳破脚踝，又要预防跌跤或跌倒后下滑，被小竹桩戳到身体和屁股。

当我们抵达平河岸边的草地，静坐休息时，已经大汗淋漓、气喘吁吁。

人们常说，下坡容易上坡难，但下坡时间长了，也不轻松容易。坐下休息，虽觉汗水已干、体力恢复，但那不听话的小腿，却还在脚跟轻轻触地时，自然颤抖。按过去的说法，小腿还在"弹三弦"，如想赶路，还不利索。真是好笑，不知我们过去，怎么会把这小腿的颤抖，叫作"弹三弦"呢？如果把小腿比喻为琴弦的话，那又是谁在弹三弦呢？再说，假如两只小腿都是弦，至多也只是二弦，又哪来的三弦呢？后来想想，这也许与新平的彝族乐器，只有三弦而没有二弦有关。

休息以后，我们有了气力，站在高山草地上尽情徜徉和观望。

这时才感觉到，山青得就像那既能解渴又能回味的橄榄；草地黄得就像那柔软而又舒服得既能铺床也能当被的金色毛毯；大树不知什么时候被一棵棵从山林里搬到这金色的草地上，显示出了俊秀、雄奇和伟岸；秀水天然而然被那些天生成长的奇花异树，自然包裹得就像那公路两旁的行道树，严实地将乡村公路包围起来一般；天空透明和干净，让我们看不到一粒尘埃；阳光明媚和温暖，让我们的身心非常怡悦和健康；空气清新和快意，让我们很想打开一个密不透风的口袋，将之尽善尽美地收藏起来为我们供氧；青山幽静和安然，让我们忘却了一切尘世的忧愁和烦恼；草地空旷和绵长，让我们想尽那一切人间的美好。也让我很难想象，雨水落地之后，这里又将变成什么模样？

于是，当时就想，一家人来到这里，在这高山大草甸边缘，盖上几间茅屋，挖上一个火塘，养上一群牛羊，吃着自种的火烤山芋和红薯，喝着鲜美的山菌汤，那是何等幸福快乐的时光。即使不能这样，让我在这里住上几个晚，也不枉来世一场。只可惜，该走还得走，该留却不能留，这仅是一种奢望。

随后，我们又向平河聚集。

虽然这平河的水面不是太宽，只有五六米；水也不是太深，不能淹过人们的膝盖。但却有胆大的，直接踩着河里的枯树，并从河里的一个个大石头上跳过，而到河岸的另一边休整观望；也有胆小的担心水寒，让那些不怕水寒的人下到水里，手牵他们从枯树上慢慢走过和从一个个大石头上跳过；还有那些贪玩的，干脆脱掉鞋袜、卷起裤管，直接跑到平河里走来走去，或干脆坐到水里的一个个大石头上，悠哉乐哉地掏出香烟吞云吐雾起来……

原本我们这些嗜好吹烟的人，在此次行动中，已经作为重点对象进行监管，但我们身处水中，却早把临来时的严格规定抛之脑后。本来我们就是一群"好色、好摄"又自带相机的人，但我们却在拍摄风景的同时，也不忘给身边的人拍上几张或者是让身边的人给自己拍上几张。临走，也不忘记下他们的QQ，以在回家之后，让他们把自己的风采传来。

我呢！自然没有闲着。既拍了周围的风景，也拍了身边的人物，还拍摄了那平静的水面，以及围着平河水面的那两排错落有致的各种原生的花草和树木。特别是水下那清亮的五彩斑斓的石头，更是让我来不及一个一个欣赏，只管忘情地不断站到水面上的一个个大石头之上，将之拍摄个够。

奇巧的是，我所拍摄的这些照片，在返回家之后，正好被一位奇石爱好者看到。当他知道了这就是在哀牢山中的平河里拍摄的以后，还多次邀约我带他前去看个究竟。我对他说，那不是谁想去就能去的地方。那里的一草一木就像肚里有娃娃的婆娘一样，是一个个重点保护对象。追问其中原委才知，我那照片里的一个有上百公斤重的大石头，就是一个黄蜡石，在市场上的卖价至少也要几百元一公斤。并且，我还对他说，这样的石头，在那条河里到处都有，但它们却不属于任何个人。

平河之水是静止的。静止得不能让我们看到清泉石上流，却只看到清泉映奇石的美景；静止得就像长长的两条花边包裹成的镜面里，镶嵌着许许多多熠熠生辉的钻石和翡翠；静止得即使让我们用自己的耳朵，紧紧贴着水面上的一个个大石头聆听，也不能听到清泉流动的声音；静止得让我们在这正午的时光里，不能在这里听到和看到鸟语与鸟影，却只能看到和听到那明媚的阳光、婆娑的树影，以及我们所发出的欢声和笑语。

平河之水是流动的。只要我们借着明媚的阳光，对着水面细心观察，就会发现水下石头上的苔衣，正在依附它的靠山缓缓起舞和飘荡。

想毕，在这平河的一个个精美石头之下，一定会如哀牢山里的其他山箐里的石头之下一样，有着许多石蚌、"石贬头"和红尾巴鱼。也说不定，在这水域里，还会有我们目前尚不知晓的土著鱼类。一切的一切，都让我们没时间去认真理会。

其实，这条美丽的平河，就是一条在很长的距离内，因落差较小、平静萦

只缘身在哀牢山

绕在哀牢山第二高峰——"大雪锅"山之下的河流。离开大草甸、顺流而上，经人解释我们又进一步弄清，为什么要把平河进行一道、二道、三道等之分。当中的原因是，随着地势的缓慢提升，"大雪锅"山脚下的小山体，慢慢多了起来，河流所形成的弯道也随之增多，人们在不可能完全沿着河流而上的情况之下，只能在爬过那些小山体后，又去蹚过那一道一道的平河。因此，在沿着西北方向走了一段一段的路之后，就能不断听到，有人说出到了哪一道河、哪一道河的话语。

我们就这样一个跟着一个逆流而上、停停走走，向着"大雪锅"行进。渐渐感到，脚下之路，虽然许久没有人畜走过，但可以肯定，于过去的日子，一定有着许多商贾来往。并且，在一块块青石上，还留有一些深陷其中的马蹄印。可以看出，这是一条东连水塘和戛洒、西连镇源与景东等地的茶马古道。

平河之行让我感到新奇的是，除沿岸的美景，我却在平河上游的一片竹林，亲眼看到一张用一根根拇指般粗的翠竹，临时搭建的简易竹床。从所覆盖的未曾完全风干的竹叶可以看出，在不超过两三个月的日子里，曾有一位胆大勇敢的人，来到这里，露宿了不下一个整夜。并让我由衷敬佩，他是以何等勇气、力量和方式，既将一根根竹子砍断、削尖、整齐排列、深深栽到泥土里，又将那藤条捆绑在细竹柱之上，并盖起竹枝叶帐篷，而最终做成了此床？

让我感到难过的是，在我们这一群人当中，有一位"好摄"的大哥，因扭伤了脚踝，在这山路上一跛一拐痛苦行走的模样。

让我感到有趣的是，在我们这一群人当中，还有那么一两位同行，不怕平河水寒，赤身裸体，直接跳进平河深塘里洗澡或游泳的模样。

也让那些生怕我们走失的人，忙前忙后地去等我们或接他们。

理想的是，我们能于太阳没落山之前，全都抵达了"大雪锅"山腰上的那个小山神庙旁安营扎寨。

虽然到时已晚，但我们还是一个个进了那个不知什么时候、什么人、用一片片小石块垒起的小山神庙里看看。虽然所能看到的不过是几尊、很久没有香火供奉、高矮不过四五十厘米、不知名、不知姓的神仙石像。但从中却可以感觉，这些石神像在此供奉的时间不是很长。

之后，负责做饭的忙着去山箐的水塘边做饭，没搭帐篷的忙着寻找平地搭设帐篷。与二道梁子之下不同的是，我们这么多人，在这样一个陡坡之地，却很难各自找到一块搭设帐篷的理想之地。并让我和我的朋友，只好钻到一片低凹并杂草丛生的树林里，用锄头和砍刀等工具，为自己开辟和搭建临时的家。

朋友吃罢晚饭，天一黑就睡。我呢，却是拿着电筒，这里走走、那里照照，死磨、硬磨与几个老师吹牛，并吹到晚上十二点多才睡。

可是，睡下之后，却翻来覆去睡不着。脑海里出现的，总是矫健的黑长臂猿，在一棵棵大树上飞来荡去的身影，以及平河的一个个美丽景象。

但就在这大家都安然入睡和毫无声息的时候，我却突然听到一阵闯荡树叶所发出的节奏感很强的"漆唰、漆唰……"的声响，向着我的帐篷一步一步逼近。让我立即意识到，一定碰到什么大型野生动物了？吓得我是动也不敢动、气也不敢喘地紧紧闭上眼睛。并自觉其从我的帐篷旁走过和远离，才安然入睡。

登顶大雪锅山

次日清晨，我们聆听着山腰上那山雀、山鸡和山猫等娓娓动听的声声叫唤，顺其自然尽情分享了神秘大自然赐予我们的晨曲力量。并用不争的事实证明了，哀牢山中野生动物究竟多不多那多余的猜想。且在起床后，还对什么野生动物发出什么声音，热烈地争论一番。然后，各自下到山腰下的深箐里，进行简单洗漱和吃罢早饭，就依依不舍拜别了那个小山神庙里的小神像，而沿着正北方向那上"大雪锅山"的山间小路，向着"大雪锅山"的山顶攀爬而上。

上山的路，非常曲折艰难。让我们每爬一段距离，就要大汗淋漓、气喘吁吁，并想方设法停下来休息一趟。且在许多路段，还让我们不得不瞻前顾后，前抓前面的杂草和树木，后拉后面的人，或让后面的人推着自己的身体奋力攀登。但却每爬一段陡坡，就会进入一片相对平缓的坡地。既让我们有了喘息的机会，也能尽心观察和欣赏，陡坡之上的非常浪漫和非常风光。深有感觉：自己并不是在爬山，而是正漫游在一个个奇幻无比的海底世界里；我们也不是一般的为登山而登山的人，而是一群深入大西洋海底的快乐探秘者。

尽管过去的路，已让我们体验到重重困难；尽管今后的路，让我们感觉到还有许许多多的困苦和难关，但我们还是在不断用一步一步的坚实步履和一寸寸猎奇的眼光，去丈量、观察与欣赏，这神秘大自然赏赐我们的一个个鬼斧神工和神奇梦幻的景象。

虽然我同样感觉到了，这山上之路与山下之路绝非一般，只可能是过去猎人和很少的科考者，寻找猎物与搜集理想，探索出的牛毛小路，但却又正好验证了，"非常之观，常在于险远"的思想。

这"大雪锅山"山腰上的树呀！虽然和山下之树一样，同样有着各种各样神奇而珍稀的树种，但却以小杜鹃花树居多；虽然它们没有山下那云南铁杉等树种高大伟岸，但却比那山下之树更加神秘莫测和充满梦幻。树高一般在四五米或五六米之间，树粗一般是二三十厘米左右，很少有超过四五十厘米的大树，但却自上到下或者自下而上都被那严密的"树衣"紧紧包裹着。手摸上去，有毛茸茸和暖融融的舒适之感，就像摸到了一个个身穿黑绿相间的羊毛衫的漂亮女孩一般。且一根根树枝之上，挂满的筋筋串串的苔丝，就像当地少数民族节日盛装上的丝丝缕缕一样。

树与树之间：有的被横斜的枝蔓相互连接，就像一个个身材苗条的傣家迎宾女，正手挽手静静等候尊贵客人的到来；有的被粗壮的藤条紧紧缠绕，则像那刚刚成婚的新娘和新郎，让喜欢闹洞房的人们，用七彩的花腰带紧紧捆绑在一起，以为羞涩的他们提供增进感情的机会；有的奇妙有趣而又各行其是，不成行、不成列地间隔排列着，好像一个个身着节日盛装的彝家少女，高低错落站立在这高高的山腰之上，或躬身采拾山里的蘑菇，或翘首以待太阳和月亮出来；有的树身之上，还长出许多鬼怪灵精的树疙瘩，既像人们身体上的突出部位，又像挂在人们身上的一件件艺术点缀，更像一个个为我们抛出的绣球，当中的情结，足以让我们喜欢到石破天惊与海枯石烂。

树冠没有相互连接的树，有的正开着奇花，有的尚吐着新芽，就像一个个头戴花冠或刚刚出浴的少女，正彼此顾盼和相互欣赏。但那些相互紧密联系的一大片、一大片的千古野林，则很难让阳光成片穿插进来，举目所能看到的，仅仅是一个个小小的亮点和被光谱分割卷曲而成的一条条神秘的光线与一个个梦幻的光圈。如果天地能够替换，我们所看到的，就一定是一大片、一大片铺天的花团锦绣。即使天空突然变脸，有雨水从云彩里纷纷滴落下来，我们也会在这一个个天然大伞盖的严密遮挡之下，不至在短时间就被那从天而降或盖地而来的雨水淋湿。或许，我们会在阵雨之后的很长时间里，才能慢慢看到雨水顺着"树衣"往下流的情景，或者慢慢听到雨水，从一个个的树冠之上，大滴、大滴滴落到地上的动听之音。如果于雨季再来到这里，就一定会在那些高高凸起的石头和土包之上，看到比现在还要多得多的一片一片的充满生机的苔藓，也一定会在那些低凹和稍为平整的土地上，听到比现在我们脚踩枯枝败叶发出的"咔嚓、咔嚓"之声，更要感人肺腑的我们脚踏枯枝败叶伴着积水发出的"扑哧、扑哧"的声音。那时山更青、花更香，又将是另一番美丽的天地和动人的情景。

我有一个大胆的设想，在适当的时候、适当的时机，带着一群美女再来这里，让她们赤身裸体，在这些奇树、奇花、奇石或者是自然倾倒的枯树旁，或蹲或站、或坐或卧，有山有水地拍上几部风光片让世人看看。

其实啊！不同时间、不同季节，在一个相同的空间里，都会出现许许多多不同的新奇和美丽。一个行之匆匆的过客，在一个相同的时间和空间里，只能如白驹过隙和管中窥豹那样，尽力收获当中的一点点现实的神奇和美丽，或紧紧抓住那一个个精美和漂亮的自然瞬间。

最令人生气的是，原本可以收藏神奇和美丽的相机，在这样一个个美丽的环境里，却不能很好帮助自己，将那些联系相当紧密的美丽景象，一个个突出出来，以进行较好分割和剪辑。让我还不得不既要照顾行李、又要脖挎着它，并艰难跟随在同行的身后，能收多少就收多少地边走边摄，从这一片美丽再到另一片美丽，继续向那一叶障目、根本看不到的"大雪锅山"的山顶攀登而去。

终于，我们一个个汗流浃背、腰酸背痛腿抽筋地相继登上了哀牢山的第二高峰，即海拔仅比第一高峰大磨岩山低29米的"大雪锅山"山顶。近观所及的是山下那地毯似的一片片的绿洲包裹着的一片片鲜花；远眺所及的是一条一条山梁连接起来的一座座山峰和一个个山峦，以及陪伴在它们身旁的那一朵朵美丽的白云。但却是到了这里才知道，"大雪锅山"距离大磨岩山还相当远，并且两者根本不在同一个方向。现实所要明白的是，这"大雪锅山"，究竟是因何而得名？那位森林保护者却快人快语："'大雪锅山'嘛！是因冬季山顶堆满积雪，从远处看就像一口白色的大雪锅，反罩在山顶之上。"

尽管我们一路辛苦，新添了人员受伤，最高只能到达这"大雪锅山"的山顶。尽管山顶的风声很大，山顶之上只有一小片苔藓和一些很小的奇花异卉，以及一小片小株的乔木丛林。尽管我们都没有孔子"登东山而小鲁，登泰山而小天下"的广阔胸襟。但我们还是在山顶之上，要么坐着慢慢恢复精力，静静养眼眼前的美丽；要么站起与流动的山风一起摇摆和行走；或者干脆并列成行，拉开那表示我们到来的巨幅横批，昂首让那热情的山风凉爽地吹……

下山的路

下山的路，也是回家的路。在我们一行二十多人离开"大雪锅山"山顶，沿着牛毛小路往山下走的时候，我们心里十分明白，已走上了回家的路。出门久了，出门远了，是应该返家的时候了。

虽然我们走在回家的路上，却没有一个人敢稍稍粗心大意。前车之鉴，后车之覆，身边的几个如何受伤，大伙相当清楚。虽然大伙都很小心：有的先用右手抓住上方灌木或小树，然后又用左手抓住下方灌木或小树往山下移；有的一手捡起路边的树枝为杖，一手对着身边的灌木或小树或抓或放，但还是不断有人滑倒在路上。只是刚开始的下山之路，并非非常危险，滑倒之后，能一个个重新站立起来，并重新迈出"不积跬步，无以至千里"的人生之旅。

大伙一个接一个沿上山的路南下一两公里之后，就发现并非原路返回，而是改道由西南方向回家。问了才知道，在回家的路上，还有"二雪锅山、三雪锅山、四雪锅山"等许多美丽风景，盼着我们前去与它们邂逅和相会。

许多美好的东西，总是因不断遇到困难挫折、不断淌过美丽幸福，不断让人们想起或忘记。没看到"大雪锅山"，不知道还有"二雪锅山、三雪锅山、四雪锅山"等美丽风景；在哀牢山二道梁子，远观哀牢双峰，不问其所以然，既因为听黑长臂猿叫唤声疏忽大意，又因爬山累坏身体来不及细想。一靠观察，二靠推理，可知这"二雪锅山、三雪锅山、四雪锅山……"也和"大雪锅山"一样，是在冬季里山顶积雪，才像一个个"雪锅"反罩在山顶之上；来时在二道梁子所看到的哀牢双峰，应该是"大雪锅山、二雪锅山、三雪锅山、四雪锅山……"的一个组成部分。想来，之所以当时只看到哀牢双峰，也许是被二道梁子旁的山体遮住了眼光。

在高大茂密的深山老林里，由低向高前行，很难看到所攀的山的山头，更不要说山顶；由高向低行走，则很容易看到山下的一个个山顶和山头。在这里因为"大雪锅山"最高，由此及彼去看"二雪锅山、三雪锅山、四雪锅山……"却是非常清晰和美丽。我们选择步行回家或观光回家的线路，其实就是一条至少也有二三十公里的山梁。我们从"大雪锅山"山顶出发，才是中午十二点多，但回到来时的公路上时，却已经傍晚时分。

从"大雪锅山"向山下看，其他几个"雪锅山"和"大雪锅山"，都在同一条山梁，所要走的线路其实就是一条，由高向低的、既有波峰又有波谷的优美曲线。且在波谷与波谷之间，还长满了低矮的灌木，而那几个"雪锅山"与"大雪锅山"所不同的是，它们一个个光秃秃的，感觉就像一个个没长任何毛发的光头。

如果把这一个个"雪锅山"，比作一个个驼峰，那我们就是一群在驼峰上行走的人；如果把这一个个"雪锅山"，比作一个个窝头，那我们就是一群前去饥餐窝头的人；如果把这一个个"雪锅山"，比作一只只乳房，那我们就是一群前去受哺育的人；如果把这一个个"雪锅山"，比作一个个光头，那我们就是一群爬到和尚头上的虱子，前去找死。

穿过"大雪锅山"与"二雪锅山"之间低凹丛林，刚开始爬"二雪锅山"时，因为"二雪锅山"山包稍大，自己的精力还充沛，虽然坡度很陡，自己也很吃力，但却一上一下，很快就到达"三雪锅山"之下。此时我也还能用心欣赏，山下那一片片云南铁杉等优美的风景，也能用自己的相机，进行分割包围，并将之没收到相机里。并自我感觉，它们比黄山上的迎客松，还要出奇。

爬"三雪锅山"之时，开始感到有气无力，且头颅和双眼渐渐昏花。但我还是尽力坚持、努力奋斗，并于眼睛一闭一睁之后，睁大眼睛，像猴子那样脚手并用、四肢触地，脚蹬稳、手拄紧，小心翼翼慢慢向山顶靠近。终于，还是尽力争取、小心谨慎、半蹲半站地下了"三雪锅山"，并到达了"四雪锅山"之下。

稍作休息和调整，又不断自我鼓励、不断自我打气，继续艰难地向"四雪锅山"山顶爬去。但刚爬几步，就感到自己正发黑发晕，而不得不停了下来。并一屁股坐地，斜靠在山坡上，心慌意乱地大口大口喘气。也非常心虚和反复考虑，是继续前行，还是原路往回？原路返回，还得重爬"三雪锅山和二雪锅山"，还得重复去走已经走过的许多冤枉之路。再说，自己也没有胆量，一个人在这大山心里独立行走。

于是，我也不管来时的规定，先用一只手的手拐顶住山体，再用另一只手摸索着掏出随身携带的香烟，并于燃着以后叼在嘴上，以不断稳定自己的情绪。此时，虽有后来者向我不断提醒，但我却因身体不适懒得理会。只是又不敢大意粗心，而又非常小心地用两个手指，将那燃烧的香烟稳稳夹住。倘若真让那香烟掉落，并借风势滚到山下，那可是后患无穷。

抽烟之后，我就按灭烟蒂，下定决心继续小心翼翼向上爬行。但没爬几步，却又不得不再次停下。并又抽上一支烟，以再次稳定情绪。如此反复，最终自己还是爬上了"四雪锅山"的山顶。

"四雪锅山"的山顶，只有两三个平方米能让人立足。面对山下几百米陡峭而光秃秃的山坡，我是几次站起，又几次惊魂未定地坐下休息。瞻前顾后，前行者早已走出很远，后来者却没有几位。那时心想，落伍也无所谓了，只要不葬送在那里就行。

下"四雪锅山"时，虽不用多少力气，但也遇到很大难题。从山体侧面下山时：站立行走呢，怕把握不住身体平衡，踩滑跌下山崖，何况自己还在一时清醒、一时迷糊地发着黑晕；蹲着往下移呢，又怕身体前倾，并在那光滑的陡坡上，接连翻上一个又一个筋斗；于是只好干脆一屁股坐地，用双手拄地一步一步小心翼翼往下移。并深深感到，无论站着、蹲着或坐着，那些一摇一晃的睡袋、相机包、相机，以及水壶等，都成了累赘和多余的东西，让自己随时都想将之抛下山野。原本还想为那位后来的作家朋友献上一份爱心，但自己都自顾不暇和力不从心。真是上山难，下山也难啊！如此上山、下山的感觉，与小时爬到大树上扯冬青果吃，并于吃饱之后，心惊胆战地从那粗大横斜的树枝上返回如出一辙。

　　山峰一个比一个小，山坡一条比一条陡，一座山峰比一座山峰光洁，让自己的双手，根本抓不到任何可以救命的东西；也根本不敢用两眼，去多看一眼这光秃秃的山坡左右。但深感庆幸的是，最终我还是艰难地从那一个个光秃秃的山包之上，毫发无损地走了下来。

　　下到来时的乡土公路上，回到来时的大帽耳山下，大伙一个个找到了回家的感觉。以致在去的路上，吃了几餐饭，也不曾喝一口酒的那位记者，也在这大帽耳山下喝得烂醉如泥，并让一半清醒一半醉的我，不断用尽全力而将之扶起。

回 音 壁

　　山由突起于地面的土石形成，但山与山之间，却有大山和小山、高山与低山等区别，人们很难用自己的眼光垂直观察和水平看待。

　　如果将哀牢山比作一座大山，哀牢山上的"大雪锅山"和"大帽耳山"等山，则算是一座座的小山了；如果将"大雪锅山"看成一座高山，家乡的五桂山和光头山等山，又算是一座座的低山了；至于那山外山、山上山，却要以一个相对的起点和高度来进行衡量。事实是，在哀牢山的大山心里，无论哪一个景地，都能与人体的某一个部位相联系。比如山梁，就很像人们那不屈不挠的脊梁。

不知生活在哀牢山里的人们，为何要把登山说成爬山。想毕，登山需要直立，爬山则要俯身。想想那上山下山的路，上山就是下山，下山就是上山。上山可以理解为，追求希望和理想；下山可以说成是，实现目标和愿望。

一个身在哀牢山里的男子，在哀牢山的大山心里，走不赢一个来自哀牢山山外的女人？不是因为她年轻，不是因为他体力不行，而是因为他有生理和心理障碍。

年轻时，在香港迪士尼乐园，虽然没跳蹦极，但其他一个个惊险和风狂，他都一个个亲身体验和经历。2002年那一场雪，让他患上心理疾病，以致他到香格里拉旅游，躺在床上、闭上双眼，就会感到身体随着身下的床体一起飘移。

坐的时间多了，走的日子少了，锻炼机会不够，让他身体失衡，并不再年轻。

年轻时节，总想抱着理想和希望远行；年老日子，却留意怀揣思乡的情结似箭归心。家的概念，家乡的观念，会因不同时间、不同地点、不同空间、不同人物发生不同的改变。只要他还活着，即使永远都回不了家，但他那思乡的情意却永远无法改变。

年轻就是资本，年老容易怀旧，过去的艰难困苦与幸福快乐，都会在年龄增大之后，成为美好的回忆。

人生就像在哀牢山中走上一圈，有苦有乐，有酸有甜，但却不能轮回。现实的他，只能依靠回忆，去想象哀牢山大山心里的美丽，却不能依靠努力，重新体验哀牢山大山心里的神奇。主要原因，还是他的身体已不再允许。只是他还认为：苦到老，乐到老；活到老，学到老；该争取一定争取，该抓紧一定抓紧，一生才会无怨无悔。